Drachenbrüder

1. Auflage 2015
© Ueberreuter Verlag GmbH, Berlin 2015
ISBN 978-3-7641-7046-2

Alle Rechte vorbehalten. Das Werk darf – auch teilweise –
nur mit Genehmigung des Verlages wiedergegeben werden.
Übereinstimmungen und Ähnlichkeiten mit lebenden Personen
oder Familien sind rein zufällig und nicht beabsichtigt.

Umschlaggestaltung: Carolin Liepins
unter Verwendung von eines Fotos von Shutterstock,
Bild-Nr. 95334004 © DVARG
Druck und Bindung: Interak, Czarnków
Gedruckt auf Papier aus geprüfter nachhaltiger Forstwirtschaft.

www.ueberreuter.de

Wolfgang Hohlbein

DRACHEN-BRÜDER

Der Schwur des
Dschingis Khan

ueberreuter

Inhalt

1. Teil

Schwurbrüder 8
Der Traumdrache 15
Der Krieger 19
Die Ankunft 26
Arbesa 31
Die Weissagung 37
Der Leibwächter 53
Drachenweisheiten 68
Freundschaft 74
Bajar und Batu 80
Der Khan 91

2. Teil

Auf der Flucht 106
Das Wiedersehen 117
Der Heilige Berg 133
Verrat 145
Gebrochener Schwur 157

3. Teil

Flucht 172
Der zerbrochene Pfeil 184
Die Prophezeiung 197
Der einsame Kämpfer 209
Der Geruch von Blut 221
Das rettende Schwert 232
Die heimliche Freundin 241
Verräter 251
Der böse Schatten 263
Die zornigen Worte 274
Der Weg des Kriegers 282
Die Entscheidung 290

1. Teil

Schwurbrüder

Es war ein langer Tag gewesen. Temucin war so müde, dass ihm fast die Augen zufielen. Aber das spielte keine Rolle. Er starrte auf den Pfeil, den er soeben überreicht bekommen hatte, und versuchte sich zu erinnern, ob er je zuvor etwas Schöneres in den Händen gehalten hatte.

Der Pfeil war aufwendiger gefertigt als alle, die er je gesehen hatte – und Temucin hatte eine Menge Pfeile gesehen. Schließlich war sein Vater Khan, und nicht irgendein Khan, sondern der Herrscher über die Kijat, einen der mächtigsten und gefürchtetsten Stämme im Umkreis vieler, vieler Tagesritte. An den Wänden seiner Jurte hingen die prachtvollsten Bögen und Pfeile, die man sich nur vorstellen konnte. Oftmals kamen auch Krieger anderer Sippen zu Besuch, die kostbare Waffen mit sich führten: Speere, Schilde und blitzende Schwerter, kunstvoll geschnitzte Bögen und dazugehörige, noch prachtvollere Pfeile.

Aber niemals zuvor hatte Temucin einen *solchen* Pfeil gesehen.

Er war länger als ein Arm – nicht so lang wie die Pfeile der Erwachsenen, aber gute zwei Handspannen länger als die, mit denen Temucin und die anderen Knaben übten und schossen – und mit so kunstvollen Schnitzereien verziert, dass er kaum wagte, ihn zu berühren. Die Spitze bestand nicht aus Eisen, sondern aus Bronze, was sie weich und praktisch nutzlos gegen jedwedes Ziel machte, das in einem Lederharnisch oder einer Rüstung steckte. Doch dafür war ein solcher Pfeil auch nicht gedacht. In das weiche Metall waren kunstvolle

Linien und Symbole graviert. Und die Kanten waren so sorgsam poliert und geschliffen, dass man damit vermutlich ein Haar der Länge nach spalten konnte.

Der Anblick beschämte Temucin. »Das ist … wunderschön«, sagte er leise. »So etwas Prächtiges habe ich noch nie gesehen. Du … du bist ein Künstler!«

Chuzir verzog das Gesicht, als hätte sein Freund etwas Unanständiges gesagt oder die Götter gelästert. Auch er hielt einen Pfeil in der Hand, und zwar den, den ihm Temucin im Gegenzug überreicht hatte. Beinahe überzeugend tat er so, als würde er ihn genauso bewundern wie sein Freund den seinen … auch wenn es nicht besonders viel zu bewundern gab. Es war ein ganz stinknormaler Pfeil, kurz und nicht einmal ganz gerade. Temucin hatte die Eisenspitze poliert und ein paar einfache Schnitzereien angebracht, so gut, wie es seine ungelenken Finger eben gekonnt hatten. Chuzir war rücksichtsvoll genug, gar nichts dazu zu sagen.

»Ich bin kein Künstler«, antwortete Chuzir schließlich; mit einer hörbaren Verzögerung und in leicht beleidigtem Ton. »Bald werde ich ein Krieger sein. Wenn auch …«, fügte er mit einem schrägen Blick in Temucins Richtung und fast vorwurfsvoll hinzu, »… kein Khan.«

»Aber dieser Pfeil …«, begann Temucin.

»Ist nicht von mir«, unterbrach ihn Chuzir. »Ich meine: Er ist schon von mir. Mein Geschenk von mir an dich. Aber ich habe ihn nicht gemacht. Der alte Schezen hat ihn für mich geschnitzt, und ich habe ihm dafür volle drei Monde geholfen, Feuerholz und Torf zu sammeln.« Er sah Temucin beinahe lauernd an. »Gefällt er dir nicht?«

»Doch«, sagte Temucin hastig. »Er ist großartig. Es ist nur, weil mein eigener Pfeil …« Er brach verlegen ab, aber Chuzir lachte nur und versetzte ihm einen Rippenstoß, der Temucin die Tränen in die Augen getrieben hätte, hätte er sie nicht mit aller Kraft unterdrückt.

»Darauf kommt es doch gar nicht an«, sagte Chuzir lachend. »Wahrscheinlich hast du genauso lange dafür gebraucht, ihn zu schnitzen, wie ich diesem alten Halsabschneider Holz herangeschleppt habe, während er gemütlich am Feuer gesessen und sich gewärmt hat.«

Das konnte tatsächlich stimmen. Trotzdem beschämte Temucin dieses Geschenk. Bei jedem anderen hätte er gemutmaßt, dass es sogar absichtlich so übertrieben ausgefallen war, um ihn in den Schatten zu stellen; aber natürlich nicht bei Chuzir. Chuzir war sein bester Freund. Genau genommen war er sogar Temucins einziger Freund, obwohl er der Sohn des Khans war. Oder vielleicht auch *weil*.

»Komm!«, sagte Chuzir und versetzte ihm einen weiteren Rippenstoß. »Probieren wir sie aus!«

Allein die Vorstellung, diesen unendlich kostbaren Pfeil abzuschießen und dabei womöglich zu beschädigen, erfüllte Temucin mit Entsetzen. Aber Chuzir war bereits auf dem Absatz herumgefahren und flitzte davon, und Temucin schulterte seinen Bogen und rannte ihm nach. Er lief, so schnell ihn seine Beine trugen, aber natürlich konnte er mit Chuzir nicht mithalten und wäre wohl hoffnungslos zurückgefallen, hätte sein bester und einziger Freund nicht das Tempo gedrosselt. Trotzdem war Temucin außer Atem, als er neben Chuzir auf der Hügelkuppe ankam. Chuzir sagte nichts, aber er konnte ein dünnes, schadenfrohes Grinsen nicht unterdrücken. Eigentlich versuchte er es nicht einmal.

»Wer zuerst bei den Bäumen ist?«, schlug er grinsend vor. Er besaß die Unverschämtheit, nicht einmal schwer zu atmen, während Temucins Lunge wie Feuer brannte und sein Herz bis in den Hals hinauf klopfte.

»Warum sagst du nicht gleich, was ich für dich tun soll?«, fragte Temucin griesgrämig. »Ich muss es ja sowieso tun, wenn ich die Wette verliere, und so spare ich eine Menge Schweiß.«

Chuzir zog die Mundwinkel hoch und machte eine Bewegung, wie um ihm einen dritten Rippenstoß zu verpassen, drehte sich aber dann nur um und schlenderte auf den Hügel zu. Temucin folgte ihm, wobei er sich innerlich für seine Worte verfluchte. Natürlich würde Chuzir niemandem etwas davon erzählen, schließlich war er sein Freund, in wenigen Augenblicken sogar sein Schwurbruder. Doch wenn einer der anderen Jungen Temucins Worte gehört hätte, dann hätte das für weiteres dummes Gerede im Dorf gesorgt, und seinem Vater hätte das *ganz bestimmt nicht* gefallen. Er musste besser aufpassen, was er sagte.

Die beiden Jungkrieger erreichten gleichzeitig die Baumgruppe unterhalb des Hügels. Chuzir nahm seinen Bogen von der Schulter, legte Temucins Pfeil auf und zog die Sehne prüfend bis zur Hälfte zurück. Er wartete, bis auch Temucin seinen Pfeil in Position gebracht hatte, nickte ihm auffordernd zu und zog die Sehne dann mit einer ebenso fließenden wie kraftvollen Bewegung bis zum Ohr. »Auf immer«, sagte er.

Temucin tat es ihm gleich. »Auf immer.«

Die Pfeile flogen mit einem doppelten, peitschenden Knall davon. Temucins Pfeil, obwohl zu kurz und krumm und schief, von Chuzirs Sehne geschnellt, flog beinahe doppelt so weit wie das reich verzierte Kunstwerk, das Temucin abgefeuert hatte; bestimmt zwei mal hundert Schritte, wenn nicht drei, bevor die Eisenspitze sich irgendwo auf halber Strecke zwischen den Bäumen und dem Ufer des Flusses in den Boden grub.

»Auf immer«, sagte Chuzir noch einmal, und auch diesmal wiederholte Temucin die Worte.

Chuzir strahlte und ein warmes Gefühl ergriff von Temucin Besitz; aber auch eine sonderbare Leere, fast so etwas wie Enttäuschung. Nun waren sie also Schwurbrüder. Schon seit dem vergangenen Sommer hatten sie davon geredet und die entsprechenden Vorbereitungen getroffen, und irgendwie hätte er erwartet, dass es ... *dramatischer* sein würde. Schwurbrüder zu sein bedeutete mehr als Brüder von Geburt her zu sein, verbunden auf ewig, zwei Teile eines Ganzen, die nur zufällig in zwei unterschiedlichen Körpern lebten. Vom heutigen Tage an würde der eine mit seinem Leben für den anderen einstehen, wenn es sein musste. Der Gedanke sollte irgendwie ... erhebend sein. Sollte nicht die Erde erzittern und sich der Himmel auftun oder wenigstens ein bisschen Donner grollen und ein paar Blitze am Horizont zucken?

Nichts davon geschah – natürlich nicht.

Chuzir umarmte ihn und wandte sich dann brüsk um. »Holen wir die Pfeile.«

Diesmal rannten sie nicht. Chuzir hatte nahezu den doppelten Weg zurückzulegen, um seinen Pfeil zu holen, aber Temucin hatte keine Lust, ihm zu folgen. Er zog den kostbaren Pfeil aus dem Boden, wischte ihn sorgfältig ab und hatte plötzlich das intensive Gefühl, angestarrt zu werden. Vielleicht hatten die anderen Jungkrieger ja doch erfahren, was sie hier taten, oder ...

Temucin erstarrte, kaum dass er sich umgedreht hatte. Sein Gefühl hatte ihn nicht getrogen. Er wurde angestarrt, genauer gesagt: belauert.

Der Hund war fast so groß wie ein Fohlen, aber ungleich massiger, ein zotteliges Ungetüm mit glühenden Augen und Zähnen wie Dolche, von denen gelber Geifer tropfte. Er stand vielleicht zehn Schritte hinter Temucin zwischen den letzten Bäumen und starrte ihn an.

Temucin spürte, wie sein Herz stockte. Hunde. Er hasste Hunde. Er fürchtete sie wie nichts auf der Welt. Seine Hand schloss sich fester um den Pfeil, aber obwohl er wusste, dass sein Leben davon abhing, schien ihn irgendetwas daran zu hindern, die Waffe anzulegen. Der Hund würde ihn töten. Vielleicht *wollte* er es nicht einmal, aber er *konnte* es, und schon dieser Gedanke war mehr, als Temucin ertragen konnte.

»Temucin! Schieß!«

Chuzirs Schrei und das Peitschen seiner Bogensehne waren praktisch eins. Ein Schemen huschte an Temucins Wange vorbei, so dicht, dass er das Kitzeln der Federn und den scharfen Luftzug spüren konnte, und der Köter stieß ein erschrockenes Jaulen aus und rannte mit eingezogenem Schwanz davon, als der Pfeil eine gute Manneslänge vor ihm aufprallte.

»Temucin! Schieß!«, schrie Chuzir noch einmal. »Worauf wartest du?«

Während Temucin wie erstarrt dem zotteligen Ungeheuer nachsah, das hakenschlagend auf die Bäume zuraste und im Unterholz verschwand, langte Chuzir neben ihm an und riss ihm den Pfeil aus den Fingern. So flink, dass Temucins Blick der Bewegung kaum zu folgen vermochte, legte er ihn auf, zog die Sehne bis hinter das Ohr – und ließ den Bogen mit einem enttäuschten Laut wieder sinken. Der Hund war verschwunden.

»Warum hast du das getan?«, fragte er aufgebracht. »Warum hast du nicht geschossen?«

»Weil ... weil ... wegen des Pfeils«, stammelte Temucin.

Chuzir runzelte die Stirn, und Temucin fuhr mit einem nervösen Lächeln fort: »Ich hatte Angst, dass er kaputtgeht. Er ist doch so wertvoll!«

Chuzir sah eher noch wütender aus, aber er schwieg, presste nur ärgerlich die Lippen aufeinander und stapfte an ihm vorbei, um den Pfeil zu holen.

Und Temucin ahnte, was in der Nacht passieren würde: Der Drache würde zu ihm kommen, um ihm klarzumachen, was er versäumt hatte.

Der Traumdrache

Temucin war an diesem Abend ungewöhnlich früh zu Bett gegangen. Normalerweise musste seine Mutter ihn mindestens dreimal ermahnen, schlafen zu gehen und den Erwachsenen ihren Platz am Feuer zu überlassen, wie es ihnen zustand. Nur zu oft bedurfte es erst eines Machtwortes seines Vaters, bis er endlich nachgab und sich in die kleine Jurte zurückzog, die unmittelbar neben der seines Vaters stand und die er seit dem letzten Sommer allein bewohnte. Heute konnte er gar nicht schnell genug wegkommen. Er nahm sich gerade die Zeit, eine der abendlich frisch zubereiteten Teigtaschen herunterzuschlingen, dann zog er sich unter einem fadenscheinigen Vorwand zurück und ließ sich noch vor Sonnenuntergang auf sein Nachtlager niedersinken.

Wie immer, wenn man den Schlaf herbeizuzwingen versucht, dauerte es besonders lange. Aber irgendwann sank Temucin in einen unruhigen Schlummer, und er hatte es kaum getan, da kam Sarantuya zu ihm.

Er spürte ihre Gegenwart mehr, als dass er sie sah, jedenfalls am Anfang; wie etwas Großes, Sanftes, aber auch unendlich Altes und Starkes, das sich in seine Träume schlich und nur ganz allmählich Realität gewann.

»Du warst lange nicht mehr da«, sagte er zur Begrüßung.

»Ich hatte nicht das Gefühl, dass du mich brauchst«, gab Sarantuya zurück.

Der Schemen in seinem Traum wurde deutlicher: ein Glitzern wie von Mondlicht auf silberfarbenen Schuppen. Etwas Gewaltiges, Erhabenes regte sich am Rande seines Bewusstseins und berührte seine Seele. Ein Gefühl von Wärme und Geborgenheit durchströmte ihn, und beinahe glaubte er, etwas zu sehen.

Aber eben nur beinahe.

»Warum hast du das getan?«, fragte Temucin.

Sarantuya blinzelte. Das Mondlicht brach sich funkelnd auf ihren Schuppen und floss mit einem leisen Klimpern wie von tausend weit entfernten Zimbeln an ihren Flanken hinab. In dem Traum, in dem der Drache erschien, war immer Nacht, und es schien stets der Vollmond. Temucin hatte längst aufgehört, sich darüber zu wundern.

»Was?«, fragte Sarantuya.

Temucin musste sich beherrschen, um nicht ärgerlich zu werden. Sarantuya hasste Gefühle wie Zorn oder Wut. Trotz ihrer gewaltigen Klauen und Ehrfurcht gebietenden Fänge war sie das sanftmütigste Wesen, das er kannte.

»Du weißt genau, was ich meine«, sagte er. »Der Hund! Warum hast du Chuzir daran gehindert, ihn zu erschießen?«

»Habe ich das?«, gab Sarantuya mit gespielter Überraschung zurück. Dann lachte sie leise; ein Laut wie Donnergrollen in den fernen Bergen. »Vielleicht hat dein Freund ihn ja einfach nur verfehlt?«

»Unsinn!«, erwiderte Temucin. »Chuzir ist der beste Schütze, den ich kenne. Er verfehlt nie sein Ziel!«

»Auch nicht mit einem Pfeil, der krumm und schief ist?«, spöttelte Sarantuya.

Temucin ignorierte die Bemerkung. »Er verfehlt niemals sein Ziel«, beharrte er.

»Na, dann muss es wohl daran gelegen haben, dass jemand nicht wollte, dass er trifft«, schmunzelte Sarantuya.

»Du.«

»Nein«, sagte der Drache, plötzlich sehr ernst. »Ich würde niemals etwas tun, was du nicht willst, das weißt du doch.«

Temucin verzichtete auf eine Antwort. Chuzir hatte kein Wort gesagt, aber er hatte ihn *angesehen*, als wisse er ganz genau, wer schuld an dem ungewöhnlichen Missgeschick war. Chuzir war sein bester Freund, und er hatte ihm – einmal – von seinem Traumdrachen erzählt. Chuzirs Reaktion darauf war so ablehnend gewesen, dass Temucin das Thema nie wieder angesprochen hatte. Es war Jahre her, und Temucin war nicht sicher, ob sein Freund sich überhaupt noch daran erinnerte. Aber man konnte schließlich nie wissen …

»Du wolltest den Hund nicht töten«, fuhr Sarantuya nach einer Weile fort.

»Aber ich hatte Angst vor ihm«, antwortete Temucin.

»Das weiß ich.« Sarantuya seufzte tief. »Man muss nicht alles töten, wovor man Angst hat. Erinnerst du dich, als du mich das erste Mal gesehen hast?«

»Natürlich!«

»Du hast dich vor mir gefürchtet.«

»Nein«, behauptete Temucin – was eine glatte Lüge war. Er war fast gestorben vor Angst, als ihm der riesige Drache das erste Mal im Traum erschienen war.

»Und?«, fragte Sarantuya. »Wolltest du mich deshalb töten?«

»Natürlich nicht«, antwortete Temucin empört. »Ich würde nie …«

»… etwas töten, was dir nichts zuleide getan hat«, fiel ihm Sarantuya ins Wort. »Ich weiß. Wäre es anders, wäre ich niemals zu dir gekommen.«

Auch das verstand Temucin nicht wirklich, aber er war nicht in der Stimmung, das Thema in die Breite zu ziehen, wie es die Alten am abendlichen Feuer getan hätten. Sarantuya sagte oft seltsame Sachen, die er nicht wirklich verstand.

»Was willst du?«, fragte er unwillig.

Sein Ärger schien Sarantuya ausnahmsweise zu amüsieren, vielleicht, weil sie genau spürte, dass er in Wirklichkeit nur ihm selbst galt. »Genau genommen sollte ich dir diese Frage stellen«, antwortete sie. »Wenn ich mich richtig erinnere, warst *du* es, der *mich* gerufen hat, und nicht umgekehrt. Aber wenn ich schon einmal hier bin ... morgen ist ein großer Tag für dich. Ein sehr wichtiger.«

Temucin dachte eine Weile angestrengt nach. Morgen? Morgen war ... nun, morgen eben, mehr nicht. »Wieso?«, fragte er misstrauisch.

»Lass dich überraschen«, antwortete Sarantuya in neckischem Ton. »Du wirst jemanden kennenlernen. Jemanden, der sehr wichtig für dich werden wird.«

»Wen?«, fragte Temucin.

Aber Sarantuya antwortete nur mit einem silberhellen Lachen, dann war sie verschwunden.

Der Krieger

Yesügai, Temucins Vater, weckte ihn am nächsten Morgen vor Sonnenaufgang. Das war nichts Ungewöhnliches. Die Menschen im Dorf standen meist vor Sonnenaufgang auf und es kam nur selten vor – zumeist, wenn der Khan in der Nacht zuvor zu lange mit den anderen Männern gezecht und wichtige Dinge besprochen hatte –, dass man ihn länger schlafen ließ. Ungewöhnlich war allerdings seine griesgrämige Stimmung und das noch griesgrämigere Gesicht, in das Temucin blinzelte, als er die Augen aufschlug. Yesügai war, obwohl ein gewaltiger Krieger, der zahllose Feinde getötet und den Stamm zu großem Ruhm und Reichtum geführt hatte, im Grunde seines Herzens ein sehr freundlicher Mensch und sanft, vor allem zu seinem Sohn.

Heute Morgen war von dieser Sanftmut wenig zu spüren. Ganz im Gegenteil wirkte er beinahe zornig, als er Temucin zum zweiten Mal an der Schulter ergriff und derb schüttelte, damit er endlich aufstand. Wäre Temucin nicht noch so schlaftrunken und benommen gewesen, dann hätte er spätestens jetzt begriffen, dass sein Vater *wirklich* verärgert war.

So rieb er sich nur die Augen, reckte sich ausgiebig und blinzelte erstaunt, als sein Vater ungeduldig zum niedrigen Ausgang der Jurte ging und ihm mit einer groben Geste gebot, ihm zu folgen.

Wie jeden Morgen versorgten sie die Pferde und trieben die Schafe auf die Weide, ohne ein Wort miteinander zu wechseln. Erst dann gingen sie zum Fluss hinab, um sich im eisigen Wasser des Omon zu waschen. Nachdem sie sich abgetrocknet hatten und wieder in ihre schlichte, aber wärmende Kleidung geschlüpft waren, brach sein Vater das ungute Schweigen.

»Chuzir hat mir von dem Hund erzählt«, begann er übergangslos und in vorwurfsvollem Ton.

Temucin sah ihn fragend an. Er war nicht ganz sicher, *was* Chuzir seinem Vater erzählt hatte, und so war es vermutlich das Klügste, wenn er erst einmal gar nichts sagte.

Yesügai seufzte tief und schloss den Mantel aus Schafsleder, der besseren Schutz vor der Witterung bot als die einfachen wattierten Mäntel, die die meisten Frauen und Kinder trugen. »Wann wirst du endlich zum Mann heranwachsen, mein Sohn?« Er griff nach seiner Fellmütze und setzte sie auf. »Du bist mein einziger Sohn, Temucin. Eines Tages wirst du meinen Platz einnehmen und Khan werden. Aber wie kannst du das, wenn du auf ewig ein Knabe bleibst?«

Temucin antwortete nicht darauf. Sein Vater erwartete keine Antwort. Es war nicht das erste Mal, dass sie dieses Gespräch führten. Yesügai hatte es niemals so direkt ausgesprochen wie jetzt, aber Temucin wusste sehr wohl, dass er tief in sich darunter litt, weil sein einziger Sohn nicht zu dem großen Krieger heranwachsen würde, den er sich gewünscht hätte. Temucin war ein leidlich guter Bogenschütze, ein guter Reiter und er vermochte auch mit Schwert und Schild einigermaßen umzugehen ... aber die anderen Knaben waren deutlich besser als er, selbst die jüngeren. Es lag nicht einmal so sehr an seinen Fähigkeiten, an mangelndem Geschick oder gar Mut. Er *mochte* einfach keine Waffen. Temucin hatte niemals verstanden, woher das Leuchten in den Augen der Männer kam, wenn sie von all den Kriegern sprachen, die sie erschlagen hatten.

»Der Hund«, knüpfte sein Vater an seine Worte von gerade an, »Chuzir sagt, du wärst vor Angst erstarrt, als er vor dir stand.«

»Es war ein … sehr großer Hund«, antwortete Temucin stockend. »Er war wirklich gefährlich!«

Das musste die falsche Antwort gewesen sein, denn die Miene seines Vaters verdüsterte sich weiter. »Hat er dich angegriffen?«

Temucin schwieg, und Yesügai wandte sich mit einem Ruck ab und ging mit so schnellen Schritten zum Dorf zurück, dass Temucin sich sputen musste, um nicht zurückzufallen. Bei seinen nächsten Worten sah Yesügai seinen Sohn nicht einmal mehr an. »Hunde, Temucin, sind unsere treuesten Freunde, gleich nach den Pferden. Sie helfen uns, die Schafe zu hüten. Sie halten unsere Vorräte frei von Ratten und anderem Ungeziefer, und sie wärmen uns im Winter, wenn die Kraft der Feuer nicht mehr ausreicht. Es gibt keinen Grund, Angst vor ihnen zu haben.«

»Er hat mich angeknurrt!«, verteidigte sich Temucin. Er war nicht einmal ganz sicher, ob das stimmte. Und das war offensichtlich auch nicht die Antwort, auf die der Khan gewartet hatte, denn nun wirkte er *wirklich* zornig.

»Aber er hat dich nicht angegriffen, oder? Und selbst wenn es so gewesen wäre, dann hättest du ihn töten müssen, wie es einem Krieger zusteht. Du hattest deinen Bogen dabei, oder?«

»Ja«, antwortete Temucin niedergeschlagen. »Es tut mir leid, Vater.«

»Schweig still!«, herrschte ihn Yesügai an. »Du bist der Sohn eines Khan! Du wirst dich bei niemandem und für nichts entschuldigen, nicht einmal bei mir! Wenn du einen Fehler begangen hast, dann achte darauf, ihn nicht zu wiederholen! Aber entschuldige dich nie wieder!«

»Ja, Vater«, antwortete Temucin. Beinahe hätte er hinzugefügt: *Es tut mir leid.*

Sie legten den Rest des Weges schweigend zurück. Das Dorf war zu emsigem Leben erwacht. Kindergeschrei schallte ihnen entgegen, das Blöken eines Ochsen und das ferne Donnern von Hufen. Doch Yesügais Jurte – die so groß war, dass fast alle Männer des Klans in ihr Platz fanden – fanden sie verlassen vor. Das war ungewöhnlich, und Temucin wollte schon kehrtmachen und sich seinem Tagwerk zuwenden, doch Yesügai winkte ihn mit einer herrischen Geste zurück und bedeutete ihm, an der erloschenen Feuerstelle unter dem Rauchabzug in der Mitte des Zeltes Platz zu nehmen.

Temucin gehorchte verwirrt. Er hatte gehofft, dass es vorbei war, aber sein Vater schien noch mehr auf dem Herzen zu haben. Vielleicht waren seine gerade vorgebrachten Vorwürfe nur der Anfang gewesen. Unwillkürlich beugte er den Kopf und er musste die Hände zu Fäusten ballen, damit der Vater nicht sah, wie heftig seine Finger zitterten.

Yesügai hantierte hinter ihm herum. Temucin fragte sich mit wachsendem Unbehagen, was er da eigentlich tat, wagte aber nicht, sich umzudrehen, sondern starrte weiter in die Asche des erloschenen Feuers. Schließlich kam sein Vater zurück und warf etwas vor ihm auf den Boden.

Temucin erkannte es erst nach und nach: Lederrock und Gürtel, ein fein gewobenes Kettenhemd und mit kunstvoll ziselierten Metallplättchen verzierte Stiefel, Brustharnisch und Schild und einen kostbaren Bronzehelm. Dazu einen breiten Waffengurt mit Goldverzierung, an dem ein kunstvoll geschmiedetes Schwert hing. Es war die komplette Ausstattung eines Kriegers.

»Zieh das an«, verlangte Yesügai.

Temucin gehorchte, aber seine Unruhe wuchs eher noch. Er hatte zwar gewusst, dass es diese Kleider gab – sein Vater hatte ihm davon erzählt, aber stets betont, dass sie für einen ganz besonderen Augenblick gedacht waren –, sie aber noch niemals zuvor zu Gesicht bekommen. Er wagte es nicht, eine entsprechende Frage zu stellen. Stattdessen sah er seinen Vater fragend an und schließlich brach Yesügai das Schweigen von sich aus.

»Heute ist ein besonderer Tag«, begann er, während seine Blicke kritisch jeder noch so winzigen Bewegung von Temucins Händen folgte. »Ich möchte, dass du einen guten Eindruck machst. Also achte darauf, dich zu benehmen und keine Schande über unseren Klan und deinen Vater zu bringen. Und keine Sorge: Ich habe zwei Krieger beauftragt, alle Hunde aus dem Dorf zu verjagen, bis unser Besuch wieder fort ist.«

Temucin spürte, wie er rote Ohren bekam, und senkte beschämt das Haupt, fragte aber trotzdem: »Welcher Besuch?«

»Mein Schwurbruder Belmin, der Khan der Unggirat-Sippe«, antwortete Yesügai. »Du hast von ihnen gehört?«

»Ja, Vater«, antwortete Temucin leise.

Die Unggirat? Natürlich hatte er von ihnen gehört, ebenso wie von Belmin, ihrem weisen und mächtigen Khan, der im gleichen Alter Yesügais Schwurbruder geworden war wie Chuzir der seine. Die Unggirat herrschten über ein ungleich größeres Land als die Kijat, und waren weitaus reicher. Man sagte, ihre Herden wären so groß, dass sie die Steppe von einem Horizont zum anderen bedecken könnten, würden sie all ihre Pferde jemals zusammentreiben, und die Jurte ihres Khans wäre mit reinem Gold gedeckt. Aber man sagte auch, dass sie eine sehr friedfertige Sippe waren, weswegen viele Krieger sich über sie lustig machten oder sie ganz offen verachteten … jedenfalls, solange Yesügai nicht in Hörweite war, um die Ehre seines Schwurbruders zu verteidigen.

Temucin schnürte den Schwertgurt um, griff als Letztes nach dem Helm und war nahe daran, ihn aufzusetzen, entschied sich aber dann dagegen und klemmte ihn sich unter den linken Arm. Sein Vater musterte ihn einen Augenblick lang kritisch und nickte abschließend, offenbar zufrieden mit dem, was er sah.

»Und was ist an diesem Besuch so wichtig für mich?«, fragte Temucin. »Wen werde ich treffen?«

Yesügai blickte ihn überrascht an und Temucin hätte sich am liebsten selbst geohrfeigt. Dass er jemanden treffen sollte, der für sein zukünftiges Leben von großer Wichtigkeit war, wusste er nur von Sarantuya. Sein Vater hatte kein Wort davon gesagt.

Zwei oder drei Herzschläge lang betrachtete ihn sein Vater auf eine Art, bei der sich Temucin allmählich *wirklich* unbehaglich zu fühlen begann. Aber dann beantwortete er die Frage doch. »Du bist allmählich alt genug, mein Sohn. Bald wirst du ein Mann sein. Es wird Zeit, dass wir eine Frau für dich finden.«

»Eine Frau?« Temucin war mehr als überrascht. Er hatte mit vielem gerechnet, aber *damit* gewiss nicht. »Aber …«

»In deinem Alter war ich bereits verheiratet«, unterbrach ihn Yesügai. »Belmin bringt seine Tochter Arbesa mit. Sie ist ein Jahr jünger als du und ein sehr hübsches Mädchen, hat man mir gesagt. Eine Verbindung zwischen den Unggirat und den Kijat wäre für uns alle von Vorteil.«

»Aber ich kenne dieses Mädchen doch gar nicht!«, protestierte Temucin.

Wie er erwartet hatte, verfinsterte sich das Gesicht seines Vaters – doch dann vertrieb ein plötzliches, ungewohnt sanftmütiges Lächeln die Strenge von Yesügais Antlitz. »Ich würde dich nie zu einer Heirat zwingen, die du nicht wünschst, mein Sohn. Aber sieh dir das Mädchen wenigstens an, mehr verlange ich nicht. Vielleicht gefällt sie dir ja. *Du* wirst ihr auf jeden Fall gefallen, dessen bin ich mir sicher.«

Temucin blickte fragend, und Yesügai bückte sich schweigend und hob eine polierte Silbertafel auf, die vom Gelage der vergangenen Nacht übrig geblieben war. Eingetrocknete Flecken von Schafsmilch und Essensreste klebten darauf, aber in dem polierten Silber konnte Temucin sein eigenes Spiegelbild erkennen, und er verstand, was sein Vater meinte.

Er sah tatsächlich wie ein Krieger aus; prachtvoll gerüstet und wild, mit seinem zu einem dicken schwarzen Zopf geflochtenen Haar, den strengen Zügen und den wachen, hellblauen Augen. Welches Mädchen würde diesem Anblick widerstehen?

Temucin wollte gerade eine entsprechende, scherzhafte Bemerkung machen, als er eine Bewegung hinter sich wahrzunehmen glaubte; ein goldfarbenes Flirren wie von Mondlicht, das sich auf polierten Schuppen brach. Er warf einen raschen Blick über die Schulter zurück – aber hinter ihm war nichts. Erst als er abermals in den Spiegel sah, war Sarantuya wieder da, diesmal sogar deutlicher. Sie blickte ihn schweigend an. Da begriff er, dass auch sie den Krieger sah, in den ihn die prachtvolle Rüstung und das Schwert und der Helm verwandelt hatten.

Der große, goldene Drache sah traurig aus.

Die Ankunft

Belmin kam erst, nachdem die Sonne ihren Zenit schon eine geraume Weile überschritten hatte. Wie es seinem Rang zustand, reiste er mit großem Gefolge. Und so waren schon lange vor ihm prächtig gekleidete Reiter eingetroffen, um sein Kommen entsprechend den alten Gebräuchen anzukündigen. Als es dann endlich so weit war, lief das ganze Dorf zu Belmins Empfang zusammen. Temucins Platz war natürlich in der ersten Reihe, gleich neben seinem Vater und den anderen Kriegern.

Temucin machte sich erst auf den Weg, als der Tross bereits über den Hügeln im Westen auftauchte. Er hatte es nicht eilig, dorthin zu kommen, und er hatte es noch weniger eilig, den Schwurbruder seines Vaters oder gar dieses sonderbare Mädchen zu treffen. Er hatte nichts gegen Mädchen und wusste so gut wie jeder andere, dass es üblich war, dass die Stammesfürsten ihre Kinder untereinander vermählten, um ihre Macht zu mehren und einen (nur zu oft unsicheren) Frieden zu schließen. Er hätte nicht überrascht sein sollen, dass er nun an der Reihe war ... aber er hatte einfach geglaubt, dass er noch ein wenig Zeit hatte; vielleicht einen Sommer oder sogar zwei ...

Doch selbstverständlich hätte er es nie gewagt, sich seinem Vater zu widersetzen.

Wie es ihrem Stand angemessen war, warteten die anderen Jungen – Chuzir eingeschlossen – in gebührendem Abstand hinter den Kriegern und Alten, noch vor den Frauen. Temucin musste an ihnen vorbei, um rechtzeitig bei seinem Vater zu sein. Wie so oft ignorierte er die anderen Jungen, nickte nur Chuzir grüßend zu und wollte schneller ausschreiten, blieb dann aber ganz im Gegenteil stehen und drehte sich stirnrunzelnd zu seinem Schwurbruder um, als er dessen finsteren Gesichtsausdruck bemerkte.

Chuzir wich seinem Blick aus und drehte sich halb weg von ihm.

»Was ist los?«, fragte Temucin geradeheraus. Er war verwirrt.

»Nichts«, antwortete Chuzir einsilbig.

Temucin wollte die Hand ausstrecken, um ihn an der Schulter zu packen, doch Chuzir machte einen hastigen Schritt zurück, und Temucin ließ den Arm wieder sinken. Er verspürte einen Stich in der Brust. Chuzir war sein Schwurbruder!

»Du solltest dich beeilen, Temucin«, sagte einer der anderen Jungen. »Nicht, dass unser zukünftiger Khan noch zu spät kommt, um seine Braut zu begrüßen.«

Temucin funkelte ihn an, sagte aber kein Wort. Der Junge – Ilhan – war zwei Jahre älter und zwei Köpfe größer als er und hatte ihn noch nie leiden können, ebenso wenig wie Temucin ihn. Temucin war seit langer Zeit klar, dass es irgendwann einmal zu einem Kampf zwischen ihnen kommen würde, und das musste wohl auch so sein ... aber nicht jetzt. Er bedachte Ilhan nur mit einem verächtlichen Blick und wollte weitergehen, da fügte Ilhan höhnisch hinzu: »Mach dir keine Sorgen. Wir passen schon auf, dass unserem zukünftigen Khan und seiner Braut nichts zustößt. Wau-wau.«

Die Bemerkung löste allgemeines Gelächter aus. Temucin verspürte eine Woge von plötzlichem, so rasendem Zorn, dass er sich am liebsten auf den größeren Jungen gestürzt und mit Fäusten auf ihn eingeschlagen hätte.

Aber der Zorn verrauchte so schnell, wie er gekommen war, und machte etwas ganz anderem und viel Schlimmerem Platz.

Seine Augen füllten sich mit brennenden Tränen, als er sich zu Chuzir umdrehte und so dicht an ihn herantrat, dass nur dieser seine Worte hören konnte. »Warum hast du es ihnen verraten?«, flüsterte er. Seine Stimme zitterte.

Chuzir wich seinem Blick aus.

Temucin wartete vergebens auf eine Antwort, dann drehte er sich mit einer zornigen Bewegung um und ging so schnell davon, wie er es gerade noch konnte, ohne zu rennen. Hinter ihm erscholl ein meckerndes Gelächter, und zwei oder drei Jungen machten erneut das Hundegebell nach. Temucin wandte sich nicht zu ihnen um, aber es kostete ihn nun all seine Kraft, die Tränen zurückzuhalten.

Sein Vater wirkte sehr verärgert, als Temucin endlich neben ihm anlangte, kam jedoch nicht dazu, ihn zurechtzuweisen, denn der Reitertross war schon herangekommen. So beließ er es bei einem ärgerlichen, kommendes Ungemach verheißenden Blick und straffte dann die Schultern, um seinen Gästen entgegenzugehen.

Belmin war ein alter, weißhaariger Mann mit einem gleichfarbenen Bart, der ihm bis weit auf die Brust hinunterfiel. Er hatte ein wettergegerbtes Gesicht und strahlte eine Aura von Würde und Macht aus, die man fast mit Händen greifen konnte. Temucin hatte schon oft Männer getroffen, die über große Macht geboten (einer von ihnen war sein Vater). Aber Belmin unterschied sich in einem besonderen Punkt von ihnen: Er war der erste Herrscher, der keine Waffe trug. Auch viele Männer in seiner Begleitung waren unbewaffnet. Lediglich die beiden Reiter rechts und links von ihm trugen hochgereckte Speere in den Händen, doch auch die vermutlich nur, weil sie Wimpel daran befestigt hatten, die über ihren Köpfen im Wind flatterten.

Yesügai begrüßte seinen noblen Gast überschwänglich und auf die umständliche und überaus wortreiche Art ihres Volkes. Temucin nutzte die Zeit, um die zahlreichen Begleiter des Khan der Unggirat genauer zu betrachten. Dabei hielt er nach einer ganz bestimmten Gestalt Ausschau. Er entdeckte sie auch, nur ein Stück hinter Belmin und von zwei ausgesucht großen und entgegen seines ersten Eindruckes doch bewaffneten Reitern flankiert: eine schmale, in prachtvolle Gewänder gehüllte Gestalt, die noch eine Handspanne kleiner war als er.

Das musste Arbesa sein, seine zukünftige Frau. Ihr Gesicht war verschleiert, sodass er es nicht erkennen konnte. Doch er glaubte ihre aufmerksamen Blicke durch den Stoff des Schleiers hindurch zu spüren. Temucin sah rasch weg.

Die Begrüßung zog sich in die Länge. Irgendwann war es endlich vorbei, und Belmin erlaubte seinen Begleitern mit einer knappen Geste, abzusitzen. Milch und andere, stärkere Getränke und Essen wurden gereicht, und plötzlich war die feierliche Stille vorbei, die bisher nur von den Stimmen der beiden Khane und ihren zeremoniellen Worten unterbrochen worden war, und ein großes Hallo, allgemeines Lachen und Schulterklopfen setzte ein, als sich die Reiter – es mussten mehr als dreißig sein – unter die Dorfbewohner mischten.

Auch Arbesa glitt mit einer geschmeidigen Bewegung vom Rücken ihres Pferdes. Doch Temucin fand keine Gelegenheit, sich ihr zu nähern oder auch nur einen Blick auf ihr Gesicht zu erhaschen. Yesügai legte ihm die Hand auf die Schulter und schob ihn zwischen sich und Belmin.

»Mein Sohn, Temucin«, sagte er.

Der alte Khan sah ihn für die Dauer mehrerer Atemzüge aus seinen sonderbar sanften Augen an, und das trotz der spürbaren Sanftmut und Güte auf eine Art, die aus Temucins

Beklemmung fast so etwas wie Angst machte. Dann lächelte er plötzlich.

»Du bist also Temucin«, stellte er fest. »Ich habe viel über dich gehört. Man sagt, du wärst ein Sohn, der seinem Vater zur Ehre gereicht. Ist das wahr?«

Temucin wusste nicht, was er darauf antworten sollte, und senkte nur beschämt den Blick, was in einer Situation wie dieser einer Beleidigung gleichkam. Yesügai sog entsetzt die Luft zwischen den Zähnen ein, aber Belmin lachte nur, leise und gutmütig.

»Nun, ich sehe, du bist wahrlich der Sohn deines Vaters«, sagte er schmunzelnd. »Auch mein Schwurbruder war nie ein Mann überflüssiger Worte.«

Yesügai lachte gezwungen und legte nun auch die andere Hand auf Temucins Schultern. Die Geste hatte etwas Besitzergreifendes, was Temucin überhaupt nicht gefiel. Er schwieg jedoch dazu und hielt weiter nach Arbesa Ausschau.

Das Mädchen war längst an ihm vorbeigegangen – ohne ihn eines weiteren Blickes zu würdigen. Jetzt unterhielt es sich mit den Frauen. Auch Belmins Männer hatten sich unter die Dorfbewohner gemischt, aßen, scherzten und tranken.

Der große Empfang hatte sich buchstäblich in Nichts aufgelöst. Nur sein Vater und dessen Schwurbruder standen noch da und versuchten, wichtig zu erscheinen, wenn auch ohne sichtbaren Erfolg. Yesügai war die Situation offenbar peinlich, während Belmin amüsiert wirkte. Schließlich räusperte er sich und machte eine Geste auf die große Jurte im Zentrum des Dorfes.

»Es war eine anstrengende Reise, alter Freund. Ich bin durstig, und es ist Jahre her, dass wir uns das letzte Mal gesehen haben. Wir haben viel zu bereden.«

Und so geschah es.

Arbesa

So zeitig er am vergangenen Abend zu Bett gegangen war, so spät wurde es in dieser Nacht. Zu Ehren der Gäste wurde ein großes Fest gegeben, das kurz vor Sonnenuntergang begann und bis lange nach Mitternacht dauerte. Beinahe alle Männer des Klans hatten sich in Yesügais großer Jurte versammelt, aßen, schwatzten und tranken. Die Frauen kamen kaum damit nach, die köstlichsten Speisen und Getränke zu servieren. Mit fortschreitender Stunde wurde die Stimmung ausgelassener und die Zungen der Männer lockerer. Das Lager hallte wider von Gelächter und Musik und den fröhlichen Stimmen der Männer, die sich immer lauter darin zu überbieten versuchten, die fantastischsten Geschichten zu erzählen – von denen natürlich jedermann wusste, dass nicht einmal die Hälfte davon wahr war. Das tat ihrer Wirkung und der Begeisterung der Zuhörer allerdings keinen Abbruch.

Temucin saß die ganze Zeit zur Rechten seines Vaters und lauschte den Geschichten, die die Männer zum Besten gaben. Aber er war nicht wirklich bei der Sache. Immer wieder irrte sein Blick zu der verschleierten Gestalt neben Belmin, und wenn er es nicht tat, dann glaubte er umgekehrt die Blicke der unsichtbaren Augen hinter dem Schleier zu fühlen, die ihn musterten. Am Anfang war es ein unangenehmes Gefühl gewesen – er mochte es nicht, angestarrt zu werden, während er selbst das Gesicht seines Gegenübers nicht sehen konnte – aber inzwischen fühlte es sich nur noch … seltsam an. Er hätte eine Menge darum gegeben, auch nur einen einzigen Blick hinter diesen Schleier zu werfen. Aber einmal davon abgesehen, dass es sich nicht schickte, hätte er es niemals gewagt, eine entsprechende Bitte zu äußern.

Mitternacht war längst vorbei, als von draußen aufgeregtes Geschrei und Rufe hereindrangen, begleitet vom Geräusch hart geschmiedeter Schwerter, die aufeinanderprallten. Yesügai unterbrach das Gespräch mit seinem Schwurbruder mitten im Wort, sah für einen Moment sehr erschrocken aus und sprang dann auf, um hinauszueilen. Belmin und alle anderen – und natürlich auch Temucin – folgten ihm.

Draußen vor der Jurte war ein erbitterter Kampf zwischen einem von Arbesas Leibwächtern und einem Mann aus dem Dorf im Gange … jedenfalls schien es zunächst so. Schwerter blitzten und prallten Funken sprühend aufeinander, Licht brach sich auf schimmerndem Metall und den Gliedern der fein gewobenen Kettenhemden, und die Männer schienen einen bizarren, rasend schnellen Tanz umeinander aufzuführen, während sie Paraden und Finten vollführten und ihre Klingen gegeneinander oder auf den Schild des anderen krachten.

Bisher war kein Blut geflossen, wie Temucin mit einem raschen Blick erkannte, und das würde es auch nicht. Die Männer lachten, während sie kämpften, und einmal hätte Arbesas Leibwächter einen Treffer am Bein seines Gegners anbringen können, drehte das Schwert aber im letzten Moment herum, sodass die Klinge nur mit der flachen Seite traf, was sicherlich wehtat, aber kaum gefährlich war. Die Zuschauer quittierten den Treffer mit beifälligem Johlen und Applaus, während der Getroffene – es war kein anderer als Ilhans Vater Axeu, wie Temucin voller Unbehagen feststellte – einen Moment lang fluchend auf einem Bein herumhüpfte und sich dann umso verbissener auf seinen vermeintlichen Gegner stürzte.

Auch Temucin ertappte sich dabei, die beiden Kampfhähne mit begeisterten Rufen anzufeuern, und neben ihm sagte eine helle, spöttische Stimme: »Männer! Was gefällt ihnen nur so sehr daran, Krieg zu spielen?«

»Nun, weil es eben …«, begann Temucin und brach dann verblüfft mitten im Satz ab, als er sich halb umwandte und merkte, wer diese Worte gesprochen hatte.

Es war Arbesa. Sie hatte den Schleier zurückgeschlagen und betrachtete die beiden Kämpfenden ebenso stirnrunzelnd wie abfällig, aber nicht verächtlich. Sie hatte das schönste Gesicht, das Temucin jemals gesehen hatte.

»Ja?«, fragte sie, während sie sich zu ihm umdrehte.

Temucin blickte in ein Paar kristallklarer, fast unheimlich heller Augen, die etwas in ihm, von dessen Existenz er bisher nichts geahnt hatte, in Flammen setzte. Seine Kehle war plötzlich wie zugeschnürt.

»Nun, weil, äh …«, stammelte er.

Ein spöttisches Funkeln erschien in Arbesas Augen. »Ich verstehe. Weil Männer so etwas nun einmal tun, nicht wahr?« Sie lachte. »Die Frage ist nur, warum.«

»Um ihre Kräfte aneinander zu messen und bereit zu sein, wenn sie dem Feind gegenüberstehen«, antwortete Temucin sofort. Er kam sich ziemlich dumm dabei vor, und der Anteil von Spott in Arbesas Blick nahm noch einmal deutlich zu.

»Dem Feind«, wiederholte sie. »Welchem Feind?« Bevor Temucin ihre Frage beantworten konnte, tat sie es selbst. »Irgendeiner wird sich schon finden, nicht wahr?« Ihr Blick glitt so prüfend über Temucins Gestalt, als sähe sie ihn zum ersten Mal, und etwas Neues erschien darin, das sich wie eine dünne Nadel in Temucins Herz bohrte. »Aber du siehst ja selbst schon aus wie ein richtiger Krieger. Nur vielleicht ein bisschen klein.«

Und damit befestigte sie den Schleier wieder vor ihrem Gesicht, wandte sich mit einem Ruck ab und ging mit schnellen Schritten zur Jurte zurück.

Temucin sah ihr verwirrt nach. Hinter ihm erscholl ein gutmütiges Lachen. Eine Hand legte sich auf seine Schulter, und als er aufsah, blickte er direkt in Belmins bärtiges Gesicht. Der alte Khan lächelte schelmisch. »Jetzt hast du meine Tochter also kennengelernt«, sagte er. »Und? Gefällt sie dir noch immer?«

Temucin sagte gar nichts dazu – wie konnte er auch? –, sondern sah Belmin nur verdattert an.

Der Khan nahm die Hand von seiner Schulter und machte eine auffordernde Kopfbewegung. »Komm. Gehen wir ein paar Schritte.«

Temucin sah fast hilflos zu den beiden Kämpfenden hin. Die Entscheidung war noch lange nicht gefallen, und irgendwie ging es ja trotz allem um die Ehre der beiden Sippen! Aber das schien den alten Khan nicht zu interessieren, denn er drehte sich bereits um und ging mit langsamen Schritten davon, fort von dem Licht und dem Geschrei und dem Lärm des freundschaftlichen Kräftemessens, von dem Temucin nicht ganz sicher war, dass es noch lange so freundschaftlich bleiben würde. Er kannte Ilhans Vater Axeu gut. Er war ein ebenso stolzer wie aufbrausender Mann, und er drohte den Kampf zu verlieren.

»Du darfst es Arbesa nicht übel nehmen«, begann Belmin, nachdem sie ein Stück weit gegangen waren. »Sie ist jung und spricht geradeheraus, wie ihr Herz es ihr befiehlt. Sie wird lernen, ihre Worte genauer abzuwägen.«

»Ich nehme es ihr nicht übel«, beeilte sich Temucin zu versichern. »Sie ist ein Mädchen.«

»Und ein sehr hübsches dazu.« Belmin sprach die Worte so aus, dass sie sich wie eine Frage anhörten, und Temucin spürte, wie er rote Ohren bekam. Er wusste selbst nicht genau warum, aber er senkte rasch den Kopf und hoffte, dass es Belmin verborgen blieb.

»Noch ist sie ein Kind«, fuhr der Khan in belustigtem Ton fort, der Temucins Hoffnung schlagartig zunichtemachte, »doch man sieht bereits, dass sie zu einer ansehnlichen Frau heranwachsen wird. Wenn sie nach ihrer Mutter kommt, dann wird sie eine wahre Schönheit. Aber kratzbürstig und mit einem eigenen Kopf.« Er lachte wieder. »Du kannst dich glücklich schätzen, eine solche Frau zu bekommen … wenn du sie willst, heißt das.«

Er blieb stehen und maß Temucin mit einem auf sonderbare Weise veränderten, nicht unfreundlichem Blick. »Willst du es denn?«

»Natürlich!«, antwortete Temucin hastig. »Mein Vater …«

»… hat dir gesagt, dass diese Verbindung von Vorteil für unsere beiden Sippen wäre, und außerdem bin ich sein ältester und bester Freund und sein Schwurbruder. Aber was zählt, ist das, was Arbesa und du wollen. Willst du es denn?«

Temucin antwortete nicht gleich, und als er es tat, geschah es mit einer Offenheit, die ihn selbst am meisten überraschte. »Das weiß ich nicht, Herr. Ich meine: Ich kenne sie ja gar nicht. Sie ist sehr hübsch, aber …«

»Ich verstehe«, seufzte Belmin.

Er klang nicht verstimmt, sondern ganz im Gegenteil fast ein bisschen erleichtert, auch wenn Temucin das nicht wirklich verstand.

»Deshalb sind wir schließlich hier.« Belmin wies in die Richtung, in die seine Tochter gegangen war. »Arbesa wartet auf dich in deiner Jurte. Geh zu ihr und lerne sie besser kennen. Wir werden einige Tage bleiben, und wenn du dann immer noch glaubst, sie wäre die Richtige für dich – und sie, du wärst der Richtige für sie –, dann wirst du uns begleiten und den Rest des Jahres in unserem Dorf verbringen.«

Temucin stand wie erstarrt da. Er wusste nicht, was er denken, geschweige denn, was er sagen sollte.

Arbesas Vater lächelte warm. »Nun geh. Ich kenne meine Tochter. Sie wartet nicht gern.«

Die Weissagung

Temucin ging nicht sofort in die kleine Jurte, die sich wie Schutz suchend in den Schatten des großen Zeltes seines Vaters drängte, sondern kehrte noch einmal zurück, um den Ausgang des Kampfes zu verfolgen. Er dauerte noch eine ganze Weile und wurde am Schluss immer verbissener ausgetragen; zumindest von Ilhans Seite aus. Gegen Ende floss schließlich doch noch Blut, wenn auch nur aus ein paar harmlosen, oberflächlichen Schnittwunden, die die beiden Kampfhähne sich gegenseitig zugefügt hatten, und zu seiner insgeheimen Erleichterung griffen Yesügai und Belmin schließlich ein und erklärten den Kampf in gegenseitigem Einverständnis für unentschieden.

Belmins Krieger zeigte sich höchst zufrieden damit und umarmte seinen Kontrahenten lachend, doch Axeu fiel es sichtlich schwer, diese Freundschaftsbezeugung über sich ergehen zu lassen. Temucin war sicher, dass er sein Schwert genommen und den Kampf bis zu einem wirklich blutigen Ende ausgetragen hätte, hätten die beiden Khane nicht so einmütig vor ihm gestanden.

Auch danach blieb er noch lange wach. Dem ersten Kampf folgten weitere, die zwischen Belmins Männern und den Kriegern aus dem Dorf ausgetragen wurden, wenn auch nicht annähernd so wütend und bitterernst wie der erste – die meisten waren nur harmlose Raufereien.

Die beiden Khane und ein Großteil der Männer kehrten schließlich wieder ans Feuer zurück, um die unterbrochene Feier fortzusetzen, und Temucin schloss sich ihnen uneingeladen an. Den Blicken, mit denen sein Vater ihn maß, nach zu urteilen, schien ihm diese Entscheidung nicht zu gefallen, aber er sagte nichts, sondern ließ es zu, dass sein Sohn nicht nur weiter neben ihm saß, sondern dies auch ungewöhnlich lange. Bis zur Morgendämmerung konnte es nicht mehr allzu lange hin sein, als Temucin sich endlich erhob und in seine Jurte ging. Er glaubte die sonderbaren Blicke, mit denen Belmin ihn maß, fast wie die Berührung einer warmen Hand zwischen den Schulterblättern zu spüren.

In seinem Zelt war es dunkel und warm. Er hatte gehofft, Arbesa schlafend vorzufinden, und ihre gleichmäßigen, flachen Atemzüge schienen diese Hoffnung zu bestätigen. Temucin machte kein Licht und bemühte sich, so wenig Geräusche wie möglich zu verursachen, während er sich bis auf das lange, wollene Untergewand entkleidete; ein Vorhaben, das allerdings von den Metallteilen seiner Rüstung hoffnungslos zunichtegemacht wurde, die umso lauter klimperten und schepperten, je angestrengter er versuchte, leise zu sein.

An Arbesas gleichmäßigen Atemzügen änderte sich nichts, doch als er zu ihr unter das warme Schaffell schlüpfte und sich vorsichtig Rücken an Rücken hinlegte, hob sie den Kopf und sagte mit leiser, spöttischer und nicht im Geringsten verschlafen klingender Stimme: »Na? Sind die Kämpfe vorbei – und kehrt der große Krieger jetzt müde von der Schlacht heim?«

Temucin hätte um ein Haar vor Ärger mit den Zähnen geknirscht – nicht so sehr über die Worte, auch wenn sie ihn wurmten, sondern aus Ärger über sich selbst, dass er sich tatsächlich eingebildet hatte, er würde so leicht davonkommen. Seine Vernunft sagte ihm, dass es das Beste sei, gar nicht zu antworten und den Schlafenden zu spielen, doch in Gegenwart des Mädchens fiel es ihm schwer, der Stimme der Vernunft zu folgen.

»Das war doch nur Spaß«, antwortete er, ohne den Kopf zu heben.

»Ja, ich finde es auch spaßig, wenn Männer mit scharfem Eisen in der Hand aufeinander losgehen und sich schlagen, bis sie bluten«, versetzte Arbesa.

Temucin wurde jetzt wirklich ärgerlich, aber er konnte immer noch nicht genau sagen, auf wen. Zwei oder drei Augenblicke lang schwieg er verbissen, dann richtete er sich auf, schlug mit einem Ruck das Fell beiseite und tastete im Dunkeln umher, bis er Feuerstein und die kleine Öllampe gefunden hatte.

Er war so zornig, dass seine Hände zitterten und er fünf oder sechs Anläufe brauchte, um den Docht in Brand zu setzen, und als es ihm schließlich gelungen war, stellte er sich so ungeschickt dabei an, dass er sich die Finger an der winzigen Flamme verbrannte.

Arbesas Augen glitzerten spöttisch. Sie hatte sich aufgesetzt und die Decke bis zu den Knien abgestreift. Sie trug nur ein dünnes Kleid, durch das man fast alles sehen konnte. Der Anblick war Temucin peinlich. Er senkte den Blick.

»Warum so schüchtern, großer Krieger?«, stichelte Arbesa.

Temucin sagte nichts, aber er spürte selbst, dass er (wieder einmal) rote Ohren bekam.

»Du bist doch nicht etwa verlegen?«, fuhr das Mädchen mit einem erstaunt gespielten Augenklimpern fort. »Ich meine: Ich kenne mich mit den Sitten deines Volkes nicht so gut aus, aber ist es nicht so, dass die Krieger nach überstandener Schlacht zu ihren Frauen heimkehren und bei ihnen liegen ...? Wenn sie überlebt haben und noch etwas anderes tun können, als schweigend vor sich hinzubluten, heißt das«, fügte sie nach einem kurzen, aber alles andere als bedeutungslosen Schweigen hinzu.

»Du musst nicht hier schlafen«, sagte Temucin scharf. »Wenn dir meine Gesellschaft nicht gefällt, kann ich meinen Vater gerne bitten, dir ein eigenes Quartier zuzuweisen.«

Arbesa lächelte unerschütterlich weiter. Das gelbe Licht der Öllampe ließ ihr Gesicht weicher und womöglich noch schöner erscheinen und so wütend er auch allmählich auf sie wurde, so wenig gelang es ihm, sich von ihrem Anblick loszureißen. Dazu kam, dass sie für einen kurzen Moment fast erschrocken wirkte, als wäre ihr klar geworden, dass sie mit ihren Worten vielleicht doch ein bisschen zu weit gegangen war. Aber nur einen flüchtigen Augenblick. Dann erschien der spöttische Ausdruck wieder auf ihrem schönen Gesicht.

»Obwohl«, fuhr sie fort, als hätte er gar nichts gesagt, »du mir jetzt schon besser gefällst, wo du diese albernen Kleider ausgezogen hast. Es muss schrecklich unbequem sein, mit mehr Eisen am Leib herumzulaufen, als man selbst wiegt.«

Temucin blickte instinktiv an sich herab, und Arbesa sagte leise: »Bilde dir bloß nichts ein.«

»Ich wüsste nicht was«, gab Temucin zurück.

Es hatte scharf klingen sollen, kam aber eher kläglich heraus. Seine Ohren glühten mittlerweile so sehr, dass es die Öllampe nicht mehr gebraucht hätte, um die kleine Jurte zu erhellen.

Obwohl Temucin nicht direkt hinsah, konnte er spüren, wie sich etwas an Arbesas Gesichtsausdruck änderte. Als sie nach einer kleinen Ewigkeit weitersprach, überraschten ihn ihre Worte. »Entschuldige. Ich wollte dich nicht verletzen.«

»Das hast du auch nicht«, log Temucin mit wenig Überzeugung. Und fügte hinzu: »Du musst dich nicht entschuldigen. Bei niemandem.«

Arbesa runzelte die Stirn. »Warum?«

»Weil du vielleicht eines Tages Khanin wirst«, antwortete er. »Und eine Khanin entschuldigt sich nicht. Für nichts und bei niemandem.«

Das Mädchen sah ihn eine ganze Weile nachdenklich an. »Und wer hat dir diesen Blödsinn beigebracht?«, fragte sie dann.

»Mein Vater!«, antwortete Temucin heftig. »Und es ist kein Blödsinn! Es ist die Wahrheit!«

»Weil dein Vater Khan ist und ein Khan immer die Wahrheit sagt, auch wenn es gar nicht die Wahrheit ist, meinst du?«, wollte Arbesa wissen.

Im allerersten Moment machten die Worte Temucin so zornig, dass er sie am liebsten gepackt und so lange geschüttelt hätte, bis sie sie zurücknahm und sich dafür entschuldigte … und dann wurde ihm klar, was er gerade selbst gedacht hatte. Gegen seinen Willen musste er lachen. »Ja, wahrscheinlich hast du recht.«

Wieder schwieg Arbesa. Sie setzte sich weiter auf, zog die Knie an den Körper und umschlang sie mit den Armen. Es fiel Temucin immer schwerer, sie nicht unverhohlen anzustarren. Irgendwie gelang es ihm, aber er war ziemlich sicher, dass das Mädchen spürte, was in ihm vorging. Er selbst verstand es nicht einmal annähernd.

»Ich wollte dich wirklich nicht beleidigen«, sagte Arbesa schließlich.

»Das hast du auch nicht«, antwortete Temucin und begriff erst in dem Moment, in dem er die Worte aussprach, dass es die Wahrheit war. »Aber warum bist du so feindselig?«

»Bin ich das?«, wunderte sich Arbesa. Sie stützte das Kinn auf die Knie und sah ihn belustigt von unten herauf an. Dann hob sie die Schultern. Etwas in dem schelmischen Glitzern ihrer Augen erinnerte Temucin an etwas, aber er wusste nicht woran. Doch es war vertraut und erfüllte ihn mit einem Gefühl plötzlicher Wärme, das so stark war, dass er an sich halten musste, um sie nicht einfach in die Arme zu schließen. »Ich bin das alles nur nicht gewohnt, weißt du?«

»Was?«, wollte Temucin wissen.

»All diese Krieger und Waffen und ihre Freude am Kampf.«

»Ich verstehe«, sagte Temucin. »Ja, man hat mir erzählt, dass eure Sippe sehr friedfertig ist.«

Er war sich keiner Schuld bewusst, aber plötzlich hob das Mädchen mit einem Ruck den Kopf, und eine steile, eindeutig ärgerliche Falte erschien zwischen ihren dünnen, wie gemalt wirkenden Augenbrauen.

»Du kannst ruhig sagen, was du denkst«, schnappte sie. »Du meinst, wir sind eine Sippe von Feiglingen. Wir kämpfen nicht gerne.«

Temucin setzte zu einer instinktiven Erwiderung an (die vermutlich schon wieder auf eine Entschuldigung hinausgelaufen wäre), aber das Mädchen ließ ihn nicht zu Wort kommen, sondern fuhr lauter und schärfer fort: »Du musst keine Hemmungen haben. Ich bin vielleicht noch ein Kind, aber ich bin nicht dumm. Ich weiß, was man über meine Sippe redet.«

»Ich habe nicht gesagt, dass ich euch für Feiglinge halte«, verteidigte sich Temucin. »Aber was ist das für ein Khan, der nur über eine Sippe gebietet und nicht über Krieger?«

»Vielleicht ein sehr weiser Khan?«, fragte Arbesa.

Ihr Zorn verrauchte so schnell, wie er gekommen war, doch etwas hatte sich geändert. Das zarte Band, das sich für einen Moment zwischen ihnen gespannt hatte, bekam einen Riss.

»Und wie wollt ihr euer Land verteidigen, und euren Besitz, wenn die Feinde kommen und ihn euch wegnehmen wollen?«, fragte Temucin lahm.

»Bis jetzt hat es noch niemand versucht«, antwortete Arbesa sanft.

»Ja, vielleicht, weil keine Ehre darin liegt, einen Feind zu besiegen, der sich nicht wehren kann«, gab Temucin zurück.

Die Worte taten ihm leid, bevor er sie auch nur ausgesprochen hatte, aber es war unmöglich, sie zurückzunehmen.

Arbesa zeigte sich jedoch nicht verletzt, sondern hob nur die Schultern und machte eine Kopfbewegung zum Ausgang hin. »Und ich dachte, ich hätte gerade gesehen, wie mein Leibwächter einem eurer besten Krieger ebenbürtig war. Dass mein Volk das Kämpfen nicht liebt, heißt nicht, dass wir wehrlos wären. Du solltest besser auf sie hören.«

»Auf sie?«, fragte Temucin verständnislos.

Arbesa antwortete nicht, sondern legte sich wieder hin, zog die Decke bis zu den Schultern hoch und drehte sich mit einem Ruck um und hinein, sodass für Temucin nicht einmal mehr ein Zipfel übrig blieb, um sich vor der Kälte der Nacht zu schützen.

Er blieb noch eine ganze Weile schweigend sitzen und sah auf das sich schlafend stellende Mädchen hinab, bevor er endlich das Licht löschte, sich ebenfalls ausstreckte und darauf wartete, dass entweder der Schlaf kam oder die Kälte, um ihn daran zu hindern.

Die Kälte gewann diesen Kampf für eine sehr lange Zeit …

Doch dann siegte die Müdigkeit, und er fand sich augenblicklich in der silbernen Mondlichtwelt seiner Träume wieder. Anders als in den meisten Nächten konnte er von seiner Umgebung deutlich mehr erkennen als vage Schemen und einen sternenübersäten Himmel.

Es herrschte wie immer Nacht, aber sie war nicht so undurchdringlich wie sonst. Weit hinter Sarantuya machte er die Hügel eines fernen Horizonts aus, wogende Wälder und einen silbernen, vielfach gewundenen Flusslauf. Er hatte ein fast körperlich spürbares Empfinden von Alter und unermesslicher Macht, das nicht nur von dem riesigen Drachen ausging, sondern auch von dieser Welt, auf die ihm Sarantuya nur manchmal einen kurzen Blick gewährte. Keine Steppe, und nirgendwo die Spuren von Menschen.

»Nun, habe ich dir zu viel versprochen?«, fragte Sarantuya. Sie war in aufgeräumter Stimmung (soweit ein Drache von der zehnfachen Größe eines Ochsen in ausgelassener Stimmung sein konnte), und in ihren Augen funkelte der Schalk. Ihr langer, schuppiger Schwanz schien zum Takt einer lautlosen Musik auf den Boden zu klopfen. »War das ein aufregender Tag? Sag schon? War er das?«

»Ja«, gestand Temucin. Er zog eine Grimasse. »Wenigstens für einige hier.«

»Jetzt tu nicht so«, antwortete der Drache noch immer in diesem fröhlich aufgekratzten Ton, den Temucin nicht ganz nachvollziehen konnte. »Jeder zweite Krieger in deinem Dorf würde sonst was dafür geben, sein Nachtlager mit der Tochter eines so mächtigen Khans zu teilen.«

»Sie ist eine Nervensäge!«, erinnerte Temucin.

»Was der eine oder andere in deinem Dorf auch von einem gewissen jungen Krieger behauptet, den wir beide kennen«, antwortete Sarantuya fröhlich. »Ich glaube, er ist der Sohn des Khans.« Sie legte den Kopf schräg. »Wieso ist sie eine Nervensäge? Weil sie die Wahrheit sagt?«

Temucin hüllte sich in beleidigtes Schweigen, aber er wusste, wie wenig ihm das nutzen würde. Wenn Sarantuya sich einmal dazu entschlossen hatte, über ein bestimmtes Thema zu reden, dann *tat* sie das auch, basta.

»Sie macht sich über mich lustig«, behauptete er schließlich.
»Und sie hat meinen Vater beleidigt.«

»Das hat sie nicht«, entgegnete Sarantuya und schüttelte den Kopf. Ihr Lächeln erlosch und machte einem ebenso besorgten wie fragenden Ausdruck Platz. »Ich spüre Groll in dir, mein junger Freund. Was ist geschehen?«

Im ersten Moment wollte Temucin einfach weiter leugnen, aber das wäre sinnlos gewesen. Auch wenn sie es niemals zugegeben hatte, wusste Temucin doch sehr wohl, dass Sarantuya seine Gedanken las. Aus irgendeinem Grund bestand sie jedoch stets darauf, dass er sie laut aussprach.

»Chuzir«, gestand er widerwillig.

»Dein Freund … Verzeihung, seit Kurzem dein Schwurbruder. Damit ist er mehr als ein Freund, nicht wahr?«

»Ein schöner Schwurbruder«, ereiferte sich Temucin. »Er hat es allen erzählt!«

»Was?« Sarantuya spielte weiter die Unwissende.

»Das mit dem Hund«, antwortete er aufgebracht. »Jetzt weiß jeder im Dorf, dass ich Angst vor Hunden habe. Nicht nur mein Vater, sondern auch alle anderen.«

»Und was ist so schlimm daran? Nicht, dass du es nicht wüsstest, und ich nicht wüsste, dass du es weißt … aber selbst das Herz des tapfersten Kriegers ist nicht gegen die Furcht gefeit. Nur sehr dumme Menschen kennen keine Angst. Die meisten von ihnen leben nicht sehr lange … aber das nur nebenbei. Sogar wir Drachen kennen die Furcht.«

»Wovor?«

»Das würdest du nicht verstehen«, antwortete Sarantuya geheimnisvoll. »Und es gehört nicht hierher. Was also ist so schlimm daran, dass nun alle wissen, dass auch du dich vor irgendetwas fürchtest?«

»Nicht vor *irgendetwas*«, antwortete Temucin betont. »Vor Hunden! Vor einem räudigen Köter! Alle werden über mich lachen.«

Genau genommen taten sie es jetzt schon.

»Niemand wird über dich lachen, wenn du erst einmal Khan bist«, widersprach Sarantuya. »Und wozu gehört wohl mehr Mut? Sich dem Spott der Kameraden auszusetzen, um für seine Prinzipien einzustehen, oder sich mit einem – wie hast du es gerade genannt? – *räudigen Köter* anzulegen? Du hättest ihn erschlagen können, wenn du es wirklich gewollt hättest. Du bist stark.«

»Ich bin ein Feigling!«, sagte Temucin bitter.

»Nein, das bist du nicht!« Sarantuya klang fast ein bisschen zornig. »Du hattest Angst vor diesem Hund, aber du hattest noch viel mehr Angst davor, dass die anderen Jungen von deiner Angst erfahren und über dich lachen. Feige wäre es gewesen, hättest du dieses unschuldige Tier erschlagen, damit niemand deine Angst bemerkt.«

Temucin dachte an die gewaltigen Zähne des Hundes und den wilden Ausdruck in seinen Augen. Er hatte so seine Zweifel an der Harmlosigkeit dieses *unschuldigen Tieres* … aber das behielt er lieber für sich.

»Ich verstehe trotzdem nicht, warum er das getan hat!«, beharrte er. »Mein angeblich bester Freund hat mich verraten! Warum?«

»Weil er im Gegensatz zu dir tief in seinem Herzen wirklich ein Feigling ist«, antwortete Sarantuya leise. »Er ist wütend.«

»Wütend? Auf mich? Aber warum denn? Ich habe ihm nichts getan!«

»Er hat den Hund verfehlt. Zum ersten Mal in seinem Leben hat sein Pfeil das Ziel verfehlt. Und er gibt dir die Schuld daran … na ja, nicht ganz zu Unrecht, wenn man es recht bedenkt.«

»Weil mein Pfeil so krumm war«, vermutete Temucin.

»Jedenfalls ist es das, was er glaubt.« Sarantuya zwinkerte verschwörerisch. »Wir beide wissen, warum er wirklich danebengeschossen hat, nicht wahr?«

Temucin sagte vorsichtshalber nichts dazu; schon, weil *diese* Erklärung die Sache auch nicht wirklich besser machte. Eigentlich war es egal, *warum* er die Schuld an Chuzirs Ungeschick trug.

»Er bedauert schon längst, es getan zu haben«, sagte Sarantuya. »Sei ihm nicht zu böse. Ihr seid doch Freunde.«

»Jedenfalls habe ich das bis jetzt geglaubt«, grollte Temucin.

»Freundschaft bedeutet, dem anderen einen Fehler zu verzeihen«, sagte Sarantuya. »Vielleicht ist das sogar das Allerwichtigste.«

Temucin wollte gerade eine entsprechende giftige Bemerkung machen, als er eine Bewegung in den Augenwinkeln wahrzunehmen glaubte und erschrocken herumfuhr. Etwas huschte davon; etwas Großes und Schuppiges und sich Schlängelndes. Es war zu schnell verschwunden, als dass er es wirklich erkennen konnte. Aber war es möglich, dass …?

Überrascht wandte er sich wieder zu Sarantuya um. Der große Drache kam seiner Frage zuvor, indem er lächelnd das gewaltige Haupt schüttelte. »Gib dir keine Mühe, kleiner Freund. Ich darf deine Fragen nicht beantworten, und er wird nicht mit dir reden. Wir reden immer nur mit dem Menschen, zu dem wir gehören.«

Es dauerte eine Weile, bis Temucin begriff, was diese Worte bedeuteten. »Soll … soll das heißen, dass es noch jemanden hier gibt, der mit einem Drachen spricht?«, murmelte er.

Noch vor einem Augenblick hätte er nie und nimmer geglaubt, dass ein Drache grinsen konnte – aber Sarantuya konnte es, und zwar schon fast unverschämt breit. »Seit einer kleinen Weile, ja.«

Diesmal dauerte es beinahe noch länger, bis Temucin begriff, dann fuhr er fast erschrocken zu Arbesa herum. Aber Arbesa war natürlich nicht da, denn schließlich befand er sich in einem Traum. Sarantuya kicherte.

»Arbesa?«, murmelte er ungläubig. »Sie hat … auch einen Dachen?«

»Also, eigentlich haben wir Drachen euch, und nicht ihr uns«, antwortete Sarantuya ein bisschen beleidigt. »Aber ja, man könnte es so nennen.«

»Oh«, machte Temucin.

»Oh, oh.« Sarantuya äffte seinen verblüfften Tonfall übertrieben nach. »Was hast du geglaubt? Dass du der Einzige bist?«

»Wenn ich ehrlich bin … ja«, gestand Temucin. Wenn er ganz ehrlich war, dann war er nicht einmal *vollkommen* sicher, dass es Sarantuya überhaupt *gab*.

»Dann muss ich dich enttäuschen«, stichelte Sarantuya weiter. »So etwas Besonderes bist du nun auch wieder nicht, mein kleiner Khan.«

»Aber warum … warum hat Arbesa mir nichts davon gesagt?«, murmelte Temucin.

»Warum sollte sie? Sie kennt dich doch gar nicht.« Bevor Temucin etwas einwenden konnte, fuhr der Drache fort: »Außerdem ist es für sie ganz normal. Fast alle aus ihrer Sippe haben einen von uns zum Freund.«

»Die ganze Sippe?«, wunderte sich Temucin.

»Nun, sagen wir: fast alle«, antwortete Sarantuya. »Sie sind ein sehr friedfertiges Volk. Wir Drachen lieben die, die den Frieden lieben.«

»Ausgerechnet *ihr*?«, entfuhr es Temucin. Er bedauerte diese Worte sofort, aber Sarantuya hätte sie wohl selbst dann gehört, wenn er sie nur *gedacht* hätte.

Sie sah ihn verletzt und ein wenig ärgerlich an. »Du glaubst, nur weil wir stark und groß sind, müssten wir gefährlich sein?«

Temucin lernte noch etwas: nämlich, dass man durchaus auch im Traum einen roten Kopf bekommen konnte. Er schwieg.

»Wir sind sehr groß und sehr stark«, fuhr Sarantuya fort. Sie klang plötzlich sehr ernst, aber immer noch ein bisschen verärgert. »Niemand kann uns gefährlich werden, wenn du das meinst. Aber warum sollten wir uns deshalb wie reißende Bestien aufführen? Wir sind schließlich keine Menschen.«

Temucin wollte auffahren, doch Sarantuya hob in einer erstaunlich menschlich wirkenden Geste die rechte Tatze und brachte ihn zum Schweigen, noch bevor er einen Laut herausbringen konnte. »Ich weiß, was man sich über uns erzählt. Ihr Menschen haltet uns für Ungeheuer. Fürchterliche Bestien, die Mensch und Tier fressen und das Land mit ihrem Feueratem versengen.« Sie kniff das linke Auge zu. »So ungefähr kommt das doch hin, oder?«

»Hm«, machte Temucin.

»Aber so ist es nicht. Wir sind so groß und stark, wie ihr glaubt, sogar noch viel stärker. Schon ein Einziger von uns könnte euer Volk vom Antlitz dieser Welt tilgen – aber warum sollten wir das tun? Keiner von uns hat je auch nur einen Einzigen von euch getötet. Und das wird auch nicht geschehen, solange es euch gibt.«

»Entschuldige«, murmelte Temucin. »Ich wollte dich nicht verletzen.«

»Ich weiß.« Sarantuyas Stimme nahm wieder den gewohnten sanften Klang an. Plötzlich kicherte sie. »Habe ich mich verhört oder hast du dich bei mir entschuldigt? Du, der Sohn des Khans?«

Temucin schwieg und Sarantuya wurde wieder ernst. »Also gut, irgendwann hättest du diese Frage sowieso gestellt, und ich kann sie dir auch jetzt beantworten. Vielleicht ist der richtige Zeitpunkt gekommen, nachdem du deine künftige Braut kennengelernt hast.«

»Das steht noch gar nicht …«, begehrte Temucin auf.

Sarantuya unterbrach ihn mit einem Kopfschütteln, das vom leisen Klirren ihrer Schuppen begleitet wurde. »Sie *wird* deine Frau. Ihr werdet sehr lange und sehr glücklich miteinander leben … auch, wenn du sie eines Tages verraten wirst.«

»Ich? Niemals!«, empörte sich Temucin.

»Doch, das wirst du«, beharrte Sarantuya sanft. »Aber sie wird es dir verzeihen, keine Sorge.«

»Du weißt das?« Temucin riss die Augen auf. »Du weißt, was die Zukunft bringt?«

»Nicht alles«, sagte Sarantuya. »Wir Drachen sehen nicht die Zukunft voraus. Nicht so, wie du jetzt glaubst.«

Temucin fiel etwas ein. »Du hast vorausgesagt, dass ich jemanden kennenlernen werde, der sehr wichtig für mich ist!«

»Das war nicht die Zukunft, sondern nur ein Tag«, antwortete der Drache. »Aber wir sehen manches. Einige Wege sind klar und breit, manche schmal und verschwommen, und sie verzweigen sich unentwegt. Ich kann dir sagen, dass Arbesa dein Eheweib wird, und dass ihr ein langes und glückliches Leben miteinander führen werdet … aber was ihr daraus macht, das ist ganz allein eure Entscheidung. Ich vermag es nicht zu sehen.«

»Und wenn du es könntest, würdest du es mir nicht sagen«, vermutete Temucin.

»Stimmt«, antwortete Sarantuya fröhlich. »Du wirst den rechten Weg schon finden. Ich bin fast sicher.«

»Fast?«

»Fast«, bestätigte Sarantuya ungerührt. »Auch wir Drachen wissen nicht alles. Wir haben weder das Recht, noch die Macht, uns in euer Leben einzumischen. Aber du hast ein gutes Herz, und ich glaube an dich. Wäre es anders, hätte ich dich nicht gewählt.«

»Gewählt?«, wiederholte Temucin.

»Wir Drachen suchen uns die, denen wir unsere Freundschaft anbieten, sehr genau aus«, erklärte Sarantuya. »Nur wer reinen Herzens ist und nicht den Weg des Schwertes geht, kann uns kennenlernen.« Sie zögerte kurz, als wäre sie nicht sicher, ob sie weitersprechen sollte, tat es dann aber doch. »Du hast niemals mit deinem Vater über mich gesprochen, habe ich recht?«

Temucin antwortete nur mit einem Kopfschütteln, und Sarantuya fuhr fort. »Vielleicht ist das gut so. Wusstest du, dass auch er früher einen Gefährten aus unserem Volk hatte?«

Temucin riss ungläubig die Augen auf. »Mein Vater? Der Khan?«

»Bevor er Khan wurde«, bestätigte Sarantuya. »Er muss ungefähr so alt gewesen sein wie du jetzt.« Sie lachte gutmütig. »Ich sollte es dir eigentlich nicht sagen, aber ... er hatte auch Angst.«

»Vor Hunden?«

»Nein«, gluckste Sarantuya. »Vor Pferden.«

»Wie bitte?«, keuchte Temucin. »Mein Vater hatte Angst vor *Pferden?! Der Khan?!*«

»Damals war er es noch nicht«, wandte Sarantuya ein, »und er hat seine Furcht überwunden. Er hat sich ihr gestellt und sie so besiegt.«

Temucin benötigte eine kleine Weile, um diese Neuigkeit zu verdauen. »Und ... was ist dann passiert?«, fragte er schließlich.

»Er ist den falschen Weg gegangen«, antwortete Sarantuya, und das auf eine Art, die Temucin klarmachte, wie sinnlos es war, auch nur eine einzige weitere Frage zu stellen. Sie wechselte das Thema. »Früher einmal hatten viele von uns Freunde eures Volkes. Es gab sogar eine Zeit, als jeder Mensch einen Drachen an seiner Seite hatte ... oder warum wohl, glaubst du, können sich so viele an uns erinnern? Aber das ist lange her.«

»Was ist geschehen?«, fragte Temucin.

»Was fast immer geschieht«, antwortete Sarantuya traurig. »Zu viele Menschen sind den falschen Weg gegangen.«

Temucin spürte die Trauer des großen Drachen. Er hatte mit seiner Frage etwas berührt, worüber Sarantuya nicht reden wollte. Trotzdem fragte er leise: »Und was genau bedeutet das?«

»Später«, erwiderte Sarantuya. Sie räusperte sich heftig. »Ich habe dir schon zu viel erzählt, für einen Tag. Nur Geduld, mein kleiner Khan. Wir werden noch oft Gelegenheit haben, miteinander zu reden. Vielleicht dein ganzes Leben lang. Aber diese Entscheidung liegt bei dir allein.«

Der Leibwächter

Arbesa war verschwunden, als Temucin erwachte – mindestens eine Stunde nach Sonnenaufgang, mit einem schlechten Geschmack im Mund, verquollenen Augen und hämmernden Kopfschmerzen, als hätte er am vergangenen Abend nicht nur mit den Männern am Feuer gesessen, sondern auch den starken, aus vergorener Schafsmilch gewonnenen Schnaps getrunken, dem die Krieger manchmal etwas zu ausgiebig zusprachen ... und letzte Nacht sicherlich ganz besonders. Außerdem plagten ihn die Erinnerungen an einen wirren Traum, der irgendetwas mit dem Drachen und Arbesa zu tun hatte, ohne dass er sich in seiner Benommenheit gleich an alle Einzelheiten erinnern konnte.

Aber wo war Arbesa?

Temucin blickte das leere Bett neben sich verwundert an, bevor ihm zu Bewusstsein kam, dass er sich schon beinahe benahm wie ein alter Ehemann nach zwanzig Jahren. Dabei hatte Sarantuya ihm nur vorausgesagt, dass Arbesa *irgendwann einmal* sein Weib werden würde ... und auch das nur vielleicht, wenn er ihre Worte richtig deutete.

Falls der Drache überhaupt mit ihm gesprochen und er sich das wirre Zeug nicht zusammenfantasiert hatte, hieß das. Ganz sicher war er nicht. Sein Vater und Angst vor *Pferden*? Das war einfach lächerlich!

Temucin schürzte abfällig die Lippen über seine eigenen Gedanken, schlug das Schaffell mit einem Ruck zur Seite und stand auf. Die Geräusche des Dorfes drangen ebenso gedämpft wie aufdringlich zu ihm herein, und Temucin widerstand im letzten Moment dem Impuls, seine Schlaftrunkenheit mit einem Kopfschütteln zu vertreiben; wahrscheinlich wäre sein Kopf glattweg explodiert. Dabei hatte er noch nicht einmal von der vergorenen Schafsmilch gekostet! Nicht zum ersten Mal fragte er sich, was die Krieger eigentlich daran fanden, sich nahezu jeden Abend am Feuer bis zur Bewusstlosigkeit zu betrinken.

Und überhaupt: sein Vater und Angst vor Pferden! Das war *lächerlich!*

Temucin trat geduckt aus der Jurte hinaus und kam sich im nächsten Moment tatsächlich wie einer der Erwachsenen vor, als das grelle Licht der Morgensonne wie mit Messern in seine Augen stach. Er blinzelte und knirschte mit den Zähnen, um ein Stöhnen zu unterdrücken – ein Benehmen, das er nur zu oft bei den Kriegern (und seinem Vater) beobachtet hatte, wenn die Nacht zuvor kurz und die Feier heftig gewesen war. Es blieb ihm ein Rätsel, welchen Vorteil man daraus ziehen sollte.

Dafür verstand er umso besser, warum es die Männer manchmal plötzlich so eilig hatten, in den nahe gelegenen Wald oder zum Fluss hinunterzukommen. Er fühlte sich schmutzig, am ganzen Leib klebrig, und sein Kleid und seine Haare stanken so durchdringend nach Rauch, dass ihm ein bisschen übel wurde. Unverzüglich wollte er den Weg zum Fluss einschlagen, besann sich dann auf das, was ihm sein Vater am vergangenen Abend eingeschärft hatte: Solange die Gäste im Dorf waren, sollte er sich der Tradition gemäß kleiden und nicht wie ein abgerissener Betteljunge herumlaufen.

Mit hängenden Schultern schlurfte er zurück, sammelte seine Rüstung samt der schweren Waffen ein und knüllte alles zu einem Bündel zusammen, das er sich über die rechte Schulter werfen konnte. Während er sich gebückt und unter dem Gewicht seiner Last ächzend auf den Weg zum Hügel und den dahinterliegenden Fluss machte, wurde ihm bewusst, dass Arbesa recht gehabt hatte: Das Zeug wog mehr als er selbst. Plötzlich war sein Ärger darüber verflogen, dass sie heute Morgen verschwunden war. Er war ganz im Gegenteil froh darüber, dass sie ihn in seinem bejammernswerten Zustand nicht sah.

Ohne sich um einen der anderen zu kümmern oder auch nur eines der Grußworte zu erwidern, die ihm zugeworfen wurden, schlurfte er den Hügel hinauf und durchquerte, immer wieder gähnend und zwei- oder dreimal sogar innehaltend, das kleine Waldstück, in dem Chuzir und er den Bruderschwur abgelegt hatten. Als er an dem Gebüsch vorbeikam, in dem der Hund verschwunden war, wollte eine kurze, unangenehme Erinnerung in seinem Bewusstsein aufblitzen. Aber er verscheuchte sie und zwang sich, an gar nichts zu denken; was ihm im Moment nicht besonders schwerfiel.

Endlich schimmerte das Wasser des Flusses vor ihm durch das Unterholz. Temucin schritt rascher aus, warf sein Bündel in hohem Bogen zu Boden, sodass ein lautstarkes und lang anhaltendes Klimpern und Scheppern zu hören war. Er griff nach seinem Unterkleid, um es mit einem Ruck über den Kopf zu streifen, hielt dann aber im letzten Moment inne. Aus den Augenwinkeln heraus hatte er eine Bewegung wahrgenommen. Etwas plätscherte im Wasser. Temucin sah genauer hin und registrierte verärgert, dass er schon wieder rote Ohren bekam.

Jemand schwamm im flachen Ufergewässer des Omon, und nicht nur irgendjemand. Es war Arbesa. Sie trug noch weniger als in der vergangenen Nacht – nämlich gar nichts – und das Wasser war kristallklar und so sauber, dass es nur sehr wenig verbarg. Falls ihr die Situation allerdings peinlich war, dann überspielte sie es meisterhaft. Wasser tretend und halb auf dem Rücken liegend blickte sie aus ihren spöttisch glitzernden Augen zu ihm hoch und besaß nicht einmal den Anstand, Verlegenheit zu heucheln, sondern amüsierte sich ganz im Gegenteil unverhohlen über seine unbeholfene Art. Temucin wusste plötzlich nicht mehr, wohin mit seinem Blick.

»Der große Krieger ist wach?«, stichelte sie, als wäre zwischen ihrem Gespräch von vergangener Nacht und jetzt gar keine Zeit vergangen. »Erstaunlich. Ich hätte gedacht, dass du länger brauchst, um dich von der großen Schlacht zu erholen.«

»Ja, ich wünsche dir auch einen guten Morgen«, knurrte Temucin.

Gestern Nacht, als Sarantuya ihm von seiner Zukunft und einem Leben an Arbesas Seite erzählt hatte, hatte ihm der Gedanke gefallen, aber vielleicht, dachte er, sollte man Drachen nicht alles glauben ... vor allem *weiblichen* Drachen. Er war nahe daran, sein Gewand abzustreifen, um ins Wasser zu springen, besann sich dann eines Besseren und watete vollständig bekleidet und mit klappernden Zähnen in das eisige Wasser des Flusses. Arbesa planschte ein kleines Stück davon, ließ ihn aber nicht aus den Augen und in ihrem Blick glitzerte es spöttisch.

Was hatte er erwartet?

»Badet ihr immer in euren Kleidern?«, wollte Arbesa wissen.

Temucin bedachte sie mit einem giftigen Blick, tauchte unter und blieb so lange unter Wasser, bis seine Lunge nach Luft schrie und sein Herz zu platzen drohte. Prustend und keuchend tauchte er wieder auf, fuhr sich mit beiden Händen durchs Gesicht und über das lange, nasse Haar, das an seinem Kopf klebte, und antwortete mit einiger Verzögerung: »Nur, wenn das Wasser schmutzig ist. Oder irgendwelches Ungeziefer darin schwimmt.«

Arbesa sah ihn verwirrt an, hob zur Antwort die Schultern und paddelte, auf dem Rücken liegend, ein Stück weit davon. Im nächsten Moment machte sie kehrt, um in allmählich kleiner werdenden Kreisen um ihn herumzuschwimmen – wie ein Raubfisch, der seine Beute einkreist.

Da er keine Lust hatte, gefressen zu werden, tauchte Temucin abermals, legte das kurze Stück zum Ufer unter Wasser schwimmend zurück und watete prustend und tropfnass aus dem Wasser. Wäre Arbesa nicht da gewesen, hätte er spätestens jetzt sein Kleid ausgezogen, um es auszuwringen, aber sie war da, und er war sich ihrer Blicke sehr bewusst. So strich er nur ein paarmal mit den Händen über sein Gewand, bückte sich nach dem Bündel, das er achtlos fallen gelassen hatte, entwirrte es mit deutlich mehr Mühe, als es ihn gekostet hatte, es zusammenzuknautschen, und begann seine Rüstung anzulegen. Das nasse Kleid behinderte ihn bei jeder Bewegung und klebte unangenehm kalt an seinem Körper, und wahrscheinlich, dachte er ärgerlich, würde es den halben Tag dauern, bis der Stoff zwischen der Lederrüstung und seiner Haut, die sich jetzt schon anfühlte wie Eis, vollständig getrocknet war; wenn überhaupt.

Arbesa musste ungefähr dasselbe denken, denn obwohl er sich kein einziges Mal zu ihr umdrehte, konnte er ihr spöttisches Grinsen fühlen. Sarantuya hatte im geweissagt, dass er sie eines Tages verraten würde, aber vielleicht hatte der Drache da ja etwas falsch verstanden. Im Moment war ihm eher danach, sie sofort zu ersäufen.

Wortlos und mit verbissener Entschlossenheit zog er sich vollends an und legte – nicht, weil er es wirklich wollte oder sein Vater es von ihm verlangt hatte, sondern eigentlich nur wegen dem, was Arbesa vergangene Nacht zu ihm gesagt hatte – am Schluss auch Waffengurt und Schild an und setzte sogar den schweren Bronzehelm auf. Erst dann drehte er sich wieder zum Fluss um. Arbesa planschte weiterhin fröhlich herum, hatte ihn aber offensichtlich keinen Moment aus den Augen gelassen, und natürlich war das herausfordernde Glitzern in ihrem Blick immer noch da. Plötzlich wusste er, woran ihn ihre Augen erinnerten, und ein Bild blitzte hinter seiner Stirn auf: Die Erinnerung an etwas Riesiges und Schuppengepanzertes, das lautlos davongekrochen war. Arbesa, dachte er erstaunt, hatte Sarantuyas Augen.

Und beinahe ohne dass er es wollte, fragte er: »Wie heißt sie?«

»Er.« Arbesa lächelte, aber plötzlich erschien etwas Neues in ihrem Blick, das sein Herz berührte. »Ich bin ein Mädchen. Unsere Drachen sind männlich. So wie eure stets weiblich sind.«

»Jetzt verstehe ich, was die Krieger meinen, wenn sie manchmal über ihre Frauen sprechen«, gab Temucin grinsend zurück.

Der sonderbare Ausdruck blieb in Arbesas Augen. »Tselmeg. Sein Name ist Tselmeg.«

Sie paddelte eine Zeit lang im Wasser und schien auf eine Antwort zu warten, und als sie keine bekam, wandte ihm den Rücken zu. Temucin drehte sich mit einem unbehaglichen Räuspern und eine Spur zu schnell herum – und erstarrte mitten in der Bewegung. Seine Laune sank schlagartig und seine Miene verdüsterte sich.

Er war nicht mehr allein. Nur ein kleines Stück hinter ihm waren vier oder fünf Gestalten aus dem Gebüsch getreten; aus demselben Gebüsch, in dem vorgestern der Hund verschwunden war. Einer der Jungen war Chuzir, in den anderen erkannte er Ilhan und drei seiner treuesten Kumpane – um nicht zu sagen, die übelsten Raufbolde, die die Sippe je hervorgebracht hatte. Sie standen zunächst einfach nur da und starrten ihn an. Alle außer Chuzir grinsten auf eine wenig angenehme Art, und hinter diesem Grinsen verbarg sich etwas, das Temucins Herz schneller schlagen ließ.

»Oh, oh«, spöttelte Arbesa. »Jetzt hat unser großer Krieger ein Problem, oder? Aber so schlimm wird es schon nicht werden. Ich meine: Schließlich bist du ja bewaffnet.«

Natürlich sagte sie das nur, um ihn zu necken, das war Temucin klar … aber ihm war überhaupt nicht nach Lachen zumute. Ganz im Gegenteil: Der Anblick der fünf Jungen machte ihm Angst. Bewaffnet waren sie im Übrigen auch: Chuzir mit Pfeil und Bogen, die vier anderen Jungen mit kurzen Knüppeln, die sie sich offensichtlich gerade erst von einem Baum geschnitten hatten. Und was nutzte ihm sein Schwert? Er würde ganz gewiss nicht mit blankem Eisen auf die Jungen losgehen.

Falls es überhaupt nötig war. Temucin rief sich in Gedanken zur Ordnung. Schließlich wusste er nicht, was sie von ihm wollten. Möglicherweise war ihr Auftauchen reiner Zufall. Er erinnerte sich, was ihm sein Vater einmal gesagt hatte: Wenn du Angst zeigst, dann spürt dein Feind das. Lass sie ihn nicht sehen und er wird den Kampf meiden.

Und woher willst du überhaupt wissen, dass sie gekommen sind, um zu kämpfen?, flüsterte eine Stimme hinter seiner Stirn.

Temucin, der schon einen Schritt in Richtung Chuzir und die anderen Jungen hin getan hatte, hielt verblüfft mitten in der Bewegung inne. Es war Sarantuyas Stimme. Der große Drache war da, unsichtbar und nur für ihn zu bemerken, aber schon seine Stimme zu hören, war ungewöhnlich genug. Bisher hatte er ihre Gegenwart nur im Traum gespürt, niemals im Wachsein. Etwas sehr Wichtiges musste geschehen sein.

Rasch sah er sich nach rechts und links um. Natürlich war der Drache nirgends zu sehen, aber Ilhan und seinen Begleitern entging die Bewegung keineswegs. Ein breites, durch und durch hämisches Grinsen erschien auf Ilhans Gesicht.

»Du musst keine Angst haben, oh gewaltiger Khan«, spöttelte er. »Es ist kein Hund in der Nähe.«

Temucin sog hörbar die Luft zwischen den Zähnen ein, ging weiter und versuchte dabei, die Schultern möglichst gestrafft zu halten. Seine rechte Hand lag wie zufällig auf dem Griff des Schwertes an seiner Seite, aber auch das schien eher die gegenteilige Wirkung zu erzielen, denn Ilhans abfälliges Grinsen wurde nur noch breiter.

»Sieh an. Unser zukünftiger Khan hat Schwert und Schild angelegt, um die Ehre seiner Braut zu verteidigen. Obwohl …«, fügte er mit einem anzüglichen Blick in Richtung des Flusses und einem verächtlichen Schürzen der Lippen hinzu, »… es nicht den Anschein hat, als gäbe es da noch allzu viel zu verteidigen.«

Kurz, aber heftig blitzte rote Wut hinter Temucins Augen auf, und für einen noch kürzeren Moment hatte er alle Mühe, nicht tatsächlich das Schwert zu ziehen und Ilhan das dämliche Grinsen aus dem Gesicht zu schneiden. Dann aber beruhigte er sich wieder. Arbesa und er hatten nichts Ehrenrühriges getan, und Nacktheit war kein Tabu in der Sippe. Männer, Frauen und Kinder badeten oft gemeinsam im Fluss, und eigentlich trugen sie dabei nie ihre Kleider, wie er selbst es gerade getan hatte. Ilhan wollte ihn reizen.

»Was wollt ihr?«, fragte er mit fester Stimme.

Ganz bewusst sah er Chuzir dabei nicht an, aber sein Schwurbruder fuhr sich dennoch nervös mit der Zunge über die Lippen und wandte hastig den Blick ab. Temucin musste an das denken, was Sarantuya ihm vergangene Nacht erzählt hatte, und begriff, dass es die Wahrheit gewesen war. Chuzir bedauerte seinen Fehler längst. Doch wenn dem so war, dachte er verwirrt, wieso war Chuzir dann zusammen mit Ilhan und den anderen hier?

Sarantuya beantwortete seine Frage lautlos: *Weil er nicht zurück kann. Ein Fehler zieht nur zu oft den nächsten nach sich, wenn man nicht den Mut hat, dazu zu stehen.*

»Oh, wir wollten nur sichergehen, dass unserem zukünftigen Khan und seiner Braut keine Gefahr droht«, antwortete Ilhan.

»Wuff, wuff«, fügte einer der anderen Jungen hinzu.

Temucin ignorierte ihn. »Es ist alles in Ordnung«, sagte er kalt. »Aber ich danke euch trotzdem. Ihr wisst offensichtlich, was ihr eurem späteren Khan schuldig seid.«

Chuzir machte einen kleinen, nervösen Schritt zurück, und Ilhans Hand schloss sich fester um den Knüppel. Blanke Wut blitzte in seinen Augen auf.

»Fühl dich nur nicht zu sicher, Temucin«, knurrte er. »Noch bist du nicht Khan.«

»Und wenn ich es wäre, bräuchte dich das auch nicht zu hindern«, erwiderte Temucin herausfordernd. »Denk dir einfach, ich wäre irgendein Junge aus dem Dorf.«

»Das fällt mir allerdings schwer«, gab Ilhan in eisigem Ton zurück. »Alle anderen Jungen aus dem Dorf haben das Herz eines Kriegers.«

Er will dich nur reizen, wisperte Sarantuyas Stimme. *Es liegt keine Schande darin, einem Kampf auszuweichen, den man nicht gewinnen kann.*

Auch das hatte ihm sein Vater schon mehr als einmal gesagt, und es hatte einleuchtend und überzeugend geklungen.

Sonderbarerweise tat es das jetzt nicht mehr. Ganz im Gegenteil spürte Temucin schon wieder kochende Wut in sich aufsteigen – aber zugleich auch Furcht. Sie waren zu viert, wenn er Chuzir nicht mitzählte, und Ilhan allein war schon stärker als er. Er sagte nichts.

Plötzlich grinste der größere Junge noch breiter. »Aber verzeiht, edler Khan«, sagte er in verändertem und eindeutig anzüglichem Ton. »Wenn Ihr mit Eurer Braut allein sein wollt, dann drehen wir uns gerne um. Es sei denn, du brauchst auch dabei Hilfe.«

Die anderen Jungen bis auf Chuzir kommentierten diese Worte mit boshaftem Gelächter.

»Das nimmst du zurück!«, zischte Temucin.

»Und wenn nicht?«, wollte Ilhan wissen.

Temucin blickte auf den Knüppel in der Hand des Jungen, und Ilhan zuckte mit den Schultern und warf seine improvisierte Keule in hohem Bogen ins Gebüsch. »Nur, damit du mir hinterher nicht vorwirfst, wir hätten unfair gekämpft. Aber Ihr könnt gerne Euer Schwert ziehen, großer Khan. Dann ist der Kampf wenigstens einigermaßen ausgeglichen.«

»Ich will nicht mit dir kämpfen«, hörte sich Temucin zu seiner eigenen Überraschung antworten. »Wir sind von einem Blut. Warum sollten wir uns schlagen?«

Ilhan machte ein enttäuschtes Gesicht. »Vielleicht, weil ich keinem Khan dienen will, der ein Feigling ist?«, schlug er vor.

Temucin sagte auch dazu nichts, aber er spürte plötzlich eine Anspannung in seinen Gedanken, die nicht seine eigene war. Sarantuya beobachtete ihn und offenbar erwartete sie eine ganz bestimmte Reaktion von ihm. Er wusste nur nicht, welche. Außerdem hatte er jämmerliche Angst. Er hatte längst begriffen, dass er dem Kampf nicht mehr ausweichen konnte. Ilhan und die anderen waren gekommen, um die Sache hier und jetzt auszutragen, nicht durch Zufall, sondern ganz bewusst vor Arbesas Augen; warum auch immer.

Statt zu antworten, streifte er den Schild ab, legte ihn mit einer bedächtigen Bewegung zu Boden und entledigte sich anschließend auch des Schwertgurts. Ilhan beobachtete ihn überrascht, zuckte dann erneut mit den Achseln und gab einem seiner Kumpane einen knappen Wink. »Unser kleiner Khan beweist tatsächlich Mut. Also gut – zeig, was in dir steckt.«

Auf dieses Stichwort hin trat der Bursche, dem er gerade zugewinkt hatte, ins Gebüsch und kam einen Herzschlag später zurück, einen Strick in der rechten Hand, an dessen Ende ein Hund festgebunden war.

Vielleicht auch nur etwas, was sich einbildete, ein Hund zu sein. Das Tier war kleiner als die meisten Katzen, die im Dorf lebten, hatte ein räudiges Fell und sabberte so heftig, dass es eine nasse Spur hinter sich herzog. Eines seiner Ohren war abgerissen. Es knurrte leise, als es Temucins ansichtig wurde.

»Nur keine Angst, großer Khan«, griente Ilhan. Seine drei Begleiter lachten gehässig. »Wenn Euch die Bestie zu gefährlich wird, helfen wir Euch natürlich. Ihr müsst es uns nur sagen.«

Sein Begleiter ließ den Strick fahren, und der winzige Hund ging mit wütendem Gekläff unverzüglich auf Temucin los. Es war lächerlich – nicht einmal Temucin konnte Angst vor einem so albernen kleinen Tier haben, aber er prallte tatsächlich ein kleines Stück vor dem geifernden Köter zurück, wenn auch nur aus einem Reflex heraus. Ilhan lachte gellend.

Unsichtbar und lautlos breitete Sarantuya ihre gewaltigen Schwingen aus. Gerade als er Temucin fast erreicht hatte, schrak der Hund zurück, wirbelte in einer entsetzten Bewegung herum und rannte mit einem schrillen Quietschen und eingeklemmtem Schwanz davon.

Ilhan wirkte ehrlich überrascht. Dann verfinsterte sich sein Gesicht. »Also gut«, knurrte er, »dann zeig doch mal, ob du auch etwas erschrecken kannst, das nicht zehnmal so klein ist wie du!«

Und damit stürzte er sich mit geballten Fäusten auf ihn. Mit mehr Glück als Verstand gelang es Temucin, den ersten Hieb abzuwehren, doch Ilhan riss ihn mit der Wucht seines ungestümen Angriffs von den Füßen, warf sich auf ihn und rammte ihm die Knie so derb gegen die Brust, dass wohl nur das zähe Leder des Brustpanzers seine Rippen davor bewahrte, wie dünne Zweige zu brechen. Pfeifend entwich der Atem aus seiner Lunge und für einen Moment sah Temucin nur roten Schmerz. Angst explodierte in seinem Herzen und er hätte geschrien, hätte er die nötige Luft dazu gehabt.

Ilhan brüllte triumphierend und versetzte ihm zwei, drei harte Faustschläge ins Gesicht. Als Temucin zurückzuschlagen versuchte, lenkte er seine Arme fast spielerisch zur Seite. Ein weiterer Hieb traf Temucins Gesicht und ließ seine Unterlippe aufplatzen. Blut floss aus seiner Nase. Der nächste Faustschlag hätte ihm fast das Bewusstsein geraubt.

Sarantuya!, schrie er in Gedanken. *Hilf mir!*

Nichts geschah. Die Drachenschwingen entfalteten sich kein zweites Mal, um ihn zu retten, und aus dem Himmel schoss kein Feuerstrahl, um den Angreifer einzuhüllen und zu verbrennen. Dafür schlug Ilhan weiter und mit womöglich noch größerer Kraft auf ihn ein. Temucin hatte nur noch Angst, und die Hiebe waren so hart und taten so weh, dass er ernsthaft um sein Leben zu fürchten begann. Blindlings tastete seine Hand umher, bekam etwas Hartes, Schweres zu fassen und schloss sich darum.

Es war der Griff seines Schwertes. Es lag gut in seiner Hand, schwer und scharf und die Gewissheit vermittelnd, die Schmerzen und die Furcht beenden zu können. Selbst so, wie Ilhan rittlings auf ihm saß und auf ihn einprügelte, konnte Temucin mit einer einzigen Bewegung alles ändern. Das Blut, das danach fließen würde, wäre nicht mehr sein eigenes.

Aber statt das Schwert zu benutzen, ließ er die Waffe wieder los und rief in Gedanken und mit verzweifelter Kraft erneut nach dem Drachen. *Sarantuya! Hilf mir!*

Der Drache schwieg noch immer. Temucin konnte seine Anwesenheit so deutlich fühlen, als stünde er körperlich hinter ihm, doch er griff nicht ein.

»Aufhören!«, rief eine zornige, helle Stimme.

Ilhan schlug ihm noch einmal heftig mit der Faust ins Gesicht, aber dann war sein Gewicht plötzlich von Temucins Brust verschwunden, und ein Chor überraschter, durcheinanderschreiender Stimmen nahm den Platz von Ilhans irrem Gelächter ein.

Temucin stemmte sich mühsam auf die Ellbogen hoch, blinzelte Blut und Tränen fort und riss überrascht die Augen auf, als er sah, wer ihm zu Hilfe gekommen war. Er hatte fest damit gerechnet, dass es Chuzir war, doch sein Schwurbruder stand einige Schritte abseits und wirkte ebenso verwirrt wie verloren. Jetzt war es Ilhan, der auf dem Rücken lag und beide Hände schützend über das Gesicht erhoben hatte. Die Gestalt, die auf ihm kniete und ihm eine schallende Ohrfeige nach der anderen versetzte, war einen Kopf kleiner als Temucin, hatte hüftlanges, rabenschwarzes Haar, das in nassen Strähnen an ihrer Haut klebte und trug nichts weiter als eben dieses Haar und Wasser.

»Ihr lasst ihn in Ruhe!«, schrie Arbesa und jedes Wort wurde von einer weiteren Ohrfeige begleitet, die Ilhans Gesicht allmählich rot zu färben begannen. »Nennt ihr das mutig, zu viert auf einen loszugehen? Ihr seid wahrlich tapfere Krieger!«

Ilhan überwand endlich seine Überraschung, stieß Arbesa mit einer groben Bewegung von sich herunter und sprang auf. Sein Gesicht glühte rot und war vor Scham und Zorn verzerrt, und in seinen Augen loderte die pure Mordlust. Fast war Temucin sicher, dass er sich unverzüglich wieder auf ihn stürzen würde, aber dann trat er nur einen Schritt zurück und spuckte Blut und Rotz ins Gras.

»Ja«, sagte er verächtlich. »Ich glaube, ich muss mich bei meinem Khan entschuldigen. Ich wusste nicht, dass er eine so tapfere Leibwache hat.«

Damit drehte er sich auf dem Absatz um und stürmte davon, dicht gefolgt von den drei anderen Jungen. Chuzir blieb unschlüssig stehen, wich Temucins Blick aber weiterhin aus, und schließlich ging auch er, fast ebenso schnell wie die anderen.

Temucin wollte sich in die Höhe stemmen, aber alles drehte sich um ihn. Sein Gesicht tat furchtbar weh und jeder Atemzug schmerzte. Anscheinend hatte Ilhan ihm doch eine Rippe gebrochen. Verschwommen und wie durch einen rosafarbenen Nebel hindurch nahm er wahr, dass Arbesa neben ihm niederkniete, besorgt die Hand nach ihm ausstreckte, es aber dann doch nicht wagte, ihn zu berühren. Stattdessen tat sie etwas anderes, was ihn maßlos erstaunte: Plötzlich beugte sie sich vor und hauchte ihm einen scheuen Kuss auf die Wange.

»Das war sehr tapfer von dir, Temucin«, flüsterte sie dicht an seinem Ohr.

Temucin sah sie völlig verwirrt an. Er verstand nicht, was sie meinte. Tapfer? Er hatte sich benommen wie ein Feigling!

»Was?«, murmelte er.

»Dass du es nicht getan hast.« Arbesa machte eine Kopfbewegung zu dem Schwert neben ihm.

Sie lächelte, so warm und ehrlich, wie er es nie zuvor gesehen hatte, stand mit einer fließenden Bewegung auf und streckte die Hand aus, um ihm auf die Füße zu helfen. Es war ihm peinlich, aber er brauchte diese Hilfe tatsächlich, um sich hochzustemmen. Er setzte dazu an, sich bei ihr zu bedanken und vielleicht auch eine scherzhafte Bemerkung zu machen, mit der er seine Schwäche überspielen konnte, doch da bemerkte er eine Bewegung hinter sich und fuhr erschrocken herum, überzeugt davon, dass Ilhan und die anderen zurückgekommen waren, um die Schande zu tilgen.

Aber es war nicht Ilhan. Es war sein Vater.

Yesügai stand schweigend und mit steinernem Gesicht zwischen den Bäumen, und Temucin begriff, dass er nicht erst jetzt dort angekommen war, sondern alles mit angesehen hatte. Der Blick seines Vaters grub sich wie ein glühender Dolch in sein Herz. Er war voller Verachtung.

Drachenweisheiten

»Warum hast du mir nicht geholfen?«, fuhr er Sarantuya an, kaum dass er an diesem Abend die Augen geschlossen hatte und ins Mondlicht seines Drachentraumes hinübergeglitten war. »Ich dachte, du wärst meine Freundin!«

»Aber das bin ich doch«, versicherte ihm der Drache augenklimpernd. »Was ein Glück für dich ist, wenn ich das einmal bemerken darf.«

»Wieso?«, fragte Temucin gereizt.

»Du willst mich nicht zum Feind haben, kleiner Khan. Niemand will das.« Für einen Moment war da etwas Neues in ihrem Blick, etwas, das Temucin noch niemals in ihrer Nähe gespürt hatte und einen Teil seiner Seele einfach zu Eis erstarren ließ. Aber das Gefühl verschwand, bevor es zu wirklicher Angst werden konnte, und plötzlich verzog sich Sarantuyas Gesicht wieder zu dem gewohnten, breiten Drachengrinsen. »Außerdem«, fügte sie in fast fröhlichem Ton hinzu, »*habe* ich dir geholfen.«

»Ha!«, machte Temucin.

»Habe ich etwa nicht diese blutrünstige Bestie vertrieben, gerade als sie dich zerfleischen wollte?«

»Du meinst den kläffenden Floh?« Temucin machte ein abfälliges Geräusch. »Vielen Dank auch. Mit dem wäre ich gerade noch allein fertig geworden.«

»Bist du sicher?«, fragte Sarantuya scheinheilig.

»Du weißt genau, was ich meine«, fauchte Temucin. »Ich wollte ja nicht, dass du ihnen gleich die Köpfe abreißt oder so was.«

»Sondern?«
»Vielleicht hätte es gereicht, wenn du sie ein bisschen erschreckt hättest. Ihre Herzen mit Angst erfüllt oder so etwas.«
»Darin ist schon so viel Furcht, dass kein Platz für weitere Angst ist«, antwortete der Drache. »Aber ich verstehe, was du meinst: eine hübsche Vorstellung, dass sie wimmend davonlaufen und glauben, sie hätten Angst vor dir. Hätte dir das gefallen?«
»Ja«, antwortete Temucin.
»Also gefällt es dir, wenn andere Angst vor dir haben?«, fragte der Drache.

Temucin wollte unwillkürlich nicken, aber dann war er plötzlich nicht ganz sicher, ob ihm die Vorstellung *tatsächlich* gefiel. Er schwieg.

»Ich finde, du hast dich ganz tapfer geschlagen ... für einen Menschen«, fuhr Sarantuya fort.

»Der Einzige, der *geschlagen* worden ist, bin ich«, grollte Temucin.

»Also, wenn ich mich richtig erinnere«, sagte Sarantuya nachdenklich, »dann hat auch Ilhan den einen oder anderen Klaps abbekommen. Und glaubt mir: Sie haben ihn mehr geschmerzt als dich die Hiebe, die er dir versetzt hat.« Sie kicherte. »Einem Burschen wie ihm tut es ganz besonders weh, von einem Mädchen verprügelt zu werden.«

Aber nicht so sehr, wie von einem Mädchen gerettet *zu werden*, dachte Temucin. Unwillkürlich drehte er den Kopf und sah nach links, wo Arbesa neben ihm lag und schlief. In seiner Traumwelt konnte er sie nicht sehen, aber er spürte ihre Nähe; ein Gefühl von Wärme und Geborgenheit, wie er es nur als ganz kleines Kind in den Armen seiner Mutter kennengelernt hatte; aber anders, vertrauter und ungleich süßer.

Sarantuya versuchte jetzt nicht einmal mehr zu verbergen, dass sie seine Gedanken las. »Du schämst dich, weil ein Mädchen dir geholfen hat, aber mir wirfst du vor, nicht dasselbe getan zu haben?«

»Du bist ein Drache, kein Mädchen!«, fauchte Temucin.

»Ich war einmal eines«, antwortete Sarantuya schnippisch. »Und sooo lange ist das noch gar nicht her. Die paar Tausend Jahre ...« Sie kicherte, seufzte plötzlich tief und wurde übergangslos wieder ernst. »Du hattest keine Hilfe nötig, kleiner Khan. Du hast alles richtig gemacht.«

»Du meinst, ich habe mich richtig verprügeln lassen?«, fragte er.

»Du hättest ihn töten können«, sagte Sarantuya ernst.

Temucin dachte an das Schwert in seiner Hand, und die kurze, aber große Verlockung, die davon ausgegangen war, und ein eisiger Schauer lief ihm über den Rücken. Vielleicht begriff er zum allerersten Mal in seinem Leben, wie schmal der Grat war, auf dem sie alle sich bewegten.

»Es war richtig«, sagte Sarantuya noch einmal. »Kratzer und Schrammen heilen irgendwann. Ein genommenes Leben kommt nicht zurück. Doch manchmal verfolgt es den, der es genommen hat.«

»Sind das Drachenweisheiten?«, fragte er böse.

»Nein«, antwortete Sarantuya. »Nur die Erfahrung eines langen Lebens. Dir wäre nichts geschehen, hättest du diesen Jungen erschlagen. Er hat dich herausgefordert und du bist der Sohn des Khan. Aber vielleicht hättest du ihn nie wieder vergessen.«

»Und wenn doch?«, fragte Temucin.

»Wäre es umso schlimmer«, orakelte Sarantuya. »Manchmal ist es nur ein winziger Schritt, der einen auf den falschen Weg führt. Du *hast* richtig gehandelt.«

Temucin hatte keine Lust mehr auf weitere Drachenweisheiten. Nicht, dass er am Ende noch eingestehen musste, dass sie recht hatte ...

»Na ja«, maulte er. »Jedenfalls habe ich heute etwas Wichtiges gelernt.«

»Und was wäre das?«

»Dass es vielleicht ganz lustig ist, Freunde zu haben, aber mehr auch nicht. Wenn es darauf ankommt, ist man doch allein.«

Sarantuya sah ihn eine ganze Weile schweigend und auf so sonderbare Art an, dass Temucin sich immer unbehaglicher zu fühlen begann. Er hatte das aus keinem anderen Grund als dem gesagt, ihr einen kleinen Stich zu versetzen, aber er spürte selbst, dass er hoffnungslos über sein Ziel hinausgeschossen war. Er hatte sie verletzt und das hatte er ganz gewiss nicht gewollt.

»Damit habe ich Chuzir gemeint«, behauptete er.

»Nein«, sagte Sarantuya. »Hast du nicht.«

Temucin schwieg.

»Ich verstehe«, seufzte Sarantuya.

»Was?«

Statt seine Frage zu beantworten, starrte Sarantuya an ihm vorbei, als wäre die Antwort irgendwo in dem grauen Zwielicht verborgen, das sie umgab. »Da ist etwas, was du wissen musst, kleiner Khan«, sagte sie schließlich. »Ich habe meine Geschichte gestern Nacht nicht zu Ende erzählt. Mir ist nicht entgangen, dass du meine Hilfe erfleht hast, aber ich habe es vorgezogen, es nicht zu hören.«

»Wieso?«

»Ich habe dir nicht erzählt, warum sich heute nur noch wenige von uns einen Gefährten aus deinem Volk erwählen.«

»Einen Gefährten erwählen«, wiederholte Temucin. »Das klingt ja, als wären wir verheiratet.« Er versuchte zu lachen, aber es misslang, und Sarantuya sah ihn ernst an.

»Ein bisschen ist es auch so«, antwortete sie. »Es ist ein Bund auf ewig, musst du wissen. Haben wir uns einmal an einen von euch gebunden, so bleiben wir ihm ein Leben lang treu. Es sei denn, der Mensch beschreitet den falschen Weg. Und selbst dann müssen wir ihm einen letzten Wunsch erfüllen. Ganz gleich, was es ist.«

»Ganz gleich, was es ist?«, vergewisserte sich Temucin. »Du meinst, ich kann mir wünschen, was ich will, und ich würde es bekommen?«

»Ganz gleich, was es ist«, bestätigte Sarantuya. Sie klang traurig. »Aber sei vorsichtig, was du dir wünschst. Du würdest mich nie wiedersehen und es mag sein, dass du einen furchtbaren Preis bezahlen musst.«

Ihre Worte machten Temucin Angst und er war ziemlich sicher, dass sie genau das damit bezweckt hatte.

Plötzlich bleckte Sarantuya die Zähne und fragte fröhlich: »Na, waren das genug Drachenweisheiten für eine Nacht?«

Temucin blieb ernst. Die Angst war noch immer da. Sarantuyas aufgesetzte Fröhlichkeit machte sie eher schlimmer, denn er fühlte, dass sich dahinter etwas verbarg, das er gar nicht wissen wollte. »Du hast mir noch nicht gesagt, warum ihr euch nur so wenigen Menschen zeigt«, erinnerte er.

»Weil zu viel Unglück über die Welt gekommen ist, durch unsere Schuld«, antwortete der Drache. »Ihr Menschen seid klug. Unsäglich dumm, aber auch klug. Irgendwann wussten zu viele vom letzten Wunsch, den man an einen Drachen richten kann. Und wir mussten sie erfüllen. Die Versuchung unendlicher Macht ist gewaltig. Nur wenige vermögen ihr zu widerstehen. Unendliches Leid ist über eure Welt und euer

Volk gekommen. Kriege und Terror und Tod. Wir kommen nicht zu euch, um diese Art von Geschenken zu bringen. Und so haben die meisten von uns beschlossen, die Menschen zu meiden. Nur wenige suchen sich noch einen Freund aus eurem Volk.«

»Aber du hast es getan«, stellte Temucin fest. »Warum?«

»Weil ich sehe, dass Großes in dir schlummert, Temucin«, antwortete Sarantuya. »Enttäusche mich nicht, kleiner Khan. Enttäusche mich nie, denn die Konsequenzen für dein Volk würden fürchterlich sein.«

Freundschaft

Belmin und seine Begleiter blieben zehn Tage. Wie es ihrem Rang und der Stellung des Khans als Schwurbruder seines Vaters zukam, wurde jeden Abend ein Fest gegeben, und meistens brannte das Feuer in der großen Jurte lange genug, dass sich sein Licht mit dem der aufgehenden Sonne vereinte. Arbesa und Temucin verbrachten jede Nacht in seiner Jurte. Obwohl sie ihm tagsüber meistens aus dem Weg ging, ständig mit irgendetwas beschäftigt war oder ganz auf Weiberart mit einem der anderen Mädchen oder den Frauen schwatzte, kamen sie sich in diesen Tagen deutlich näher.

Nicht, dass sie sich auch nur ein einziges Mal berührt hätten. Es blieb bei dem einen, scheuen Kuss, den sie ihm an jenem Morgen auf die Wange gehaucht hatte. Arbesa schien jede weitere Berührung zu vermeiden, wenngleich sie sich nach wie vor nicht im Geringsten schamhaft zeigte.

Aber etwas ganz und gar Merkwürdiges geschah zwischen ihnen in dieser Zeit. Temucin hätte nicht zu sagen vermocht, ob es nur Freundschaft oder bereits Liebe war, die er für das schwarzhaarige Mädchen empfand. Er fühlte sich in ihrer Nähe einfach wohl, und nach wenigen Tagen hätte er sogar ihre ständigen Neckereien und ihren manchmal ganz und gar nicht gutmütigen Spott nicht missen wollen. Hatte ihn Belmins Ankündigung, dass er die Unggirat für nahezu ein volles Jahr in ihr Dorf begleiten sollte, am Anfang noch erschreckt, so war es nun genau umgekehrt: Schon die bloße Vorstellung, Arbesa länger als einen Tag nicht zu sehen, machte ihn ganz kribbelig.

Endlich war der Tag der Abreise gekommen. Temucin erwachte noch vor Sonnenaufgang. Arbesa war schon fort (Temucin hatte bisher nicht herausgefunden, wie sie das machte, aber sie stand *immer* vor ihm auf, ganz gleich, wie sehr er sich auch um das Gegenteil bemühte). Temucin verließ die Jurte und eilte ohne seine Rüstung oder auch nur den Schwertgurt anzulegen zum Fluss, um sich zu waschen, aber auch, weil er hoffte, Arbesa dort anzutreffen.

Statt ihrer fand er Chuzir.

Sein Schwurbruder hockte auf einem Felsen am Flussufer und ließ die nackten Füße ins Wasser baumeln. Temucin musste nicht fragen, um zu wissen, dass er schon eine ganze Weile dort saß und auf ihn wartete. Er wollte etwas sagen, aber seine Kehle war wie zugeschnürt. Chuzir war ihm in den vergangenen Tagen mit mindestens ebenso großem Erfolg aus dem Weg gegangen wie Arbesa. Ilhan und die drei anderen Jungen übrigens auch.

Schließlich war es Chuzir, der das Schweigen brach.

»Hallo«, sagte er, ohne sich umzudrehen oder ihn anzublicken.

»Hallo«, gab Temucin nicht minder knapp zurück.

Es war ihm gelungen, diesem Gedanken fast ebenso erfolgreich auszuweichen wie Chuzir ihm, aber tief in seinem Inneren hatte er sich nichts mehr gewünscht, als seinen Schwurbruder noch einmal zu sehen, bevor er das Dorf verließ. Nun, wo es so weit war, wusste er nicht, was er sagen sollte. Temucin hätte sich ohrfeigen können, aber die Worte, die er sich so sorgsam zurechtgelegt hatte, wollten einfach nicht kommen.

»Heute ist der große Tag«, sagte Chuzir, als das Schweigen anhielt und übermächtig zu werden drohte. Er saß mit dem Rücken zu Temucin da und hatte etwas auf den Oberschenkeln liegen, das Temucin nicht richtig erkennen konnte.

Er wollte näher herantreten, doch seine Füße bewegten sich nicht.

»Ja«, antwortete er nur.

»Sie satteln bereits die Pferde«, fuhr Chuzir fort. Genau genommen hatten sie bereits am vergangenen Abend damit begonnen, wie Chuzir ebenso gut wusste wie Temucin. Trotzdem antwortete er: »Wir werden zeitig aufbrechen. Es ist ein weiter Ritt.«

»Es ist ein *langer* Ritt«, sagte Chuzir. »Du wirst erst im Frühjahr wieder hier sein. Wenn überhaupt.«

»Was soll das?«, fragte Temucin. »Ich komme wieder. *Natürlich* werde ich zurückkommen.«

»Und wenn das Mädchen es nicht will?«, fragte Chuzir.

»*Das Mädchen*«, antwortete Temucin betont und eine Spur schärfer, als er es beabsichtigt hatte, »heißt Arbesa und ist meine Verlobte. Ich werde zusammen mit ihr zurückkommen, ehe ein Jahr vorbei ist.«

»Es sei denn, sie will ihr Volk nicht verlassen und überredet dich, bei ihr zu bleiben«, sagte Chuzir. »Frauen können so etwas.«

»Unsinn«, erwiderte Temucin. »Mein Vater würde das nie zulassen.«

Chuzir starrte eine Weile auf den Fluss hinab, auf dessen Wellen das Sternenlicht tanzte. »Ja«, seufzte er dann. »Da hast du wohl recht. Das würde er niemals zulassen.«

In seiner Stimme schwang eine Bitterkeit, die Temucin zuerst nicht verstand. Dann sog er scharf die Luft zwischen den Zähnen ein.

»Das ist nicht wahr«, sagte er. »Du ... bist nicht *eifersüchtig* auf Arbesa!«

»Unsinn«, widersprach Chuzir matt. »Es ist nur ...« Er suchte nach den richtigen Worten, während er weiter auf den Fluss starrte. »Ich will dich nicht verlieren. Wir sind Freunde.«

Temucin war unendlich erleichtert, zugleich aber auch so tief verwirrt, dass dieses Gefühl in einen leisen Ärger umschlug. »Ich komme zurück, lange bevor ein Jahr um ist«, sagte er scharf, »und wir sind mehr als Freunde. Wir sind Schwurbrüder.« *Jedenfalls hoffe ich, dass wir das noch sind.* Das fügte er nur in Gedanken hinzu und hütete sich, es auszusprechen, aber Chuzir drehte nun doch den Kopf und sah ihn an, als hätte er es getan.

»Sind wir das noch?«, fragte er.

»Was soll das?«, fragte Temucin erschrocken.

Chuzir nahm die Füße aus dem Wasser und drehte sich langsam herum, sodass Temucin erkennen konnte, was er in den Händen hielt. Seine Augen wurden groß.

»Ich habe hier auf dich gewartet, weil ich allein mit dir reden wollte«, sagte Chuzir. »Und um dir das hier zu geben … wenn du es zurückhaben willst.« Er hielt Temucin den Pfeil hin.

»Bist du verrückt geworden?«, keuchte Temucin. »Das ist unser Schwurpfeil!«

»Ich bin ihn nicht wert«, sagte Chuzir leise. »Ich habe dich verraten und ich habe dir nicht beigestanden, als du meine Hilfe gebraucht hättest. Ich könnte verstehen, wenn du den Schwur lösen willst.«

Für einen Moment hatte Temucin beinahe Lust, ihm den Pfeil aus den Händen zu reißen – nicht um ihn zu zerbrechen und so den eigentlich für die Ewigkeit geschlossenen Pakt zeremoniell zu lösen, sondern um ihn Chuzir für die unbeschreibliche Dummheit dieser Worte ins Gesicht zu schlagen.

»Du *bist* verrückt!«, stellte er fest. »Und ich werde gleich wirklich wütend, wenn du den Pfeil nicht wieder einsteckst! Wo hast du mich denn verraten?«

»Das mit dem Hund hätte ich den anderen nicht erzählen dürfen.«

»Stimmt«, gab Temucin ihm recht. Dann grinste er. »Dann habe ich ja etwas bei dir gut, wie?«

Chuzir sah unsicher zu ihm hoch. Die Hand, die den Pfeil hielt, zitterte sacht, aber in seinen Augen (Temucin war bei dem schwachen Licht nicht sicher, aber er glaubte tatsächlich Tränen darin schimmern zu sehen) glomm eine vorsichtige Hoffnung auf.

»Gegen Ilhan und die anderen brauchtest du mir nicht beizustehen«, fuhr er fort und grinste noch breiter. »Wie du gesehen hast, hatte ich einen prima Leibwächter … und wenn du auch nur einen Moment lang weiter einen solchen Unsinn redest, dann hetze ich dir Arbesa auf den Hals, das verspreche ich dir!«

»Dann … verzeihst du mir?«, fragte Chuzir schüchtern.

»Da gibt es nichts zu verzeihen«, sagte Temucin übertrieben grimmig. Er nahm Chuzir nun doch den Pfeil aus der Hand, aber nicht, um ihn zu zerbrechen, sondern um ihn behutsam zu Boden zu legen.

Chuzir schien in seinem Gesicht nach einer Spur von Heimtücke oder Groll zu suchen. »Und … Ilhan und die anderen?«, fragte er unsicher.

»Du wirst ein Auge auf sie halten, bis zu meiner Rückkehr«, sagte Temucin, sah seinen Schwurbruder übertrieben strafend an – und lächelte dann verschwörerisch. »Kannst du ein Geheimnis für dich bewahren?« Chuzir nickte, und Temucin fuhr fort: »Arbesa und ich werden nicht mehr allein sein, wenn wir zurückkommen.«

»Wie?« Chuzir riss die Augen auf.

»Ich habe schon mit Arbesas Vater gesprochen und er wird mir helfen«, sagte Temucin.

Chuzir riss die Augen noch weiter auf und sein Unterkiefer klappte herunter.

»In seinem Dorf gibt es zahlreiche Welpen. Er hat versprochen, mir einen davon zu überlassen, den ich ganz alleine großziehen kann«, sagte Temucin. »Wenn ich zurückkomme, dann wird mich der größte und wildeste Hund begleiten, den du jemals gesehen hast.«

Chuzir starrte ihn aus aufgerissenen Augen an – und begann schallend zu lachen. Schließlich umarmten sie sich und gingen Hand in Hand zum Dorf zurück, wo die anderen bereits auf sie warteten. Temucin verließ seine Heimat noch in derselben Stunde.

Bajar und Batu

Beinahe auf den Tag genau neun Monate später kehrte Temucin zurück, wie er es seinem Schwurbruder versprochen hatte. Dieses Mal näherte sich kein gewaltiger Tross der Handvoll Jurten, die sich an den Hügel am Ufer des Omon schmiegten. Nur Temucin, Arbesa und zwei treue Leibwächter, auf deren Begleitung Arbesas Vater aller Friedfertigkeit zum Trotz bestanden hatte. Und Bajar und Batu natürlich, die beiden riesigen schwarzen Hunde, die Temucin während der zurückliegenden Monate eigenhändig aufgezogen hatte und die ihm seither auf Schritt und Tritt folgten.

Ihre Ankunft blieb nicht unbemerkt. Temucins scharfen Augen und Ohren waren die Späher nicht entgangen, die ihnen schon seit Sonnenaufgang folgten. Er spürte allerdings keine Feindseligkeit bei ihnen.

Als sie sich dem Dorf auf die doppelte Entfernung genähert hatten, die ein Pfeil fliegt, kam ihnen ein kleiner Trupp Reiter entgegen. Temucin sah schon von Weitem, dass sein Vater nicht darunter war, und war fast enttäuscht. Das Gefühl verging genauso schnell, wie es gekommen war. Schließlich war es gerade einmal zehn Tage her, dass er seinen Vater gesehen hatte.

Wie es bei ihren Sippen üblich war, hatte Yesügai ihn zum Ende der Verlobungszeit besucht, um alle Einzelheiten der bevorstehenden Hochzeit mit dem Brautvater zu bereden. Dann war er vorausgeritten, um das große Fest vorzubereiten, das in Temucins Dorf stattfinden sollte. Belmin und die größten Würdenträger seiner Sippe sollten bald nachkommen. Wenige Tage später würden Arbesa und Temucin heiraten und den Bund zwischen ihren Klans offiziell besiegeln. Temucin freute sich darauf. Während der zurückliegenden Monate hatte es nicht einen einzigen Tag gegeben, den sie nicht miteinander verbracht hätten, und sie war ihm längst so vertraut, wie ein Mensch dem anderen nur sein konnte. Und doch würde es noch einmal anders sein, wenn sie erst wirklich verheiratet waren, der einzige Sohn eines Khans und die einzige Tochter eines Khans.

Temucin hatte viel von Arbesa und ihrem Volk gelernt, und Arbesa vielleicht auch das eine oder andere von ihm. Obwohl sie es niemals laut ausgesprochen hatten, waren sie insgeheim längst übereingekommen, wie ihre gemeinsame Zukunft aussehen würde: Irgendwann – hoffentlich erst in sehr vielen Jahren – würden Belmin und Yesügai zu den Göttern gerufen werden, und wenn sie erst Khan und Khanin waren, dann würden sie ihre beiden Stämme vereinen und eine neue, mächtige Sippe gründen, die nicht mit dem Schwert, sondern mit Weisheit regiert wurde. Ihren Reichtum aber würden sie aus ihren Herden und der Kunstfertigkeit ihrer Handwerker schöpfen, nicht aus Raubzügen und immerwährenden Kriegen.

Doch bis dahin war es noch lange hin.

Arbesa lenkte ihr Pony dichter an Temucins Pferd heran und deutete auf die sich nähernden Reiter. »Dein Vater kommt nicht, um uns zu begrüßen?«

»Er ist Khan und ein viel beschäftigter Mann«, antwortete Temucin mit sanftem Spott, »und wir sind nur Kinder.«

»Ja, und deine Mutter reißt ihm wahrscheinlich den Kopf ab, wenn er nicht dafür sorgt, dass sie dich so schnell wie möglich in ihre Arme schließen kann. *Ich* würde es tun, wenn ich meinen einzigen Sohn fast ein Jahr lang nicht gesehen hätte.«

»Ja, du«, seufzte Temucin. »Üdschin aus dem Klan der Merkiten – meine Mutter – ist ein gehorsames Weib, das weiß, welchen Respekt es seinem Mann schuldig ist.«

»Dann solltest du vielleicht überlegen, Üdschin aus dem Klan der Merkiten zu heiraten«, schlug Arbesa mit ernstem Gesicht vor.

Temucin setzte zu einer scherzhaften Antwort an, doch da waren die Reiter nahe genug herangekommen, um sie zu erkennen. »Das ist Chuzir!«, rief Temucin erfreut und sprengte los. Die beiden Hunde hielten mit aufgeregtem Gekläff mit ihm mit, während Arbesa rasch zurückfiel – wie Temucin sehr wohl wusste, nur, weil sie nicht mithalten *wollte*. Sie war eine ausgezeichnete Reiterin.

Auch die drei Reiter beschleunigten ihr Tempo, und Chuzir hob den Arm und winkte ihm aufgeregt zu. Temucin sah, dass er seinen Bogen am Sattel trug und einen Köcher mit einem einzelnen Pfeil auf dem Rücken. Seine beiden Begleiter nahmen ihre Tiere auf dem letzten Stück ein wenig zurück, sodass schließlich nur Temucin und Chuzir in vollem Galopp aufeinander zusprengten; wie zwei Krieger vor dem tödlichen Zusammenprall. Keiner von ihnen schien bereit, als Erster auszuweichen. Erst im allerletzten Moment – und vollkommen gleichzeitig – rissen sie ihre Pferde herum und jagten so dicht aneinander vorbei, dass Temucins linkes Knie das Chuzirs streifte.

Sofort zog er so hart an den Zügeln, dass sich sein Pferd mit einem zornigen Wiehern auf die Hinterläufe aufrichtete und praktisch auf der Stelle und mit wirbelnden Vorderhufen kehrtmachte. Hinter ihm verfuhr Chuzir genauso. Zum zweiten Mal näherten sie sich einander wie zwei zu allem entschlossene Krieger, doch statt eine Waffe zu ziehen, beugte sich Chuzir plötzlich im Sattel vor und umarmte Temucin so überschwänglich, dass sie um ein Haar beide vom Pferd gefallen wären.

Die Hunde umkreisten sie kläffend und knurrend, schienen aber zu spüren, dass der vermeintliche Kampf nicht ernst gemeint war, denn sie wedelten genauso emsig mit den Schwänzen. Eine Zeit lang lachten Temucin und Chuzir ausgelassen, schlugen sich auf die Schultern oder stupsten und knufften sich gegenseitig, bis Temucin merkte, dass ihr freundschaftliches Kräftemessen den Punkt zu erreichen drohte, an dem es nicht mehr ganz so freundschaftlich war, und als Erster einlenkte.

»Ist das vielleicht eine Art, seinen zukünftigen Khan zu begrüßen?«, fragte er lachend.

»Nein, aber einen alten Freund«, erwiderte Chuzir grinsend. »Wie ich sehe, scheinst du zumindest das Reiten noch nicht ganz verlernt zu haben.«

»Ich habe Rücksicht auf dich genommen«, gab Temucin zurück. »Nachdem wir uns so lange nicht mehr gesehen haben, wäre es nicht nett von mir, dich gleich im ersten Moment zu beschämen.«

Chuzirs Pferd begann zu tänzeln und er hatte eine Weile damit zu tun, es wieder zu beruhigen. Temucin nutzte die Zeit, seinen Freund mit einem aufmerksamen Blick zu mustern. Er war kaum ein Jahr weg gewesen, und doch war es ihm, als wäre Chuzir um ein Mehrfaches dieser Zeit gealtert. Seine Schultern waren breiter, er war ein gutes Stück größer und kräftiger geworden.

Dann wurde ihm klar, dass er umgekehrt für Chuzir einen mindestens ebenso ungewohnten Anblick bieten musste. Sogar ihm selbst war aufgefallen, wie sehr er sich verändert hatte: Er war in die Höhe geschossen – sehr viel mehr als Chuzir – und seine Schultern waren breiter und seine gesamte Statur kräftiger geworden. Seine Stimme war jetzt tiefer. Zum einen lag das sicherlich an dem Leben, das er in den vergangenen Monaten geführt hatte: Belmins Sippe war nicht nur friedliebend, sondern auch überaus wohlhabend. Es gab jeden Tag genug zu essen, in den Jurten herrschte nie Kälte oder Not, und er hatte nach anfänglichem Widerstreben gelernt, sich nicht ausschließlich von Schafs- oder Hammelfleisch, Teigtaschen und Kefir zu ernähren, sondern auch die verschiedensten Brote, Käse und Gemüsearten zu sich zu nehmen, die ihm nach kurzer Zeit ausgezeichnet schmeckten und darüber hinaus sichtlich guttaten.

Aber das war nur ein Grund. Ein anderer war Arbesa, in deren Nähe er regelrecht aufblühte. Der dritte und vielleicht wichtigste war etwas, worauf man nicht den Finger legen und was man kaum mit Worten beschreiben konnte. Es war das friedliche Leben der Unggirat, ein Leben ohne Angst, ohne Kampf und Krieg und Blutvergießen, das wie Balsam zuerst in seiner Seele und später auch in seinem Körper gewirkt hatte.

Und in wenigen Tagen bist du sogar ein verheirateter Mann, fügte eine lautlos-spöttische Stimme hinter seiner Stirn hinzu. *Aber spiel dich nicht zu sehr auf. Genieße lieber die Zeit, die du noch Kind sein darfst. Glaub mir, du wirst dich danach zurücksehnen.*

Um ein Haar hätte er sich im Sattel umgedreht und Arbesa einen strafenden Blick zugeworfen. Er war solcherlei Worte von ihr gewohnt, ja, erwartete sie geradezu, aber er hatte sie gebeten, es wenigstens am Anfang ein wenig ruhiger angehen zu lassen. Erst im letzten Moment wurde ihm klar, dass es nicht ihre Stimme gewesen war, sondern die Sarantuyas. Der Drache sprach immer öfter auch tagsüber mit ihm, nicht nur in seinen Träumen. Und irgendwie wurde seine Stimme der

Arbesas immer ähnlicher. Zumindest, was den spöttischen Klang anbetraf.

Hinter ihm erscholl ein helles Lachen, und als Chuzir sein widerstrebendes Tier endlich wieder unter Kontrolle bekommen hatte und den Kopf drehte, blickte er direkt in Arbesas Gesicht. Anders als beim ersten Mal hatte sie heute darauf verzichtet, einen Schleier zu tragen, und Temucin amüsierte sich unverhohlen über den erstaunten Ausdruck auf Chuzirs Zügen, der ein Mädchen sah, das vor wenigen Monaten als Kind fortgegangen war und nun beinahe als Frau zurückkehrte.

»Glaub diesem Kindskopf kein Wort«, sagte Arbesa. »Mein Vater hat ihm das friedlichste Pferd herausgesucht, das unsere Sippe hat. Wäre es anders, hätte er den Rückweg wahrscheinlich nicht geschafft.«

So viel zu seiner Hoffnung, Arbesa würde zumindest am ersten Tag das gehorsame Weib spielen. Temucin seufzte lautlos in sich hinein, und hinter seiner Stirn erklang ein amüsiertes Lachen.

Chuzir lachte ebenfalls, und wieder kam es Temucin so vor, als husche etwas wie ein unsichtbarer Schatten über seine Züge, und wieder verschwand der Eindruck, bevor er sicher sein konnte. »Arbesa«, sagte er. »Ich freue mich, dich wiederzusehen.«

Arbesa antwortete irgendetwas Freundliches, doch Temucin hörte nicht mehr zu. Er überbrückte die Zeit, die die beiden brauchten, um Höflichkeiten auszutauschen (und die Arbesa nutzte, um Chuzir ebenso unverhohlen zu necken, wie sie es unentwegt mit ihm tat), um einen raschen, aufmerksamen Blick in die Runde zu werfen. Zu seiner großen Freude erkannte er den einzelnen Pfeil, der in Chuzirs Köcher steckte, als eben jenen, mit dem sie an dem lange zurückliegenden Morgen ihre Freundschaft besiegelt hatten. Offensichtlich hatte Chuzir ihn ganz bewusst mitgenommen, damit er ihn bei ihrem ersten Wiedersehen sah. Temucin schalt sich selbst dafür, nicht auf die gleiche Idee gekommen zu sein.

Er riss seinen Blick von Chuzir los, sah zu den beiden anderen Reitern hin, die in respektvoller Entfernung angehalten hatten, und erlebte eine Überraschung, von der er nicht sicher war, ob er sie angenehm finden sollte. Einer der beiden war kein anderer als Ilhan. Im Gegensatz zu Chuzir schien er sich überhaupt nicht verändert zu haben, sondern sah noch ganz genau so aus, wie Temucin ihn in Erinnerung hatte: ein stämmiger, muskulöser Kerl mit einem gemeinen Gesicht und heimtückischen Augen. Der einzige Unterschied war vielleicht, dass er ihn zwar alles andere als freundlich, dennoch aber mit eindeutigem Respekt anblickte.

Bei seinem Begleiter handelte es sich um einen der Jungen, die damals am Ufer bei ihm gewesen waren. *Dieser* sah Temucin überhaupt nicht an, sondern blickte aus ungläubig aufgerissenen Augen auf die beiden riesigen Kampfhunde hinab, die Temucin, Arbesa und Chuzir unentwegt umkreisten und abwechselnd mit den Schwänzen wedelten, wenn sie ihren Herren anblickten, oder knurrten und ihre gewaltigen Zähne fletschten, wenn sie die Köpfe wandten und Ilhan und den anderen Jungen ansahen. Temucin verscheuchte den Gedanken an Rache sofort. Er würde noch genug Gelegenheit haben, den Kerlen das eine oder andere heimzuzahlen. Jetzt galt es, Wichtigeres zu besprechen.

Und hast du es wirklich nötig, ihnen irgendetwas heimzuzahlen?, fügte Sarantuya in seinen Gedanken hinzu.

Eigentlich nicht.

Temucin kam zu dem Schluss, dass Chuzir genug unter der fröhlichen Art seiner zukünftigen Khanin gelitten hatte, und drängte sein Pferd sanft zwischen die Tiere der beiden. Mit gespielter Strenge blickte er seinen Freund an.»Wüsste ich es nicht besser«, grollte er,»dann könnte ich glatt meinen, dass du meiner zukünftigen Frau näherkommen willst. Aber so etwas käme dir niemals in den Sinn, oder?«

»Niemals!«, versicherte Chuzir, machte ein betroffenes Gesicht und fügte, gerade so leise, dass Temucin es noch hören musste, hinzu:»Jedenfalls nicht, wenn du in der Nähe bist.« Arbesa – Sarantuya übrigens auch – kommentierte die Antwort mit einem leisen Lachen, in das Chuzir kurz darauf einstimmte, und Temucin setzte ein noch grimmigeres Gesicht auf und wandte sich mit einer übertrieben befehlenden Geste an Ilhan und seinen Begleiter.»Geleitet meine Braut zum Dorf«, befahl er.»Ich habe mit diesem unverschämten Burschen hier noch etwas zu regeln!«

Chuzir griente ihn frech an, doch die beiden anderen setzten ihre Tiere unverzüglich in Bewegung und bemühten sich, Arbesas Pony zu flankieren, was ihnen aber nicht gelang, denn inzwischen waren die zwei Leibwachen heran und machten keine Anstalten, ihren Platz und ihre Aufgabe mit zwei Halbwüchsigen zu tauschen. Dennoch verbeugte sich Ilhan im Sattel und flüsterte:»Wie du befiehlst, mein Khan.«

Temucin runzelte die Stirn. Zweifellos hatte Ilhan diese Worte ganz bewusst gewählt, um ihn zu verspotten … und doch hatten sie auf erschreckende Weise respektvoll, ehrerbietig und beinahe schon ein bisschen ängstlich geklungen. Der zweite Junge wich seinem Blick immer noch aus. Irgendetwas … stimmte hier nicht.

Er schwieg, bis Arbesa und ihre vier Begleiter sich in Bewegung gesetzt und ein gutes Stück weit davongeritten waren, dann wandte er sich stirnrunzelnd an Chuzir.»Was hast du diesen beiden angedroht, dass sie plötzlich so freundlich zu mir sind?«, fragte er.

Chuzir blieb ernst. Er antwortete auch nicht. Das Hochgefühl, das während der letzten Augenblicke von Temucin Besitz ergriffen hatte, schmolz wie Raureif unter den ersten, wärmenden Strahlen der Morgensonne.

Temucin stellte seine Frage noch einmal und in ernstem Ton: »Was geht hier vor, Chuzir? Wieso nennt er mich ... Khan?«

Chuzir wich seinem Blick aus. Er ließ drei oder vier endlos lange, schwere Herzschläge verstreichen, bevor er antwortete. »Weil du es bist, Temucin.«

»Was soll das bedeuten?« Temucins Stimme klang erschrockener, als er sich im ersten Moment fühlte. Er verstand nicht, was Chuzirs Antwort bedeutete. Vielleicht wollte er es auch nicht verstehen. In seinen Gedanken war plötzlich eine andere, nicht zu ihm gehörende Anspannung, etwas, das bestürzt lauschte und mit banger Erwartung zusah.

»Wo ist mein Vater?«, fragte Temucin, als er begriff, dass Chuzir nicht von sich aus antworten würde.

Sein Schwurbruder blickte ihn nicht an. »Er ist nicht hier, Temucin.«

»Nicht hier!?« Temucin richtete sich kerzengerade im Sattel auf. »Was soll das heißen? Er ist vor zehn Tagen vorausgeritten, um ...«

»Ich weiß«, unterbrach Chuzir ihn leise. Temucin konnte ihm ansehen, wie schwer es ihm fiel, sich im Sattel umzudrehen und ihm ins Gesicht zu blicken. »Er ist nicht angekommen, Temucin. Es tut mir leid.«

»Nicht angekommen?«, wiederholte Temucin. »Was soll das heißen? Sprich nicht in Rätseln, Chuzir! Was ist passiert?«

»Die Tataren«, antwortete Chuzir.

Eine eisige Hand griff nach Temucins Herz und schien es langsam und unerbittlich zusammenzudrücken. Er wollte etwas sagen, brachte aber keinen Ton heraus. Entsetzt und fassungslos starrte er Chuzir an. »Die Tataren?«, flüsterte er schließlich. »Aber ... aber warum ... ich meine: wie?«

Chuzir hielt seinem Blick mit großer Mühe stand. Seine Stimme zitterte.

»Das wissen wir nicht genau«, antwortete er. »Er ist in Gefangenschaft geraten, das ist alles, was sie uns gesagt haben.«

»Aber er lebt?«, fragte Temucin.

Chuzir zögerte einen winzigen Moment zu lange, um seiner Antwort die Überzeugungskraft zu geben, die Temucin sich gewünscht hätte. »Wahrscheinlich«, sagte er schließlich. Er versuchte zu lachen. »Du kennst diese Feiglinge. Sicher erhoffen sie sich ein großes Lösegeld von uns. Solange sie glauben, uns um Gold und Vieh erpressen zu können, werden sie ihn nicht anrühren.«

Temucin starrte ihn an. Ein Gefühl sonderbarer, lähmender Kälte begann sich in ihm breitzumachen. Sein Vater war gefangen? Das war nicht möglich! Das war einfach nicht ... *richtig!* Plötzlich war es ihm, als erwache er aus einem Traum, einem wunderschönen Traum, in dem er einen Blick in eine Welt hatte werfen dürfen, die zu friedlich und zu perfekt war, um Wirklichkeit zu sein. Umso schlimmer erschien ihm das Erwachen.

»Warum habt ihr es mir nicht gesagt?«, flüsterte er. »Ihr hättet einen Boten schicken müssen!«

»Wir haben es erst gestern erfahren«, antwortete Chuzir, nicht im Tonfall einer Verteidigung, sondern leise und mitfühlend. »Die Alten sind zusammengekommen und haben einen Boten zu den Tataren geschickt, um nach ihren Bedingungen zu fragen. Er ist bisher nicht zurückgekehrt – aber das ist kein Grund zur Beunruhigung«, fügte er hastig und fast erschrocken hinzu. »Der Weg dorthin ist weit. Er kann frühestens heute bei Sonnenuntergang zurück sein.«

Temucin schloss die Augen. Das Gefühl, aus einem wunderschönen Traum unversehens in einen schrecklichen Albtraum gestürzt zu sein, war noch immer da. Kaltes Entsetzen erfüllte ihn und dazu etwas, vor dem er selbst erschrak und das er gar nicht erkennen *wollte*. Etwas regte sich in seinen Gedanken, etwas Großes und Mächtiges, das mit beruhigender Stimme zu flüstern begann, auch wenn er diese Worte nicht hören wollte. Er versuchte an seinen Vater zu denken, aber die Erinnerung spielte ihm einen grausamen Streich: Es war erst wenige Tage her, dass sie das letzte Mal miteinander geredet hatten. Doch ausgerechnet jetzt erinnerte er sich an den Gesichtsausdruck, als sein Vater an jenem verhängnisvollen Morgen vor mehr als neun Monaten hinter den Büschen am Flussufer gestanden hatte und zusah, wie sein einziger Sohn von einem Mädchen vor einer kräftigen Tracht Prügel bewahrt wurde.

Tu das nicht, kleiner Khan, flüsterte eine Stimme hinter seiner Stirn. *Lass es nicht zu.*

Temucin ignorierte sie. Mit einem Ruck öffnete er die Augen und richtete sich kerzengerade im Sattel auf. Seine Finger schlossen sich so fest um das Zaumzeug, dass es wehtat.

»Reiten wir.«

Der Khan

Es war sehr still geworden in der großen Jurte. Die Luft war schlecht von den qualmenden Feuern und den vielen Menschen, die sich darin drängten, und Temucin wusste nicht, was mehr wehtat: sein Kopf oder seine Kehle. Etwas Unsichtbares schien den Raum zusätzlich zu den zahlreichen Männern zu erfüllen, etwas, das körperlos und knisternd über und zwischen ihnen schwebte, und das die Stille zwischen ihren hin und her geworfenen Worten zu etwas Feindseligem machte und die feinen Härchen auf Temucins Handrücken und in seinem Nacken aufstellen ließ.

Temucin schloss die Augen und weigerte sich, die Worte zu verstehen, die einer der Männer – es war Ilhans Vater Axeu, wer sonst? – in erregtem Ton an ihn richtete.

Er fühlte sich unsagbar müde. Eine unsichtbare, gewaltige Last lag auf seinen Schultern, die sich plötzlich gar nicht mehr so breit und stark anfühlten, und sein Mund war trocken vom viel zu langen und viel zu lauten Reden. Wo seine Gedanken sein sollten, schien nur chaotische Leere hinter seiner Stirn zu herrschen, die selbst Sarantuyas beruhigendes Flüstern verschlang und zu etwas anderem und wenig Angenehmem machte. Ohne dass er sich der Bewegung selbst bewusst gewesen wäre, tastete seine Hand umher, wie um nach einem Halt zu suchen. Er fühlte sich verloren.

Eine schmalere, kühle und dennoch von einer sonderbar wohltuenden Wärme erfüllte Hand griff nach seinen Fingern und hielt sie fest, und als er die Augen öffnete, blickte er in Arbesas schönes Gesicht. Es wirkte sehr ernst, und in der

Tiefe ihrer Augen verborgen, erkannte er Trauer und unendliches Mitgefühl. Es war nicht nötig, dass Arbesa ein Wort sagte oder ihm ein aufmunterndes Lächeln schenkte. Er spürte auch so die Kraft, die sie ihm zu schicken versuchte, und nahm sie dankbar an.

»Wir müssen zu einer Entscheidung gelangen, Khan!«

Temucin drehte sich mit einer müden Bewegung zu Ilhans Vater um und registrierte erst im Nachhinein, dass dieser die Forderung nicht nur zum mindestens dritten Mal vorbrachte, sondern seine Stimme auch mit jedem Mal lauter und fordernder geworden war. Das Durcheinander aus Rufen, Worten und unruhig-nervösen Bewegungen ringsum kam allmählich zum Erliegen. Mehr als zwei Dutzend Augenpaare starrten Temucin an und ebenso viele Ohren erwarteten seine Antwort. Die beiden Hunde, die von Anfang an bei ihm gewesen waren und ihn reglos flankierten wie aus schwarzem Basalt gemeißelte Statuen, aber mit wachen Ohren und noch wacherem Blick, begannen leise zu winseln und verstummten erst, als Temucin eine kaum sichtbare Bewegung mit der linken Hand machte. Zwei oder drei Männer, die ihm vielleicht ein bisschen zu nahe gekommen waren, wichen respektvoll zurück, und Angst erschien in ihren Augen.

Er wollte das nicht. Er war hierhergekommen, um nach der schönsten Zeit der letzten Jahre den schönsten Tag seines bisherigen Lebens zu feiern, nicht, um den Männern beim Kriegsrat zu lauschen, und schon gar nicht, um sich mit diesen Dummköpfen auf einen vollkommen überflüssigen und gefährlichen Machtkampf einzulassen.

Aber genau das stand ihm nun bevor. Axeu war niemals Temucins Freund oder gar der Freund des Khans gewesen; er gehörte zu denen, die es am lautesten gewagt hatten, Yesügais Führerschaft infrage zu stellen, und er war zweifellos derjenige, von dem sein Vater am ehesten erwartet hätte, dass er ihn eines Tages herausfordern und ihm seinen Rang streitig machen würde.

Lass dich nicht von ihm reizen, kleiner Khan, flüsterte eine Stimme in Temucins Gedanken.

Sarantuya hatte nur sehr wenig gesagt, seit sie ins Lager gekommen waren und diese Beratung begonnen hatte, die nun schon den ganzen Tag währte und sich vermutlich noch bis spät in die Nacht hineinziehen würde. Aber Temucin hatte ihre Gegenwart die ganze Zeit über gespürt. Sie lauschte aufmerksam auf jedes Wort. Da war etwas wie eine bange Erwartung in ihm, eine Sorge vor etwas, von dem er nicht wusste, was es war, obwohl es ihn zugleich erschreckte. *Ich weiß*, antwortete er auf die gleiche, lautlose Art.

Arbesa warf ihm einen kurzen, fragenden Blick zu. Das Zwiegespräch in seinen Gedanken war ihr keineswegs verborgen geblieben. Vielleicht hörte sie es. Wahrscheinlicher aber, dachte Temucin, sprach sie im Moment mit ihrem eigenen Drachen. Laut sagte er: »Wir müssen einen kühlen Kopf bewahren. Jetzt übereilt zu reagieren, würde Yesügais Leben in Gefahr bringen, statt es zu retten.«

Der hagere Krieger verzog abfällig das Gesicht und gab einen grunzenden Laut von sich. Hätte Yesügai an Temucins Stelle gestanden, hätte ihn dieses Benehmen allein schon beinahe den Kopf gekostet. Dabei *war* es irgendwie so, als stünde er hier. Trotz der Stunden, die seither vergangen waren und der unzähligen Male, dass es ihm die Krieger versichert hatten, war für Temucin der Gedanke noch immer fremd, dass er jetzt der Khan war. Dies hier war *seine* Jurte, all diese Männer *seine* Krieger, die sich ihm unterordnen würden, wenn er die Rolle des Khans angemessen ausfüllte. Die Situation hatte etwas von einem Albtraum. Ja, er *war* hierhergekommen, um eines

Tages in diese Jurte zu ziehen, den geschnitzten Thron seines Vaters zu besteigen und Khan zu werden; aber nicht jetzt. Und schon gar nicht so.

Das angespannte Schweigen hielt an, und obgleich sie das Gespräch nahezu wortwörtlich mindestens schon ein Dutzend Mal geführt hatten, spürte Temucin, dass sich etwas änderte. Der Tag neigte sich seinem Ende entgegen. Jeder war müde und erschöpft. Die Männer erwarteten eine Entscheidung. Er fragte sich, wie viele von ihnen sich ganz unverhohlen auf die Seite seines Gegenübers schlagen würden, falls es zu offenem Widerstand gegen die Entscheidung des jungen Khans kam.

Nicht sehr viele, flüsterte Sarantuya hinter seiner Stirn. *Die meisten sind dir treu ergeben. Aber du musst die richtige Entscheidung treffen.*

Das war neu. Temucin konnte sich nicht erinnern, dass Sarantuya ihm jemals einen so direkten Rat gegeben hatte, geschweige denn verriet, was sie in den Gedanken anderer las. Sie musste sehr besorgt sein.

Und das war er schließlich auch. Wenn er nur wüsste, welches die richtige Entscheidung war. Nun, in wenigen Augenblicken würde es sich zeigen.

»Temucin, du …« Ilhans Vater unterbrach sich, als ihm klar wurde, dass er sich im Ton vergriffen hatte und ihn mehr als nur ein Mann finster oder beinahe drohend ansah. Nervös fuhr er sich mit dem Handrücken übers Kinn und setzte neu an, demütiger, dennoch herausfordernd: »Mein Khan, ich will nicht respektlos erscheinen. Aber lasst mich trotzdem offen reden.«

»Nur zu«, forderte Temucin ihn auf.

Axeu schwieg deutlich länger, als nötig gewesen wäre, und Temucin konnte ihm ansehen, wie sorgsam er sich jedes Wort überlegte. »Ich will Euch nicht zu nahe treten, Khan …«

»Temucin«, unterbrach ihn Temucin. »Du kannst mich ruhig weiter Temucin nennen.«

»Temucin.« Der Krieger nickte.

Hatte er einen Fehler gemacht? Vielleicht, denn in den Augen des Mannes blitzte für einen Moment so etwas wie Triumph auf.

»Du kennst deinen Vater besser als jeder hier. Ich muss dir nicht sagen, wie er reagiert hätte, wäre es umgekehrt, und er stünde an deiner Stelle hier«, fuhr Axeu fort.

Temucin wollte es nicht – aber wieder erschien das Gesicht seines Vaters in seinen Gedanken, voll Trauer und Verachtung, als er Zeuge der hässlichen Szene am Flussufer wurde.

»Und wie hätte er reagiert?«, fragte Arbesa.

Diesmal war das zornige Aufblitzen in den Augen des Kriegers nicht zu übersehen, doch Temucin vermochte nicht zu sagen, ob diese Wut Arbesas Worten oder der bloßen Tatsache galt, dass sie es gewagt hatte, sich in ihr Gespräch zu mischen. Abgesehen von Arbesa befanden sich ausschließlich Männer in der Jurte. Weiber hatten beim Kriegsrat der Männer nichts zu suchen. Aber Arbesa war ihm ganz selbstverständlich gefolgt, und Temucin war bis zu diesem Moment nicht klar gewesen, das das ein Schlag ins Gesicht von Männern wie Axeu und vielen anderen hier sein musste. Nun aber war es zu spät, diesen Fehler rückgängig zu machen.

»Schweig, Kind!«, fauchte der Krieger. »Wenn Männer reden, haben Frauen ...«

»Arbesa«, fiel ihm Temucin nicht einmal laut, aber in schneidendem Ton ins Wort, »ist meine Braut und deine zukünftige Khanin. Du wirst nicht in diesem Ton mit ihr reden!« Die beiden Hunde knurrten zustimmend und fletschten die Zähne. Diesmal tat Temucin nichts, um sie zurückzuhalten.

Der Mann starrte ihn an und die Glut in seinen Augen loderte auf. Temucin begriff, dass ihn womöglich nur noch die Anwesenheit der riesigen Kampfhunde zügelte. Was, dachte er böse und die Vorstellung erfüllte ihn mit einem Gefühl, dessen er sich beinahe schämte, wenn er sie einfach gewähren ließ und zusah, wie sie taten, was ihre Aufgabe war: nämlich ihren Herren und Khan zu beschützen und seine Feinde zu zerfleischen?

In diesem Moment jedoch stellte sich Chuzir auf der anderen Seite neben Arbesa. Seine Hand fiel mit einem platschenden Laut auf den Griff des Schwertes, das an seinem Gürtel hing. Es war nur eine Geste, mehr nicht, und dennoch erfüllte der Anblick seines Schwurbruders Temucins Herz mit Wärme und Kraft.

»Unser Khan«, antwortete Ilhans Vater betont und in mühsam zurückgenommenem Ton, »hätte getan, was jeder wahre Khan tun würde. Er hätte die Männer zu den Waffen gerufen und diesen Feiglingen die Antwort zukommen lassen, die ihnen gebührt!«

»Und welche wäre das?«, fragte Temucin.

»Lass uns aufbrechen und unseren Khan befreien!«

»Aber hast du Temucin nicht gerade selbst Khan genannt?«, wollte Arbesa wissen.

Temucin sagte nichts dazu, aber er seufzte innerlich. Arbesa mochte ja recht haben, doch das Eis, auf dem sie sich bewegte, war dünn. »Wer ist denn nun euer Khan ... der Mann, dem ihr Gehorsam schuldig seid?«

»Solange sein Vater nicht zurück ist, ist es Temucin«, antwortete der Krieger. »Das ist wahr, und ich werde ihm gehorchen.« Er wandte sich direkt an Temucin. »Es geht um das Leben Eures Vaters, mein Khan. Und um die Ehre des Stammes. Yesügai wird nicht glücklich sein, wenn er zurückkehrt und erfahren muss, dass wir uns wie Feiglinge benommen haben.«

Zustimmendes Gemurmel erfüllte die Jurte, und wieder änderte sich etwas in der Erwartung der Männer. Temucin konnte es beinahe körperlich spüren. Ob er noch ein Jüngling war oder nicht – Axeu hatte gerade den Khan beleidigt, und das durfte er nicht hinnehmen.

»Es ist kein Zeichen von Feigheit, einen Kampf zu meiden, den man nicht gewinnen kann«, zitierte er seinen Vater. »Die Tataren sind stark. Die Zahl ihrer Krieger ist größer als die der unseren, und sie werden uns mit dem Schwert in der Hand erwarten.« Er hob die Hand und erstickte den Widerspruch seines Gegenübers, bevor dieser etwas sagen konnte, indem er in bewusst überheblichem Ton fortfuhr: »Wir alle wissen, dass die Tataren schwach sind. Sie sind keine Gegner für uns. Wir könnten sie besiegen. Doch sie würden meinen Vater töten. Ist es das, was du willst?«

Zwei oder drei Männer zuckten erschrocken zusammen, und nun legte auch sein Gegenüber die Hand auf die Waffe, entspannte sich dann aber wieder. Respektvoll, jedoch innerlich bebend vor Wut, senkte er das Haupt zu einem Nicken. »Natürlich nicht, mein Khan«, flüsterte er. »Was also wollt Ihr tun?«

»Ich bin zu einem Entschluss gekommen«, antwortete Temucin mit lauter und weithin tragender Stimme, damit jeder seine Worte hören konnte. »Wir werden warten, bis der Bote zurück ist, den ihr zu den Tataren geschickt habt, und uns ihre Bedingungen anhören. Wenn sie ein Lösegeld fordern, so werden wir es zahlen, sofern wir dazu imstande sind.«

»Und wenn nicht?«, fragte der Krieger.

»Dann werde ich selbst zu ihnen gehen und über die Freilassung Yesügais verhandeln«, erwiderte Temucin.

Nicht nur Axeu, sondern auch Chuzir und etliche andere Krieger blickten ihn erstaunt und fast ungläubig an, nur Arbesas Augen hatten einen warmen Ausdruck. »Sollte ich nicht zurückkehren«, fügte er nach einer bedeutungsschweren Pause hinzu, »dann liegt es an euch, zu entscheiden, was weiter geschieht.«

»Mein Khan!«, rief einer der Männer. Seine Stimme klang eher ungläubig als zornig. »Das wäre nicht im Sinne Eures Vaters!«

»So handeln Feiglinge!«, fügte eine Stimme aus der Menge hinzu, und wieder ein anderer Mann sagte: »Wir sind Krieger, keine Weiber, mit denen man schachern kann!«

Für einen kurzen Moment drohte die Stimmung zu kippen. Temucin konnte beinahe körperlich spüren, wie sich die Sympathien mehr und mehr zu Ilhans Vater hin verlagerten. Wieder glaubte er den vorwurfsvollen Blick Yesügais zu fühlen, der die Schande seines Sohnes mit angesehen hatte. Würde er zulassen, dass der rechtmäßige Khan seiner Stellung beraubt wurde? Es wäre eine Ungeheuerlichkeit, die noch nie vorgekommen war, solange es den Klan gab.

»Ruhe!«, sagte er streng. Täuschte er sich oder hörte er etwas wie ein Rauschen, das Ausbreiten gewaltiger unsichtbarer Schwingen, die ihren Schatten über die Menge legten? »Ich weiß, was in euch vorgeht. Auch ich fühle so. Doch es liegt keine Ehre darin, das Blut Unschuldiger zu vergießen, wenn es eine andere Möglichkeit gibt. Ich bin kein Feigling, so wenig, wie es irgendeiner von euch ist. Wenn uns keine andere Wahl bleibt, so werden wir unsere Waffen nehmen und Yesügai befreien. Aber zuvor werden wir verhandeln! Das ist meine Entscheidung. Und ihr werdet sie akzeptieren!«

Die unsichtbaren Schwingen breiteten sich weiter aus. Etwas regte sich in ihm: die Kraft des Drachen, der Teil seiner selbst war, und das Erbe seines Vaters, von dem ihm nun zum ersten Mal klar wurde, dass es nicht die Kraft seines Schwertarms war, nicht die Treffsicherheit seines Bogens, sondern etwas anderes und viel, viel Wichtigeres.

Wieder kehrte eine unangenehme Stille ein. Alle starrten ihn an, die meisten ungläubig, erstaunt oder verärgert, einige wenige vielleicht sogar zustimmend, und dann sagte Axeu leise und mit einem verächtlichen Seitenblick auf Arbesa: »Also herrschen jetzt Halbwüchsige und Weiber über uns.«

Temucin ohrfeigte ihn.

Es war lächerlich; der Krieger war mehr als einen Kopf größer als er und zehnmal so stark, und ein Teil von ihm wusste sehr wohl, dass sein Gegenüber nur darauf gewartet hatte. Einige Männer sogen erschrocken die Luft ein, und mehr als eine Hand senkte sich auf ein Schwert oder umschloss den Griff eines Dolches. Axeu zog sein Schwert halb aus der Scheide und machte einen Schritt zurück – da stürzte sich etwas Schwarzes und Riesiges knurrend auf ihn und grub die Zähne in seinen Arm.

Der Mann schrie. Kreischend kippte er nach hinten und versuchte, auf den Hund einzuschlagen, doch da war schon das zweite Tier über ihm, und schnappte nach seiner freien Hand. Tief in Temucin regte sich der Drache, fuhr langsam seine gewaltigen Krallen aus und spannte die Flügel auf. Für einen Moment, da war Temucin sicher, konnte der Krieger ihn sehen, erblickte er etwas in Temucins Augen, das ihn bis auf den Grund seiner Seele erschreckte, sein Herz mit Furcht erfüllte und ihn sogar die Angst vor den beiden Bestien und die Schmerzen, die sie ihm zufügten, vergessen ließ. Als gehorche die Zeit nicht mehr ihren eigenen Gesetzen, sah Temucin mit fantastischer Klarheit, wie einer der Hunde den Arm des Mannes losließ und den Kopf drehte, um seine Fänge in die Kehle zu graben und sie ihm herauszureißen.

Und er wollte es. Für einen Moment, einen winzigen, durch und durch schrecklichen Augenblick wollte er es, wollte er nichts mehr, als dass die Kampfhunde den Mann in Stücke rissen, der es gewagt hatte, ihn herauszufordern, den Khan und Herrscher der Sippe zu beleidigen und seine Frau zu demütigen. Noch einmal erinnerte er sich an den enttäuschten Ausdruck in den Augen des Vaters und vielleicht war es das, was er Yesügai schuldig war, das, was sein Vater, der Khan, von seinem Sohn erwartete: das Blut seiner Feinde fließen zu sehen. Und die ganze Sippe wäre Zeuge, wie dem uralten Gesetz des Stärkeren Genüge getan wurde.

Da war plötzlich etwas in ihm, das der Kraft des Drachen gleichkam, eine uralte, reißende Macht, die nach Blut und Triumphen gierte und keine Gnade kannte. Und er spürte, was Sarantuya gemeint hatte, als sie von den verschiedenen Wegen gesprochen hatte, die er beschreiten konnte. Er musste nicht einmal etwas tun. Er brauchte nur zu warten, weniger als einen Herzschlag, gerade die Zeit, die die grässlichen Fänge des Hundes benötigten, um sich zu schließen, und es wäre vorbei. Er wäre Khan.

»*Nein!*«, sagte er scharf. »*Zurück!*«

Die Fänge des Hundes klappten zu, mit einem Geräusch wie eine zuschnappende Bärenfalle, aber nicht um die Kehle des Mannes, sondern einen Fingerbreit davor. Auch das zweite Tier ließ den blutenden Arm des Kriegers los und trat gehorsam an Temucins Seite.

»Nein«, sagte Temucin noch einmal, leiser, fast nur an sich selbst gewandt. »So nicht. Das ist nicht mehr unser Weg.«

Wieder war es, als hielte die Zeit den Atem an. Zahllose Augenpaare starrten ihn an. Die Männer waren verblüfft, schockiert, hilflos. Alle warteten darauf, dass Temucin selbst das Schwert zog, um es zu Ende zu bringen. Doch stattdessen tat Temucin etwas, was ihn selbst vielleicht am meisten überraschte: Er brachte das verlockende, dunkle Raunen in sich zum Schweigen, nahm die Hand vom Schwert und trat auf den Gestürzten zu, um ihm auf die Beine zu helfen. Axeu blickte verständnislos und zutiefst verwirrt zu ihm hoch, aber schließlich nahm er seine Hilfe an und stand schwankend auf.

Unsicherheit hatte den Platz von loderndem Triumph und Zorn in seinem Blick eingenommen. Lange Zeit stand er einfach da und sah auf Temucin hinab, bevor er sich nach dem Schwert bückte, das er fallen gelassen hatte. Mit einer müde wirkenden Geste schob er es in den Gürtel. Als er diesmal das Haupt senkte, geschah es tatsächlich demütig.

»Ja, mein Khan«, sagte er. »Ich werde gehorchen.«

Und eines Tages wirst du mich auch verstehen, fügte Temucin in Gedanken hinzu. Er versuchte, dem Mann mit den Augen ein Lächeln zu senden, doch der Krieger wich seinem Blick aus. Er wirkte erschüttert. Er hatte begriffen, noch bevor Temucin selbst es sich eingestand, dass Yesügais Sohn zum Khan geworden war. Ganz gleich, ob sein Vater zurückkehrte oder nicht.

»Es ist gut«, fuhr Temucin nach einer Pause an alle gewandt fort. »Geht jetzt. Haltet nach dem Boten Ausschau und gebt mir Bescheid, sobald er zurückkehrt. Es war ein langer Tag, und wir alle brauchen Ruhe.«

Das unüberhörbare Geräusch riesiger, krallenbewehrter Flügel und scharrender Klauen begleitete seine Worte, aber er konnte spüren, wie die Anspannung wich. Einer nach dem anderen wandten sich die Männer um und gingen. Als Letzter, mit einem verunsicherten und scheuen Blick zuerst in sein, dann in Arbesas und schließlich abermals in Temucins Gesicht drehte sich Axeu um und verließ die Jurte. Arbesa und Temucin blieben zurück mit den Hunden, die an seiner Seite standen und schweigend über ihn wachten.

Nur Chuzir war geblieben, und er sah Temucin auf eine Art an, die ihn schaudern ließ.

»Danke«, sagte Temucin.

»Danke wofür?«, fragte Chuzir. Der Klang seiner Stimme erschreckte Temucin mehr als das, was er in seinen Augen las.

»Dass du zu mir gestanden hast«, antwortete er. »Ich weiß nicht, wie es ohne dich ausgegangen wäre.«

»Du bist mein Schwurbruder«, erwiderte Chuzir.

Das war nicht die Antwort, die Temucin hatte hören wollen, aber er wusste, wie sinnlos es gewesen wäre, noch ein Wort zu sagen. Er nickte und bedeutete Chuzir stumm, Arbesa und ihn allein zu lassen. Chuzir wandte sich gehorsam um, blieb jedoch nach zwei oder drei Schritten stehen und sah zu ihm zurück.

»Hatte er recht?«

»Womit?«

»Damit, dass du vielleicht zu lange bei ihrem Volk warst«, sagte Chuzir.

Die Worte versetzten Temucin einen tiefen Stich. Er ließ sich seinen Schmerz nicht anmerken, sondern schüttelte nur den Kopf und lächelte, als hätte Chuzir etwas Dummes, aber Verzeihliches gesagt.

»Nein«, sagte er. Mehr nicht.

Chuzir wirkte enttäuscht, als er sich abwandte und ging.

»Das war tapfer von dir«, sagte Arbesa.

»War es das?«, fragte Temucin bitter. »Oder hat Chuzir vielleicht recht?«

Arbesa legte ihm sanft die Hand auf die Schulter. »Eines Tages wird er dich verstehen. Er ist dein Schwurbruder, aber viel wichtiger noch: Er ist dein Freund. Lass ihm Zeit.«

Temucin schämte sich dafür, aber er konnte gerade noch den Impuls unterdrücken, ihre Hand abzustreifen. »Ich hoffe, dass ich mich irre. Ich fürchte, dass ich gerade alles zerstört habe, was mein Volk ausmacht.«

Seltsamerweise lächelte Arbesa. »Nur das Schlechte in ihm. Glaub mir. Sie werden dich verstehen. Du wirst ein großer Khan werden, der nicht durch das Schwert herrscht, sondern durch Weisheit.«

Aber war das wirklich die Wahrheit? Temucin trat zwei oder drei Schritte von ihr zurück. Arbesa ließ enttäuscht die Hand sinken, das Lächeln jedoch blieb in ihren Augen. »Vielleicht solltest du auch dir selbst ein wenig Zeit lassen.«

»Dein Volk ist für seine Friedfertigkeit bekannt«, antwortete er. »Und ich bewundere und beneide es. Aber es ist nicht *mein* Volk. Wir sind nicht wie ihr.«

»Früher waren wir genauso«, antwortete Arbesa. »Bis die Drachen uns den richtigen Weg gezeigt haben. Hast du dich nie gefragt, warum wir in Frieden mit unseren Nachbarn leben? Warum dein Vater und mein Vater Freunde sind, wo Yesügai doch schon so viele andere Sippen überfallen und ihre Weiber, ihr Vieh und ihre Schätze gestohlen hat?« Sie schnitt ihm mit einer Geste das Wort ab. »Oh nein, ich weiß, was du sagen willst. Es liegt keine Ehre darin, eine Sippe von Feiglingen zu überfallen«, zitierte sie ihn mit verstellter, spöttischer Stimme. »Aber wir sind keine Feiglinge, so wenig wie ihr. Es ist das, was du gerade gespürt hast, Temucin. Es ist die Macht der Drachen, die uns beschützt. Du hast etwas sehr, sehr Wichtiges gelernt, mein Geliebter. Ich bin sehr froh.«

»Und was wäre das?«, fragte Temucin.

Arbesa antwortete nicht, doch die lautlose Stimme Sarantuyas in seinen Gedanken tat es für sie. *Hättest du getan, was die Männer von dir erwartet haben, und das Schwert gezogen, hättest du mich verloren*, sagte der Drache.

Aber du hast diesen Kampf für mich gewonnen, nicht ich, antwortete Temucin auf dieselbe lautlose Art. Er hatte sich das machtvolle Regen des Drachen in seinem Herzen nicht eingebildet. Er hatte seine gewaltige Kraft und Unbesiegbarkeit gespürt, ebenso wie jeder einzelne Mann hier drinnen, Ilhans Vater eingeschlossen. Es war Sarantuya gewesen, deren Willen sich die Männer gebeugt hatten, nicht Temucins Befehle.

Das ist nicht wahr, antwortete der Drache. Seine Stimme klang leicht amüsiert, warm und voller Stolz. *Es war deine Kraft, die sie gefühlt haben. Sie war schon immer in dir. Ich habe dir nur gezeigt, wie du sie benutzen kannst. Ich bin sehr stolz auf Euch, mein Khan.*

2. Teil

Auf der Flucht

Ein Jahr war vergangen. Es war kein gutes Jahr gewesen, sondern eines voller Kummer, Trauer und Leid, voller Gewalt und Verderben. Am Ende hatte Temucin sowohl den Klan als auch seinen Vater verloren – wenn auch in umgekehrter Reihenfolge.

Temucins Plan war nicht aufgegangen und das hatte verheerende Folgen. Zwar war es ihm gelungen, mit den Tataren ein Lösegeld auszuhandeln. Die Übergabe lief glatt und er hatte seinen Vater geschwächt, aber lebend ins Lager der Kijat zurückbringen können. In der Wiedersehensfreude hatte niemand geahnt, dass Yesügai da praktisch schon tot gewesen war, denn die heimtückischen Tataren hatten in seine letzte Mahlzeit ein schleichend wirkendes Gift gemischt, an dem er kurz darauf qualvoll zugrunde gegangen war. Sterbend hatte der Khan den Klan darauf eingeschworen, Temucin als seinen Nachfolger zu akzeptieren.

Es hatte nicht lange gehalten. Und es war noch schlimmer gekommen.

Temucins Erinnerung an die Schicksalsnacht war so frisch, als hätte Axeu erst gestern seine treuen Hunde Bajar und Batu ebenso feige vergiftet wie zuvor die Tataren seinen Vater. Kaum waren die Kampfhunde verendet, hatte der Verräter das Schwert gegen Temucin erhoben. Voller Wut und Abscheu erinnerte sich Temucin daran, dass sich der Großteil der Männer auf Axeus Seite geschlagen hatte. Es hatte einen kurzen, heftigen Kampf gegeben, an dessen Ende mehrere Krieger tot oder schwer verletzt am Boden lagen und Ilhans

Vater unter fürchterlichem Gebrüll sein Schwert gen Himmel reckte, um den Göttern für seinen *Sieg* zu danken.

Er hätte wohl auch noch auf der Stelle Temucin erschlagen, hätten die anderen Männer nicht einen Rest von Anstand besessen und ihn überzeugen können, dass es reichte, *ihn und seine Brut* zu verbannen.

Genauso war es gekommen. Statt Arbesa in einer großen, fröhlichen Zeremonie zu heiraten und den Segen seiner Mutter für eine lange, glückliche Ehe zu empfangen, waren sie alle drei verstoßen worden. Von da an mussten sie um das nackte Überleben kämpfen.

Eine Rückkehr war ausgeschlossen. Das wenige, was sie von ihrem alten Klan gehört hatten, war niederschmetternd. Axeu war nicht Yesügai, und ein starker Schwertarm ersetzte nicht die sorgfältige Planung und das geschickte Verhandeln mit den anderen Sippen, ohne die kein Klan bestehen konnte. Schon nach ein paar Wochen war die Sippe auseinandergefallen. Es gab nur noch eine Handvoll Überlebender, die in alle Himmelsrichtungen verstreut waren und um Essen und Obdach betteln mussten, weil sie selbst zum Stehlen zu schwach oder zu eingeschüchtert waren.

Schlimm war auch, dass sein Schwurbruder nicht mehr an seiner Seite war: Kurz vor der Schicksalsnacht war er zusammen mit seinen Brüdern und Schwestern seinem Vater gefolgt, um irgendwo fernab ihres alten Klan-Gebiets sein Glück zu suchen. Temucin hatte nie wieder etwas von ihm gehört.

Außer seinem Vater und Chuzir vermisste Temucin besonders seine beiden Hunde – vielleicht die einzigen wirklichen Freunde, die er je gehabt hatte. Mit ihnen an seiner Seite wäre sicherlich vieles einfacher. Er war nun nichts weiter als ein Spielball des Schicksals, ermüdet von den Kämpfen, die sein Leben seit jenem schicksalhaften Tag mit derselben

Regelmäßigkeit bestimmten wie das Auf- und Untergehen der Sonne und von denen er sich fragte, ob sie niemals mehr aufhören würden.

Seit zwei Tagen besaßen Temucin, Arbesa und seine Mutter nichts mehr von Wert, das sie hätten tauschen können. Die nächste Mahlzeit, die er nicht jagen oder mit einer Falle erbeuten konnte, würde er stehlen oder erbetteln müssen. Bei ihrer letzten überstürzten Flucht hatten sie einen Großteil ihrer Habe zurücklassen müssen, sodass ihnen nicht einmal mehr die erbärmliche Jurte zum Schutz vor den eisigen Nächten geblieben war. In seinem Köcher befanden sich noch zwei Pfeile (eigentlich waren es drei, doch er wollte eher verhungern, bevor er den dritten, diesen ganz besonderen Pfeil abschoss), und vor zwei Tagen hatten sie das letzte Mal frisches Wasser gefunden. Ebenso lange war es her, dass seine Mutter Fieber bekommen hatte, und obwohl sie tapfer wie alle Frauen ihres Volkes niemals einen Klagelaut über die Lippen ließ, wusste Temucin, dass es seither beständig schlimmer geworden war und sich ihre Kräfte dem Ende zuneigten.

So weit eine kurze Beschreibung der Lage, in der sich der Khan der Kijat augenblicklich befindet, dachte Temucin bitter. Hatte er noch etwas vergessen?

Üdschins Pony ist gestrauchelt und lahmt auf dem Vorderfuß. Du hast es bisher nicht übers Herz gebracht, aber du weißt, dass du es töten musst.

»Dann haben wir wenigstens wieder Fleisch.«

Obwohl Sarantuyas Stimme nur in seinen Gedanken erklang, antwortete Temucin laut, etwas, das er sich angewöhnt hatte – er wusste nicht mehr genau, wann oder warum. Arbesa sah es nicht gerne, auch wenn sie die Einzige war, die wissen konnte, mit wem er sprach. Sie machte sich Sorgen, dass die anderen ihn für verrückt hielten, wenn sie ihren Khan mit sich selbst reden hörten.

Tust du dir gerade wieder einmal selbst leid, mein Khan?, fragte der Drache in seinen Gedanken.

Temucin antwortete nicht. Sarantuya hatte anfangs ausnahmslos in seinen Träumen zu ihm gesprochen, doch seit sie sich auf den Weg zum Heiligen Berg gemacht hatten, meldete sie sich immer öfter, wenn er wach war. Ihre Art, mit ihm zu reden war … anders geworden. Sie war noch immer der große, sanftmütige Drache, als den er sie seit seiner frühesten Kindheit kannte, und gelegentlich war sie zu einem Scherz oder gutmütigem Spott aufgelegt. Und dennoch: Er konnte nicht sagen, wie, doch der Drache klang anders, ernster, als bedrücke ihn etwas, das ohne Temucins Wissen geschehen war.

Oder vielleicht auch noch geschehen würde.

Dieser Gedanke beunruhigte ihn, und noch viel beunruhigender war, dass der Drache nicht darauf antwortete, nicht einmal mit einer spöttischen Bemerkung, obwohl er sich normalerweise niemals eine Gelegenheit entgehen ließ, Temucin zu foppen.

Steine kollerten. Das halb in der Kälte erstarrte Gebüsch, das ihnen zumindest symbolischen Schutz vor dem schneidenden Wind bot, begann weiß zu rieseln und zerbrach wie Glas, als sich eine schmale Gestalt in einem dicken Pelzmantel hindurchzwängte. Obwohl Temucin noch nicht ganz erwachsen und alles andere als ein Riese war, reichte sie ihm gerade bis zum Kinn und die dicke Pelzmütze, unter der sich ihr rabenschwarzes Haar verbarg, erreichte nicht einmal die Höhe seiner Stirn. Offenbar war ihr so kalt, dass sie Mühe hatte, sich zu bewegen, und bei jedem Atemzug verschwand ihr Gesicht hinter einem Vorhang aus weißem Dunst. Sie sah so klein und verletzlich aus, dass Temucin das Herz schwer wurde und er sich schuldig fühlte. Zugleich erfüllte ihn ihr Anblick mit einer Wärme, die es ihm ein wenig leichter machte, Müdigkeit und Pein zu ertragen.

»Wo warst du?«, fragte er.

Arbesa machte eine Kopfbewegung hinter sich und ging neben dem kleinen Feuer in die Hocke, um die Hände über den Flammen aneinanderzureiben. Das wenige Holz, das sie gesammelt hatten, reichte nicht für ein großes Feuer, was Vorteile hatte – Feuer bedeutete Rauch, und Rauch war ein zuverlässiger Verräter, wenn man verfolgt wurde –, machte die Kälte aber auch zu einem noch grausameren Feind. Der Winter kam früh in diesem Jahr und er versprach außergewöhnlich kalt zu werden.

»Und was hast du dort getan?«

Arbesa senkte die Finger tiefer übers Feuer, bis sie sich fast zu verbrennen drohte, und sah ihn vorwurfsvoll unter dem Rand ihrer struppigen Pelzmütze hervor an.

»Diese Frage ist unhöflich«, sagte sie schließlich.

Temucin dachte einen Moment lang über diese Bemerkung nach und verstand sie erst, als er ein ebenso gutmütiges wie spöttisches Lachen tief unter seinen Gedanken zu hören glaubte. Unverzüglich konnte er spüren, wie er – wieder einmal – rote Ohren bekam.

»Oh«, murmelte er.

Arbesa war diskret genug, es bei einem angedeuteten Lächeln zu belassen und machte zugleich eine einladende Geste neben sich. Temucin gehorchte schweigend – immer noch ein wenig verlegen – und sein Gesicht begann zu prickeln, als er sich über das Feuer beugte. Viel wohltuender aber war die Wärme, mit der ihn Arbesas Nähe erfüllte. Und sei es nur, weil sie und seine Mutter alles waren, was er noch hatte.

Kaum hatte er diesen Gedanken gedacht, da schämte er sich auch schon dafür.

»Was meinst du, wie lange wir noch brauchen?«, fragte Arbesa, nachdem sie eine Weile in vertrautem Schweigen nebeneinandergesessen hatten.

Temucin sah nach Westen, wo sich ein verschwommener Schatten gegen das Grau der Morgendämmerung abhob; derselbe Schatten, der ihnen seit einer Woche als Orientierungspunkt diente, vielleicht auch schon seit zwei. Je länger ihre verzweifelte Flucht andauerte, desto mehr verlor er das Gefühl für Zeit. Manchmal kam es ihm vor, als wäre es erst wenige Stunden her, dass er das erste Mal in Arbesas unergründlich schwarze Augen geblickt hatte, und zugleich schienen so viel mehr Jahre vergangen zu sein, als überhaupt möglich war.

Und doch ist beides wahr, mein kleiner Khan, flüsterte die Stimme des Drachen in seinen Gedanken. Das klang paradox. Sarantuya fuhr unverdrossen fort: *Irgendwann wirst du verstehen, was ich meine, mein kleiner Khan.*

Nenn mich nicht so!, dachte er ärgerlich. Laut sagte er: »In zwei Tagen.«

Arbesa nickte. Jetzt berührten die züngelnden gelben Flammen ab und zu ihre schmalen Finger, doch wenn sie Schmerz empfand, dann ließ sie es sich nicht anmerken. Sie verlor auch kein Wort darüber, dass er vor zwei Tagen die gleiche Prognose abgegeben hatte und es wahrscheinlich in weiteren zwei Tagen immer noch behaupten würde, wenn der Heilige Berg bis dahin nicht näher gekommen war. Sie fragte auch nicht, warum sie überhaupt zu diesem fernen kalten Ort unterwegs waren, dem geheimnisumwobenen *Burchan Chaldun*, und Temucin war ihr im Stillen dankbar. Er hätte die Frage gar nicht beantworten können.

Vielleicht gab es keinen Grund, dachte er matt. Vielleicht war ein Ziel so gut wie das andere, wenn man auf der Flucht war, heimatlos, der letzte seines Stammes und ohne Freunde oder irgendeinen Ort, an den man sich wenden konnte.

Arbesa ergriff seine Hand. Ihre schmalen Finger waren kalt wie Eis und wirkten zerbrechlich, aber ihre Berührung erfüllte ihn mit einer Wärme, die es ihm schwer machte, nicht seinerseits den Arm auszustrecken und sie an sich zu ziehen.

Was würde er nur ohne sie tun?, fragte er sich und gab sich auch gleich die Antwort: nichts, ganz einfach, weil er ohne sie schon lange nicht mehr am Leben wäre.

»Üdschin ist krank«, sagte Arbesa unvermittelt. Sie klang traurig.

»Ich weiß«, antwortete Temucin. »Und ihr Pferd lahmt.«

Arbesa nickte. Sie hätte blind sein müssen, um nicht zu sehen, wie mühsam sich die gepeinigte Kreatur seit dem vergangenen Morgen dahinschleppte; kaum noch imstande, das eigene Gewicht und das der wenig mehr als kindsgroßen Reiterin zu tragen.

Arbesa schwieg. Sie verlor kein Wort des Zweifels oder gar der Kritik, so wie sie in all den zurückliegenden Monaten niemals ein einziges böses Wort hatte hören lassen; trotz all der Fehler, die er gemacht hatte.

Und es waren genug gewesen.

»Ich werde das Pony töten müssen«, sagte er nach einer Weile. »Das arme Tier quält sich nur.«

»Und deine Mutter braucht das Fleisch«, stimmte ihm Arbesa zu.

Temucin wartete instinktiv darauf, dass ihm auch Sarantuya recht gab (oder widersprach), doch der Drache schwieg. Nur der Wind heulte für einen Moment lauter, wie um ihn zu verspotten, und stiebendes eisiges Weiß flog aus dem Gebüsch und senkte sich mit fast unheimlicher Langsamkeit auf Arbesa, ihn und die schlafende Gestalt auf der anderen Seite des kleinen Feuers. Es war kein Schnee, den es hier in der Wüste selten gab, sondern Raureif und gefrorener Tau, aber die Wirkung war umso schlimmer. Die pulverfeine Kälte kroch sofort unter die Kleider und legte sich an den Körper, um das letzte bisschen Wärme und Kraft aus den Gliedern zu saugen.

Eines der Pferde schnaubte jämmerlich. Es war das verletzte Tier, und Temucin musste nicht einmal aufsehen, um es zu wissen. Er konnte den Schmerz der gepeinigten Kreatur fühlen.

»Erlöse das arme Tier«, sagte Arbesa, ohne ihn anzusehen. »Üdschin kann mein Pferd nehmen. Ich habe noch junge Füße.«

Die in ihren pelzgefütterten Stiefeln wahrscheinlich bluteten, dachte Temucin. *Er* würde zu Fuß gehen, basta. Aber allein die Selbstverständlichkeit, mit der sie diesen Vorschlag machte, erfüllte sein Herz mit Wärme.

Er stand auf, drehte das Gesicht aus dem schneidenden Wind und ging zu den Pferden. Das verletzte Pony schnaubte leise. Er wich dem Blick der dunklen Pferdeaugen aus, meinte er doch darin zu lesen, dass das treue Tier ahnte, was gleich geschehen würde.

Es weiß Bescheid, flüsterte die Stimme des Drachen in seinen Gedanken. *Aber es macht dir keinen Vorwurf. Du trägst keine Schuld an seinem Fehltritt. Es hat Schmerzen, und es weiß, dass sie nie wieder vergehen werden.*

Sarantuya sagte die Wahrheit, das wusste er sehr wohl. Dennoch gelang es ihm auch weiterhin nicht, seinem Blick standzuhalten, als er dem Tier Zaumzeug und Decke abnahm. Während er ihm ebenso sinnlose wie beruhigende Worte ins Ohr flüsterte, zog er so lautlos wie möglich das Messer aus dem Gürtel und schnitt ihm dann mit einer blitzartigen Bewegung die Kehle durch. Das Pony gab keinen einzigen Laut von sich, sondern brach wie vom Blitz getroffen zusammen und lag augenblicklich still.

Gemeinsam mit Arbesa schnitt er die besten Stücke heraus und verzehrte die ersten Bissen noch warm und roh, um den quälendsten Hunger zu stillen. Sie verbrauchten ihr letztes Salz, um so viel Fleisch haltbar zu machen, wie sie nur mitnehmen konnten. Dann fachte Arbesa das Feuer zu höherer Glut an, und sie brieten von dem restlichen Fleisch über den Flammen, so viel, wie zehn ausgehungerte Männer nicht auf einmal hätten essen können. Dennoch würden sie den allergrößten Teil des guten Fleisches zurücklassen müssen, was Temucin zutiefst zuwider war, stammte er doch aus einem Volk, welches das harte und entbehrungsreiche Leben in der Steppe gelehrt hatte, nichts zu verschwenden. Außerdem hatte er das Gefühl, dem Tier unrecht zu tun, indem sie das letzte Geschenk ausschlugen, das es ihnen noch hatte machen können.

Der Geruch des gebratenen Fleischs weckte Üdschin, die sich mit benommenen kleinen Bewegungen unter ihren Decken ausgrub. Sie sah noch blasser und kranker aus als am vergangenen Abend. Selbst nach dem Stück Fleisch zu greifen, das Arbesa ihr auf einen Stock gespießt hinhielt, kostete sie sichtliche Mühe, doch sie lehnte jedwede andere Hilfe wortlos ab, denn sie war eine sehr stolze Frau.

Sie ließen sich Zeit und aßen langsam und so viel, wie es gerade noch ging, ohne dass ihnen schlecht wurde. Danach begann sich Schläfrigkeit in Temucin breitzumachen, aber er ließ sie nicht zu, sondern löschte wortlos das Feuer und begann, ihre wenigen Habseligkeiten auf die beiden verbliebenen Pferde zu verladen. Üdschin sah ihm auch dabei schweigend zu, doch als er ihr zuletzt die Hand entgegenstreckte, um ihr in den Sattel zu helfen, schüttelte sie entschieden den Kopf und machte einen halben Schritt nach hinten.

»Wir haben nur noch zwei Pferde«, sagte sie. »Und wir sind zu dritt. Ihr müsst mich zurücklassen.«

»Das wäre dein Tod«, widersprach Temucin.

»Und wenn ihr mich mitnehmt, dann wäre es eurer«, entgegnete sie mit leiser, entschlossener Stimme. »Die Tajin verfolgen uns noch immer. Du kennst sie. Sie geben nicht auf. Ich würde euch nur aufhalten. Sie würden uns alle drei gefangen nehmen.«

Wie gerne hätte Temucin ihr widersprochen, doch sie hatte recht.

Seit jenem schicksalhaften Tag vor elf Monaten, als die Krieger des verfeindeten Stammes der Tajin ihr Dorf überfallen, die Hälfte der Männer niedergemacht und die anderen in alle Himmelsrichtungen verstreut hatten, befanden sich Temucin und seine beiden Gefährtinnen praktisch ununterbrochen auf der Flucht. Die Tajin hatten sich nicht damit begnügt, ihr Dorf zu verwüsten, sondern gierten nach Temucins Blut, obwohl er zu dieser Zeit schon von Axeus Leuten verstoßen worden war. Die Späher der Tajin hatten Temucins Spur sofort aufgenommen und nicht ein einziges Mal verloren.

Seit einigen Tagen holten sie auf; nicht besonders schnell, aber beharrlich. Temucin hatte versucht, es vor den beiden Frauen zu verheimlichen, doch natürlich war es ihm nicht gelungen; auch wenn weder Arbesa noch seine Mutter ein einziges Wort darüber verloren hatten. Ihre Verfolger näherten sich und sie würden umso schneller zu ihnen aufschließen, je langsamer sie waren.

Trotzdem: Üdschin zurückzulassen war unmöglich. Genauso gut hätte er sein Messer nehmen und ihr die Kehle durchschneiden können – was noch eine Gnade gewesen wäre, verglichen mit dem, was sie erwartete, wenn sie den Tajin in die Hände fiel. Seine Mutter war eine alte Frau, weit über vierzig Jahre alt, aber die Tajin waren für ihre Grausamkeit bekannt. Sie würden sie nicht verschonen.

Es war schließlich Arbesa, die die Situation auf ihre ganz eigene Art auflöste.

»Unsinn«, sagte sie. »Temucin und ich gehen abwechselnd zu Fuß. So sind wir sogar schneller als mit einem lahmenden Pferd.« Sie machte eine entschlossene Geste in seine Richtung. »Hilf deiner Mutter aufzusteigen. Oder sollen wir noch mehr Zeit verlieren?«

Das Wiedersehen

Der Heilige Berg war auch am nächsten Morgen nicht näher gekommen. Doch es war noch einmal kälter geworden und Üdschins Fieber war erneut gestiegen. Man konnte es jetzt sehen und je nachdem, wie der Wind stand, auch riechen. Üdschin war zeit ihres Lebens eine sehr reinliche Frau gewesen, doch nun roch sie nach Krankheit und dem Fieber, das sie von innen heraus verzehrte.

Sie litt sehr; dazu kamen Durst und die grausame Kälte, doch Temucin kannte seine Mutter gut genug, um zu wissen, dass es sie am meisten grämte, den anderen eine Last zu sein. Als sie gegen Mittag rasteten, um den Rest des gebratenen Pferdefleischs zu verzehren, nahm er wie unabsichtlich ihr Messer an sich und unterließ es, es ihr zurückzugeben.

Danach setzten sie ihren Weg fort und hielten erst lange nach Sonnenuntergang wieder an, um im Schutz eines erbärmlichen Busches zu übernachten. Eng an Arbesa geschmiegt, sodass sie einander mit ihren Körpern wärmen konnten, lag Temucin an diesem Abend noch lange wach und versuchte den Schlaf herbeizuzwingen – was natürlich zum gegenteiligen Ergebnis führte.

Als es ihm endlich gelang einzuschlafen, blieb er allein. Der Drache kam nicht.

Temucin erwachte lange vor Sonnenaufgang frierend neben dem heruntergebrannten Feuer mit einem Gefühl des Verlorenseins und der Einsamkeit, das sich wie eine eiserne Faust um sein Herz schloss und ihm fast den Atem abschnürte. Der Drache zog sich immer mehr von ihm zurück und hinterließ eine fürchterliche Leere. Schon vor Monaten hatte Temucin angefangen den Beistand der Götter zu erflehen, allen voran den des Himmelsgottes Tengri, der verlangte, mit allem im Einklang zu leben, was er unter dem Himmelsdach gedeihen ließ.

Er war nicht erhört worden und doch meinte er, darin ein Zeichen zu lesen. Er glaubte zu wissen, dass es nur auf den rechten Ort und die rechte Zeit ankam, um sich mit Tengri auszusöhnen. Das war der Grund, warum er dorthin musste, wo der mächtigste aller Götter einst zu den Menschen hinabgestiegen sein sollte: zum Heiligen Berg.

Im Moment war das jedoch nur ein ferner Gedanke und die Sehnsucht nach einem kleinen Plausch mit Sarantuya fast übermächtig. Es war zu kalt, selbst für diese Stunde, und zu still, selbst für diesen verlassensten aller verlassenen Teile der Welt, und nicht einmal das Wissen um Arbesas Nähe vermochte das Gefühl zu mildern, der einsamste Mensch auf der Welt zu sein. Vielleicht sogar der einzige.

Lag es wirklich nur daran, dass Sarantuya nicht gekommen war?

Während Temucin darauf wartete, dass die Sonne aufging, fragte er sich, ob es den Traumdrachen überhaupt gab. Er kannte ihn nun schon so lange und zumindest in der Erinnerung kam es ihm so vor, als hätte Sarantuya ihn früher in jeder Nacht besucht, um mit ihm zu plaudern, Scherze mit ihm zu treiben, eine der geheimnisvollen Drachenweisheiten zum Besten zu geben oder einfach nur stumm über seine Träume zu wachen. Als er noch klein und ein Kind gewesen war, da hatte er natürlich geglaubt, dass es den Drachen wirklich gab und er ein Geschöpf aus Fleisch und Blut und schimmernden Panzerschuppen war, das die Erwachsenen aus irgendeinem Grund nur nicht sehen und hören konnten.

Später war ihm klar geworden, dass es sich doch etwas anders verhielt. Sarantuya existierte, aber sie und ihre Drachenbrüder und -schwestern lebten in einer eigenen Welt, die so real und greifbar war wie die seines Klans und seiner Familie, und doch so unerreichbar wie die fernen Berge hinter dem Horizont. Schließlich waren Sarantuyas Besuche seltener geworden. Sie war nicht mehr jede Nacht zu ihm gekommen, sondern meist dann, wenn es etwas Wichtiges zu besprechen gab oder eine große Entscheidung anstand. In letzter Zeit – besonders seit sein Leben so gründlich aus den Fugen geraten war und sie ihre verzweifelte Flucht begonnen hatten – zeigte Sarantuya sich nur noch selten und so gut wie nie, wenn Arbesa neben ihm lag.

Konnte es sein, dass Sarantuya ... eifersüchtig war? Zeit seines Lebens war sie das Wichtigste für ihn gewesen. Die starke Schulter, an der er sich ausweinen konnte, wenn er sich wehgetan hatte, die tröstende Stimme, wenn ihm Unrecht widerfahren war, und die weise Ratgeberin, wenn er nicht mehr weiterwusste. Doch als er das erste Mal wirklich auf ihren Rat gehört und gegen seine innere Überzeugung gehandelt hatte, da hatte das viele Menschenleben gekostet und seine scheinbar so sichere und geordnete Zukunft in einen Wirbelsturm verwandelt, in dem immer neuer Schrecken und neue Ungewissheit auf ihn warteten.

An diesem Punkt seiner Überlegungen angekommen, glaubte er ein Gefühl von Verletztheit tief in sich zu spüren, doch als er danach greifen und es ergründen wollte, entzog es sich ihm, und die Leere erschien ihm nur noch größer.

»Da ist jemand.«

Es dauerte eine Weile, bis er begriff, dass es nicht die Stimme des Drachen war, die er hörte, sondern die Arbesas. Sie hatte sich halb aufgerichtet, sodass die Decke von ihren

Schultern gerutscht war und er die Kälte spürte. Ihre Augen waren groß und von einem Schrecken erfüllt, der sofort auf Temucin übersprang und sein schlechtes Gewissen weckte. Es war nicht richtig, dass Arbesa das Geräusch vor ihm gehört hatte. In dem jämmerlichen Rest, der von seinem Klan geblieben war, war *er* der Krieger, der über die Sicherheit der Familie wachte, nicht seine Verlobte und zukünftige Frau.

Lautlos glitt er unter der Decke heraus, richtete sich auf und griff aus derselben Bewegung heraus nach dem Schwert, das er blank neben sich gelegt hatte, um im Ernstfall kein verräterisches Geräusch zu verursachen. Mit der anderen Hand bedeutete er Arbesa, zurückzubleiben und auf seine Mutter aufzupassen.

Das Schwert, das seinem Vater gehört hatte, war länger als sein Arm und im Grunde zu schwer für ihn, sodass er es mit beiden Händen packte, während er sich geduckt in die Richtung bewegte, aus der die Geräusche gekommen waren. Jetzt war nichts mehr zu hören, doch er meinte zu spüren, dass er nicht allein war.

Im nächsten Moment wurde seine Ahnung zur unliebsamen Gewissheit. Schartiger scharfer Stahl berührte seine Kehle gerade fest genug, um die Haut nicht zu ritzen, ihn aber das Brennen des Metalls spüren zu lassen.

»Wenn ich ein Merkite wäre oder ein Tajin, dann wärst du jetzt tot, mein kleiner Khan, und ich würde deine Pferde und deine Frauen nehmen«, raunte eine Stimme an seinem Ohr. Dann erscholl ein raues Lachen und die Schwertklinge verschwand von Temucins Kehle; gleichzeitig bekam er einen derben Stoß zwischen die Schulterblätter, der ihn ein paar Schritte nach vorne stolpern ließ. Nur mit Mühe fand er sein Gleichgewicht wieder, fuhr mit einem zornigen Knurren herum und hob das Schwert. Hinter ihm trat eine riesenhafte schwarze Gestalt aus den Schatten ins Mondlicht heraus. Das Lachen wiederholte sich und klang jetzt so spöttisch, dass Temucin eine Woge aus heißem Zorn verspürte, die ihn dazu bringen wollte, sich blindlings auf den schwarzen Riesen zu stürzen.

Stattdessen fragte er, nur mühsam beherrscht: »Wer bist du?«

»Jemand, der dir gerade das Leben geschenkt hat, kleiner Khan«, antwortete die Stimme, die ihm plötzlich vage bekannt vorkam. »Andererseits hätte es sich kaum gelohnt, mein Schwert zu beschmutzen. Deine beiden Gäule sind nichts wert, und von deinen Frauen ist mir die eine zu alt und die andere zu jung.«

Damit ließ der Fremde das Schwert sinken und trat einen weiteren Schritt auf Temucin zu, und im gleichen Maße, in dem Temucins Angst Verwirrung und Unglauben wich, schrumpften seine Dimensionen von denen eines Riesen auf ein normales Maß. Es war ein Junge; wenn auch ein sehr großer.

Temucin riss die Augen auf. »Chu…zir?«, murmelte er stockend.

»Immerhin erinnert sich mein Khan noch an den Namen eines so unbedeutenden Kriegers«, gluckste Chuzir. »Was für eine Ehre.«

»Chuzir?«, fragte Temucin noch einmal, und dann schrie er den Namen zum dritten Mal, so laut er nur konnte, warf das Schwert weg und schloss den Freund in die Arme. Minutenlang taten sie nichts anderes, als sich gegenseitig zu drücken, sich abwechselnd auf die Schultern zu klopfen und spielerisch in die Rippen zu boxen und einfach nur zu lachen, bis ihnen ganz schwindelig wurde und sie beide vor Anstrengung keuchten und japsten.

Schließlich ließen sie voneinander ab, und Temucin sagte noch einmal und in feierlichem Ton: »Chuzir, mein Schwurbruder! Wie lange ist es her?«

»Fast ein Jahr«, antwortete Chuzir lachend. Seine Augen schimmerten nass, und Temucin spürte, dass auch ihm Tränen der Freude über das Gesicht liefen. »Dabei kommt es mir vor wie zehn.«

Temucin fuhr sich mit dem Handrücken über die Augen, um unauffällig die Tränen wegzuwischen, und sah seinen Schwurbruder zum ersten Mal wirklich aufmerksam an. Chuzir wirkte um deutlich mehr als nur ein Jahr gealtert. Er war erneut gewachsen – mindestens um eine Handspanne, wenn nicht mehr – seine Schultern waren breiter geworden und Temucin fragte sich, ob die Schatten auf seinen Wangen tatsächlich nur Schatten waren oder der erste Flaum eines beginnenden Bartwuchses. Seine Stimme war dunkler, als er sie in Erinnerung hatte. Kein Zweifel, sein Schwurbruder stand auf der Schwelle, zum Mann zu werden; falls er sie nicht schon überschritten hatte.

Chuzir nutzte die Gelegenheit, ihn seinerseits kritisch zu mustern. Temucin konnte nicht sagen, zu welchem Ergebnis er kam. In Chuzirs Augen blitzte es zwar spöttisch auf, aber endlich senkte er nicht nur demütig das Haupt, sondern ließ sich auch auf ein Knie sinken.

»Mein Khan«, sagte er.

»Immerhin nicht mehr mein *kleiner* Khan«, sagte eine belustigt klingende Stimme hinter ihnen.

Temucin fuhr erschrocken herum. Chuzir stand rasch auf und wirkte mit einem Mal angespannt. Allerdings nur für einen einzigen Moment, dann hellte sich sein Gesicht wieder auf und seine Stimme klang gleichermaßen amüsiert wie respektvoll, als er sprach.

»Arbesa! Du bist ja eine richtige Frau geworden. Und eine kleine Wildkatze dazu, wie mir scheint«, fügte er an Temucin gewandt augenzwinkernd hinzu. »Ich muss mich entschuldigen. Sie ist vielleicht noch ein bisschen klein, aber sie wird einmal eine gute Khanin, die ihren Herrn mit aller Kraft verteidigt.«

Arbesa sah Chuzir mit unverhohlenem Misstrauen an. Sie hielt einen kurzen Dolch mit gekrümmter Klinge in der Hand.

»Steck das Messer weg, Arbesa«, sagte Temucin lachend. »Das ist Chuzir, mein Schwurbruder. Erkennst du ihn denn nicht?«

Arbesa zögerte eine Winzigkeit länger, als es Temucin angemessen schien. Dann nickte sie, steckte die Waffe aber nicht ein, sondern maß den hochgewachsenen Jungen mit kritischen Blicken. Temucin war verwirrt und ein bisschen verletzt. Chuzir war nicht nur sein Freund, sondern sein Schwurbruder, und damit richtete sich alles, was gegen ihn ging, auch gegen Temucin selbst.

Er schalt sich sofort für diesen Gedanken. Arbesa und Chuzir waren sich ja nicht wirklich vertraut. Dennoch hätte er sich gewünscht, dass seine zukünftige Frau seinen Schwurbruder etwas respektvoller behandelte.

Als hätte sie seine Gedanken gelesen, sagte Arbesa mit spröder Stimme: »Wieso schleichst du dich an uns heran? Bist du allein?«

»Ich habe mich nicht angeschlichen«, behauptete Chuzir, was eine glatte Lüge war. »Und ich bin allein – zu eurem Glück, kleine Khanin.«

Arbesas Stirnrunzeln vertiefte sich und sie sah wütend aus, aber Chuzir lachte, drehte sich wieder zu Temucin um und schlug ihm so kräftig auf die Schulter, dass er ein Stück weit in die Knie ging.

»Sie ist schon recht, deine kleine Khanin«, sagte er. »Pass gut auf sie auf. Eine bessere wirst du so schnell nicht finden.«

Das hatte er auch nicht vor. Aber Temucin hatte das sichere Gefühl, dass Arbesa nicht zu Scherzen aufgelegt war, und so sagte er vorsichtshalber gar nichts, sondern hob sein Schwert auf und bedeutete Chuzir mit einer Geste, mit ihm zu kommen. »Ich kann dir nicht viel anbieten, Bruder, aber immerhin einen Platz an unserem Feuer und ein Stück kaltes Fleisch.«

»Was schon mehr ist, als ich seit drei Tagen hatte«, antwortete Chuzir, machte aber keine Anstalten, sich ihnen anzuschließen, sondern bückte sich nach seinem eigenen Schwert und wandte sich in die entgegengesetzte Richtung.

»Vielleicht zündest du das Feuer, an das du mich eingeladen hast, erst einmal an«, sagte er. »Ich hole in der Zwischenzeit mein Pferd.«

Und damit ging er, bevor Temucin auch nur ein weiteres Wort sagen konnte.

Eine Weile stand er einfach da und sah seinem Schwurbruder nach, dann wandte er sich an Arbesa und deutete auf das Messer, das ihre schmale Hand mit so großer Kraft umklammert hielt, dass alles Blut aus ihren Fingern wich. »Jetzt steck das endlich weg«, sagte er. Die Worte hatten nach einer Zurechtweisung klingen sollen, doch es gelang ihm nicht, die notwendige Schärfe hineinzulegen. Ganz im Gegenteil fühlte er sich schon wieder sehr warm und tief berührt.

Chuzir hatte vollkommen recht. Abgesehen von seinem Traumdrachen war Arbesa sicherlich das Beste, was ihm jemals im Leben widerfahren war. Sie hatte nicht wissen können, dass es Chuzir war, sondern nur eine bewaffnete dunkle Gestalt gesehen, und dennoch hatte sie nicht einen Wimpernschlag lang gezögert, ihm beizustehen. Konnte er mehr von dem Mädchen erwarten, dem er versprochen war?

Zurück im Lager ließ sich Arbesa neben dem heruntergebrannten Feuer in die Hocke sinken und blies in die Glut. Gleich darauf züngelte ein gelbes Flämmchen, das sie geschickt zu einem neuen Feuer entfachte. Das Messer legte sie griffbereit neben sich auf den Boden. Nach einer Weile sagte sie: »Er wusste, dass unser Feuer erloschen ist.«

»Weil er sonst den Feuerschein gesehen hätte«, antwortete Temucin. »Er hat scharfe Augen.«

»Er hat uns belauscht«, beharrte sie. »Kommt es dir nicht komisch vor, dass er ausgerechnet jetzt hier auftaucht?«

Temucin zerbrach sich angestrengt den Kopf über eine Antwort, die halbwegs plausibel klingen mochte, als in seinem Rücken Chuzirs spöttische Stimme erklang: »Ich hätte euch schon eher eingeholt, wenn ihr nicht so schnell gewesen wärt und eure Spuren nicht so gut verwischt hättet. Ihr seid eine Beute, die es dem Jäger wirklich nicht leicht macht.«

»Bist du das denn?«, fragte Arbesa kühl. »Ein Jäger?«

Chuzir band den Zügel seines Pferdes – es war groß, in guter Verfassung und prachtvoll aufgezäumt, wie Temucin beiläufig registrierte – an einen Busch und beantwortete dann ihre Frage. »Manchmal ja, manchmal nein. Das kommt ganz auf das Wild an, das es zu erlegen gilt.«

Das gefiel Temucin nicht, aber er wies den hässlichen Gedanken zurück, der dieser Erkenntnis auf dem Fuße folgen wollte, und ließ sich mit untergeschlagenen Beinen neben der Feuerstelle nieder. Chuzir bedachte Arbesa mit einem Blick, der Temucin noch viel weniger gefiel, und deutete dann auf die schlafende Gestalt auf der anderen Seite des Feuers.

»Ist deine Mutter krank?«

Temucin sah kurz zu Üdschin hin und stellte fest, dass sie wach war, es jedoch offensichtlich vorzog, sich schlafend zu stellen. »Sie hat Fieber. Aber sie ist stark.«

Chuzir verzog keine Miene und Arbesa ging, um das versprochene Fleisch zu holen. Chuzir öffnete währenddessen seine Satteltaschen und brachte ein ebenso unerwartetes wie höchst willkommenes Gastgeschenk zum Vorschein: zwei prall gefüllte Schläuche mit frischem klarem Wasser, dem sie ebenso ausgiebig zusprachen wie Chuzir umgekehrt dem gebratenen Fleisch.

Nach einer Weile gab es Üdschin auf, die Schlafende zu spielen, und beteiligte sich an dem improvisierten Festmahl. Sie aß kaum etwas, trank Chuzirs Wasser aber dafür umso gieriger. Bald war der erste Schlauch geleert. Sie gab ihn Temucin mit deutlichen Anzeichen von schlechtem Gewissen zurück und schüttelte den Kopf, als er ihr den zweiten Schlauch reichen wollte.

»Nimm ruhig, Khanin«, sagte Chuzir. »Es ist genug da. Nur eine halbe Stunde von hier fließt ein Bach, der noch nicht zugefroren ist.«

»Den müssen wir übersehen haben«, antwortete Üdschin.

Ihre Stimme war frei jeden Vorwurfs, aber Temucin fuhr trotzdem zusammen. Chuzir gab Üdschin den Schlauch und ging zu seinem Pferd, um mit einem weiteren, viel kleineren Beutel zurückzukommen. Als er ihn öffnete, verriet der Geruch Temucin, dass er Arkhi enthielt, jenes starke Gebräu aus vergorener Stutenmilch, das die Männer in der Jurte seines Vaters oft und ausgiebig genossen hatten. Er lehnte ab, als Chuzir eine einladende Geste machte, und sein Schwurbruder zuckte mit den Schultern und nahm selbst einen kräftigen Schluck.

Temucin hatte Arkhi nie angerührt. Der Geschmack war ihm zuwider, und er hatte oft genug erlebt, wie streitlustig und unbeherrscht die Männer wurden, wenn sie zu viel davon zu sich nahmen.

»Vielleicht kommst du ja später einmal auf den Geschmack – wenn du alt genug dafür bist«, sagte Chuzir.

Temucin überging die Spitze. Solche kleinen Sticheleien gehörten zu ihrer Freundschaft, solange er sich erinnern konnte.

Nicht so Arbesa. Sie riss Chuzir den Schlauch aus der Hand, nahm einen Schluck, der deutlich größer war als der, den er selbst gerade genommen hatte, und reichte ihn dann mit vollkommen unbewegtem Gesicht zurück.

Chuzir machte eine anerkennende Miene und wandte sich mit verändertem Ausdruck wieder an Temucin. »Ich kann dir gar nicht sagen, wie erleichtert ich bin, dich lebend wiederzusehen. Ich hatte die Hoffnung schon fast aufgegeben. Ich habe mir solche Vorwürfe gemacht.«

»Und das nicht zu Unrecht«, sagte Arbesa.

Üdschin sah sie strafend an und Temucin sagte scharf: »Schweig! Was redest du für einen Unsinn!«

»Aber sie hat recht«, sagte Chuzir traurig. »Hätte ich damals nicht mit meiner Familie den Klan verlassen …«

»Wäre genau dasselbe passiert«, fiel ihm Üdschin ins Wort, mit ebenso leiser wie zitternder Stimme, und doch mit derselben Autorität, die ihr an der Seite eines starken Khans zu eigen gewesen war. »Wenn du und deine Familie geblieben wärt, dann hätte das nichts geändert. Axeu hat die meisten Männer auf seine Seite ziehen können und sie haben alle erschlagen, die sich gegen sie gestellt haben.«

»Wir hätten uns niemals …«, begehrte Chuzir auf.

Temucins Mutter unterbrach ihn abermals: »Dein Vater hätte sich nicht gegen Axeu gestellt und deine Brüder auch nicht, mein Junge.« Sie schüttelte traurig den Kopf und nahm einen Schluck aus dem Wasserschlauch. »Und selbst wenn, dann wären sie jetzt wahrscheinlich ebenso tot wie die wenigen, die mir und dem rechtmäßigen Khan der Kijat die Treue gehalten haben.« Sie machte eine Kopfbewegung zu Temucin hin. »Mach dir keine Vorwürfe, mein Junge. Dein Vater hat richtig gehandelt.«

»Mein Vater hätte niemals seinen Eid gebrochen!«, begehrte Chuzir auf. »Er war ein Ehrenmann!«

»*War?*«, fragte Temucin alarmiert.

Chuzir verlor für einen Moment die Kontrolle über seine Züge und gewann sie augenblicklich wieder zurück, indem er trotzig die Unterlippe vorstülpte. Er reagierte gar nicht auf die Frage.

»Ich wollte nicht fortgehen. Aber mein Vater hat die Herden auf eine frische Weide getrieben.«

»Und deine Geschwister und du haben seinem Wunsch gehorcht, wie es sich für Kinder geziemt«, ergänzte Üdschin. »Es gibt nichts, was du dir vorzuwerfen hättest.«

Temucin nickte rasch, um die Worte seiner Mutter zu bekräftigen, während Arbesa nur vielsagend die Stirn runzelte. Zumindest sagte sie nichts, wofür ihr Temucin im Stillen dankbar war. Auch er selbst musste seine Gefühle bändigen. Es war nicht das erste Mal, dass er sich bei dem hässlichen Gedanken ertappte, ob es wirklich Zufall gewesen war, dass Chuzirs Vater zwei Tage vor jenem schicksalhaften Abend, an dem Axeu die Hunde vergiftet hatte und das Unglück wie ein Sturmgewitter über den Klan gekommen war, mit seiner Familie aufgebrochen war, um neue Weidegründe für seine Pferde und Schafe zu finden.

Chuzir sah immer noch ein wenig zornig aus, sodass Temucin nun hinzufügte: »Wenn jemanden die Schuld trifft, dann mich.«

»Unsinn!«, widersprach Chuzir, aber Temucin schüttelte nur den Kopf und sagte entschieden: »Es war meine Entscheidung, die Tataren nicht anzugreifen, sondern das Lösegeld zu zahlen. Hätte ich auf Axeu und die anderen gehört …«

»Dann wären wir jetzt alle tot und es gäbe den Kijat-Klan nicht mehr«, unterbrach ihn seine Mutter sanft, aber nachdrücklich. Ihre Worte enthielten einen sachten Tadel, den Temucin aber nicht hören wollte. »Die Tataren haben hundertmal mehr Krieger als wir. Welche Chance hätten wir gehabt?«

»Wen kümmern Chancen, wenn es um die Ehre geht?«, fragte Chuzir.

Arbesa und Üdschin seufzten tief, wie mit einer Stimme. Sie sagten nichts, aber Temucin entging keineswegs, dass Arbesa die Augen verdrehte … und darauf achtete, dass es Chuzir bemerkte.

Unbehagliches Schweigen senkte sich über den kleinen Lagerplatz.

»Erzähl mir, was geschehen ist«, verlangte Chuzir schließlich.

»Die Männer haben am Ende auf mich gehört«, begann Temucin. »Vielleicht nicht einmal auf mich, aber auf den Sohn des Khans. Statt zu den Waffen zu greifen und meinen Vater zu befreien, wie es Axeu und viele der anderen verlangten, haben wir das Lösegeld bezahlt und auf die Ehrenhaftigkeit der Tataren gehofft.«

Chuzir gab ein bellendes Lachen von sich. »Die Ehrenhaftigkeit der Tataren«, wiederholte er abfällig. Es klang wie ein Fluch und sollte es wohl auch sein.

»Sie haben Wort gehalten«, sagte Arbesa bitter. »Drei Tage später haben sie Yesügai zurückgeschickt.«

»Vergiftet und schon mehr tot als lebendig«, fügte Temucin noch bitterer hinzu. »Er hat noch zwei weitere Tage gelebt und ist dann unter Qualen gestorben. Danach haben sie uns davongejagt.«

Chuzir sah ihn nur traurig an, und kein bisschen überrascht. Temucin war sicher, dass er längst wusste, was geschehen war, doch mit einem Mal war es ihm ein Bedürfnis, die Geschichte zu erzählen. Vielleicht brachte es ja Erleichterung.

»Viele Krieger riefen nach Rache und wollten gegen die Tataren ziehen«, berichtete er. »Nur Axeu und sein Sohn Ilhan nicht. Axeu hat sich selbst zum neuen Khan ausgerufen, und die meisten Männer haben sich auf seine Seite gestellt.«

»Aber du warst der neue Khan!«, sagte Chuzir empört. »Du bist es noch!«

»Dieser Meinung waren Axeu und viele andere Männer nicht«, sagte Üdschin bitter. »Ein unerfahrener Junge, noch dazu der Bastard eines Khans und einer Merkitin, die er vor zwanzig Jahren entführt hat.« Sie schüttelte den Kopf und starrte einen Moment lang ins Feuer. Ihre dunklen Augen schienen das flackernde Licht nicht zu reflektieren, sondern aufzusaugen, als wäre hinter ihnen Platz für eine gewaltige Leere. »Es ist Axeu nicht schwergefallen, die anderen davon zu überzeugen, dass er der rechtmäßige Khan der Kijat ist. Sie haben uns davongejagt: mich, meinen Sohn und seine Verlobte.«

»Aber warum seid ihr nicht zu den Unggirat gegangen?«, wunderte sich Chuzir. »Bei Arbesas Vater hättet ihr doch gewiss Unterschlupf gefunden!«

»Das wollten wir«, sagte Arbesa.

»Aber schon am zweiten Tag der Reise tauchten die Krieger der Tajin auf«, fügte Üdschin hinzu. »Sie haben alles zerstört und gestohlen, was uns noch geblieben ist. Wir sind mit Mühe und Not entkommen, und mit wenig mehr als dem, was wir auf dem Leib hatten.«

»Es sollte mich nicht wundern, wenn Axeu sie auf unsere Spur gesetzt hätte«, sagte Temucin. »Er war schon immer ein

Feigling, der anderen die schmutzige Arbeit überlässt, genau wie sein Sohn.«

»Und seitdem seid ihr auf der Flucht?«, fragte Chuzir. »Fast ein Jahr schon?«

Arbesa stieß einen rauen Laut aus. »Wir hatten gehofft, dass sie irgendwann unsere Spur verlieren oder es müde werden, uns zu jagen.«

»Aber das ist nicht geschehen«, fügte Temucin hinzu. »Ich habe als Khan versagt.«

Chuzir bedachte ihn mit einem schrägen Blick, den Temucin nicht gleich deuten konnte, nahm einen weiteren Schluck Arkhi und schüttelte dann heftig den Kopf.

»Die Tajin sind als ehrlose Feiglinge bekannt«, sagte er. »Aber auch als gute Spurenleser und noch bessere Jäger. Ein *Versager* würde ihnen nicht ein volles Jahr lang entkommen.«

»Und wenn es fünf Jahre wären«, sagte Temucin düster. »Sie werden nicht aufgeben, das weiß ich.«

Chuzir tat ihm nicht den Gefallen zu widersprechen. Er sah ihn nur lange und nachdenklich an und fragte schließlich: »Wohin seid ihr jetzt unterwegs?«

Temucin druckste lange genug herum, um seiner Antwort jede Glaubwürdigkeit zu nehmen – falls sie sie jemals besessen hatte. »Zum Burchan Chaldun.«

»Dem Heiligen Berg.« Chuzirs Augen verengten sich zu schmalen Schlitzen. »Willst du etwa Tengri um Rat bitten?«

Temucin zuckte mit den Schultern. »Vielleicht.«

»Und dann?«, fragte Chuzir.

»Dann?«

Chuzir machte eine unwillige Geste, nahm einen dritten und noch größeren Schluck und hielt Arbesa den Schlauch hin. Sie schüttelte den Kopf und gab ihr Bestes, um ihn mit Blicken zu verbrennen.

»Und wenn der Gott Tengri sich weigert, Blitz und Donner vom Himmel zu schicken, um die Tajin zu verbrennen?«, fragte er.

Temucin hob hilflos die Schultern. »Vielleicht einfach weiter. Die Länder im Norden des Burchan Chaldun sind unerforscht. Niemand weiß, wer dort lebt.«

»Niemand weiß, ob es sie überhaupt *gibt*«, antwortete Chuzir betont. »Manche behaupten, dass die Welt hinter dem Heiligen Berg aufhört.«

»Was für ein Unsinn!«, schnaubte Arbesa. »Als ob die Welt einfach irgendwo aufhört!«

»Und andere sagen, dass es dort wilde Stämme gibt, die jeden töten, der es wagt, einen Fuß in ihr Land zu setzen«, fuhr Chuzir unbeeindruckt fort. »Noch nie ist jemand von dort zurückgekehrt. Vielleicht gibt es dort ja Ungeheuer.«

Vielleicht Drachen.

»Vielleicht ist es auch so schön, dass niemand zurückwill, der es jemals dorthin geschafft hat«, konterte Arbesa.

»Sei's drum«, antwortete Chuzir. »Hier könnt ihr jedenfalls nicht bleiben. Die Tajin sind euch auf den Fersen. Ich habe ein paar falsche Spuren gelegt, die sie eine Weile ablenken werden. Aber nicht für lange, fürchte ich. Wir müssen weiter.«

»Wir?«, fragte Temucin.

Chuzir lachte. »Ich habe fast ein Jahr lang nach dir gesucht, Bruder. Und jetzt finde ich dich in höchster Not. Glaubst du wirklich, da lasse ich dich einfach wieder allein, bevor wir uns nicht wenigstens einmal zusammen betrunken haben?«

Er hielt Temucin den Schlauch hin.

Der Heilige Berg

Sie erreichten den Heiligen Berg nicht am Tag danach und auch nicht am nächsten, sondern erst am Abend des darauffolgenden und gerade noch rechtzeitig, um im Schutz der ersten Bäume ein einfaches Lager aufzuschlagen. Die Wüste war nach und nach einer morastigen Steppe und hügeligem Buschland gewichen, das am Ende in einen nahezu blattlosen winterlichen Wald übergegangen war. Dieser bot ihnen zwar einen gewissen Schutz vor dem schneidenden Wind und der ärgsten Kälte, machte es aber schwieriger, ihre Spuren zu verwischen, sollten die Tajin ihnen immer noch folgen; etwas, woran Temucin nicht im Geringsten zweifelte.

Er verbrachte eine unruhige Nacht, die umso schlimmer war, da Sarantuya sich wieder einmal nicht blicken ließ, und brach mit der allerersten Morgendämmerung auf, um den letzten Teil des Weges allein zurückzulegen. Üdschins Fieber war zurückgegangen, doch sie war immer noch sehr schwach, sodass der Aufstieg zum Gipfel des Heiligen Berges viel zu anstrengend für sie gewesen wäre. Dasselbe galt für Arbesa, die zwar überaus tapfer war und sich alle Mühe gab, sich nichts anmerken zu lassen, dennoch nicht verhehlen konnte, wie sehr sie mit ihren Kräften am Ende war. Beinahe ein Jahr waren sie nun ununterbrochen auf der Flucht.

Selbstverständlich hatte Chuzir sich angeboten, ihn auf der letzten Etappe zu begleiten, und Temucin hätte nichts lieber getan, als dieses Angebot anzunehmen, denn wenn er ehrlich war, hatte er ein bisschen Angst davor, den verbotenen Berg zu betreten. Er lehnte trotzdem ab und bat ihn stattdessen, im

Lager zu bleiben und auf Arbesa und seine Mutter aufzupassen, was Chuzir ihm feierlich versprach. Danach machte er sich auf den Weg.

Schwert, Schild und Rüstung ließ er zurück und nahm nur seinen Bogen und einen einzigen Pfeil mit: den kostbaren Freundschaftspfeil, den Chuzir ihm geschenkt und von dem er sich seit jenem Tag niemals länger als für eine Stunde getrennt hatte.

Der sonderbar gleichmäßig geformte Buckel des Burchan Chaldun kam ihm im klaren Licht des Morgens fast zum Greifen nahe vor, doch er wusste, dass es noch ein gehöriges Stück war, und so schritt er rasch aus und fand seine vorsichtige Einschätzung schon bald bestätigt. Der Berg war weitaus steiler, als es den Anschein hatte, und der Wald schien mit jedem Schritt dichter und undurchdringlicher zu werden, als versuche die Natur, ihn am Betreten dieses verbotenen Ortes zu hindern.

Er verscheuchte diesen Gedanken und konzentrierte sich ganz darauf, einen Fuß vor den anderen zu setzen und das immer schwieriger werdende Gelände zu meistern. Ihm wurde allmählich klar, warum es ihm seit Tagen so vorgekommen war, als wiche der Burchan Chaldun auf geheimnisvolle Weise stets um dieselbe Distanz vor ihm zurück, um die er sich ihm genähert zu haben glaubte: Der Berg war riesig, und auch die vermeintlich sanfte Rundung seiner Kuppe täuschte.

Je näher er dem Gipfel kam, desto steiler stieg er an. Auf dem letzten Stück musste er sich auf seinen Bogen stützen wie auf einen Wanderstab, und schließlich sogar klettern. Kein Wunder, dass der Burchan Chaldun von manchen auch *Der Verbotene Berg* genannt wurde. Er war möglicherweise nicht verboten, aber so schwer zu erreichen, dass es auf dasselbe hinauslief.

Es war fast Mittag, als Temucin – vollkommen erschöpft – sein Ziel erreichte. Und er war nicht einmal sicher, ob es die Mühe wert gewesen war.

Unweit des Heiligtums ließ er sich nieder, um Kraft für die Begegnung mit den Göttern zu schöpfen. Er hätte keinen besseren Ort dafür aussuchen können. Auf der anderen Seite der Bergkuppe breitete sich ein fantastisches Panorama aus, und er hatte ein Gefühl von Weite, das ihm schier den Atem nahm.

Vielleicht lag es aber auch nur an der dünnen Luft hier oben.

Temucin lächelte matt über seine eigenen Gedanken, stemmte sich mit mehr Mühe hoch, als er sich eingestehen wollte, und nahm die letzte Etappe des Weges in Angriff. Nur noch wenige Schritte bis zum eigentlichen Heiligtum. Bisher hatte er sorgsam vermieden, es zu genau anzusehen, vielleicht aus Angst zu verbrennen, wenn er direkt in Tengris Antlitz blickte, vielleicht aus Angst vor einer Enttäuschung.

Temucin wusste nicht so recht, was er erwartet hatte. Nichts Konkretes sicherlich, ein prachtvolles Bauwerk etwa oder einen Tempel, doch zumindest … irgendetwas. Ein Zeichen, dass Menschen hier gewesen waren, die Reste von Opfergaben, einen Steinkreis oder Felszeichnungen. Die Bergkuppe sah jedoch so unberührt aus, als wäre er der erste Mensch, der jemals hier heraufgekommen war.

Vielleicht war er es ja.

Ein plötzlicher Windstoß fegte über den Berg, ließ Temucin mit den Zähnen klappern und erinnerte ihn daran, dass ihm nicht viel Zeit blieb. Er hatte Arbesa und seiner Mutter versprochen, vor Sonnenuntergang zurück zu sein, und der Abstieg würde sich zweifellos in die Länge ziehen.

Die Bergkuppe war mit Gras bewachsen, das schon gelb zu werden begann, und durchmaß nicht einmal die Fläche, die sein Heimatdorf beansprucht hätte. In der Mitte erhob sich etwas, das aus großer Entfernung wie ein Tempel wirken mochte, in Wahrheit aber nur eine Ansammlung zyklopischer Felsen war, die wie von der Hand eines verspielten Riesenkindes übereinandergeworfen worden waren. Zwei davon lehnten schräg gegeneinander und bildeten eine Art steinernes Zelt. Womöglich war das der Eingang zur Welt der Götter, in der Tengri wohnte?

Temucin setzte sich in Bewegung, erinnerte sich dann jedoch daran, dass es sich nicht geziemte, den Göttern mit einer Waffe gegenüberzutreten und lehnte den Bogen auf der einen und den Köcher mit dem prachtvollen Pfeil auf der anderen Seite gegen den Fels. Erst danach betrat er den dreieckigen Spalt.

Es war nicht der Eingang zur Götterwelt, sondern nur eine Öffnung, die nach wenigen Schritten vor einer senkrechten Felswand endete. Immerhin stieß er hier auf die ersten Spuren von Menschen. Ein flacher Stein lag vor der rückwärtigen Wand, zu präzise platziert, um zufällig dort zu sein. Außerdem bestand er aus einem anderen Gestein. Auf den zweiten Blick sah Temucin, dass er glatt poliert worden war, vielleicht weil über Jahrhunderte hinweg Menschen hier gekniet hatten.

Er trat vor, kniete sich auf den Stein und wartete darauf, dass etwas geschah. Es geschah jedoch rein gar nichts. Nur die Kälte kroch beharrlich weiter durch seine Kleider, nun, wo er nicht mehr in Bewegung war.

So einfach würde es natürlich nicht sein, dachte er, zornig auf sich selbst. Auf dem Weg hierher, all die endlosen Monate lang, hatte er unzählige Male zu den Göttern gebetet und sie um Hilfe angefleht, um Erleuchtung oder wenigstens einen Rat, doch sie hatten geschwiegen. Warum also sollte sich das ändern, nur weil er hierhergekommen war?

Vielleicht musste er ein bestimmtes Gebet sprechen, einen speziellen Tanz tanzen oder ein Opfer bringen. Er wusste es nicht. Er war kein Schamane. Er hatte sich nie für deren Tun und die komplizierten Zeremonien interessiert, was er jetzt zutiefst bedauerte. Vielleicht waren die Götter kleinlicher, als er bisher gedacht hatte.

»Tengri«, flüsterte er. »Ich bitte dich um Hilfe. Nicht für mich, denn ich weiß, dass ich sie nicht verdient habe. Ich habe nur selten zu dir gebetet und meistens habe ich es nicht ernst gemeint. Ich habe immer nur so viel geopfert, dass es mir selbst nicht wehgetan hat. Deshalb steht es mir nicht zu, dich um irgendetwas zu bitten. Aber hilf Arbesa und meiner Mutter. Üdschin ist eine fromme Frau, die niemals gegen deine Gebote verstoßen hat, und Arbesa auch. Bestrafe mich, wenn du willst, bestrafe aber nicht meine Mutter und meine Verlobte für etwas, das ich getan habe.«

Er rechnete nicht wirklich mit einer Antwort, aber er bekam sie, auch wenn sie anders ausfiel, als er es sich vorgestellt hätte: Hinter ihm erscholl ein tiefes, grollendes Lachen. Er fuhr erschrocken herum und sah gerade noch ein Blitzen von Gold, das hinter dem Ausgang der Felsspalte verschwand.

Wenn Temucin ehrlich war, war er nicht sonderlich überrascht. Er verließ den Felsspalt, sah sich suchend um und konnte nichts Außergewöhnliches erblicken. Er nahm Bogen und Köcher an sich und ging um die Felsengruppe herum, um noch einmal über das unbekannte Land jenseits des Burchan Chaldun zu blicken. Grauer Nebel lag über den Berggipfeln und hatte sich wie frisch gezupfte Schafswolle in die Täler dazwischen gesenkt. Doch man konnte die Weite des Landes erahnen, die sich darunter verbarg.

Wieder hörte er ein Scharren wie von gewaltigen Krallen, die über Fels schrammten, und dieses Mal war Sarantuya da, ein golden geschuppter Gigant, der die Sonne verdunkelte und aus unglaublicher Höhe auf ihn herabsah.

»Bist du ... Tengri?«, hörte er sich selbst fragen.

Die Antwort bestand aus einem grollenden Lachen, unter dem die Erde zu erbeben schien, und einem Kopfschütteln. Sarantuyas goldene Schuppen klimperten und klirrten wie die größte Zimbel der Welt.

»Ich glaube, du kennst die Antwort, mein kleiner Khan«, sagte der goldene Drache.

Temucin starrte mit offenem Mund zu ihm hoch. Es war das erste Mal, dass er Sarantuyas machtvolle Stimme nicht als lautloses Flüstern in seinen Gedanken hörte, und es war das erste Mal, dass er dem gigantischen Drachen gegenüberstand. Unzählige Male hatte er ihn in seinen Träumen gesehen. Oft hatte Sarantuya ihn in die geträumte Drachenwelt mitgenommen, wo er neben ihr gestanden, sie berührt und sogar auf ihrem Rücken gesessen hatte, um sich von ihren gewaltigen Schwingen unendlich hoch über die Wolken tragen zu lassen.

Aber nun stand er ihr zum ersten Mal *wirklich* gegenüber und es dauerte eine Weile, bis er begriff, was das bedeutete: Sarantuya existierte. Sie war kein erdachter Freund, wie ihn viele Kinder hatten, sondern real.

»Woher willst du wissen, dass du jetzt nicht auch träumst, mein kleiner Khan?«, fragte Sarantuya lächelnd.

»Weil das hier kein Traum ist«, antwortete Temucin überzeugt.

»Wieso?«

Temucin setzte zu einer Antwort an, besann sich dann eines Besseren und zerrte sich mit den Zähnen die Handschuhe von den Fingern, um sich so kräftig ins andere Handgelenk zu kneifen, dass ihm die Tränen in die Augen schossen.

»Aha.« Sarantuya klang ein bisschen gelangweilt. »Und was soll das beweisen?« Ihre Krallen scharrten mit einem metallenen Laut über den Fels und hinterließen fingertiefe helle Kratzer darin.

»Es hat wehgetan«, antwortete Temucin. »Das beweist, dass ich nicht träume.«

»Oder es beweist, dass du gerade träumst, dir wehgetan zu haben«, antwortete der Drache.

»Unsinn!«, widersprach er heftig. »Das ist … ich meine …«

»Ja, mein kleiner Khan?«, fragte Sarantuya und legte den Kopf auf die Seite.

»Nenn mich nicht so!«, sagte Temucin scharf. »Ich habe einen Namen!«

»Tatsächlich?« Sarantuya blinzelte und ihr gigantischer geschuppter Schwanz zuckte. Temucin hatte das Gefühl, dass sich dahinter noch etwas anderes bewegte, etwas Unsichtbares und viel, viel Größeres. Plötzlich grinste der Drache, ein ebenso seltsamer wie verstörender Anblick. »He, ist das unser erster richtiger Streit?«

Sie kicherte, was sich anhörte, als rollten Felsbrocken einen vereisten Hang hinab. »Aber gut, dann nenne ich dich von jetzt an Dschingis.«

»Das ist nicht mein Name«, erwiderte Temucin.

»Noch nicht«, antwortete der Drache. Mit jedem Wort verblasste der fröhliche Ton ein bisschen mehr und wurde zu etwas anderem, Angst einflößendem. »Aber irgendwann wird man dich so nennen. Die Menschen werden diesen Namen kennen, von einem Ende der Welt zum anderen: Dschingis Khan.«

»Du hast einmal gesagt, du dürftest mir nichts über meine Zukunft verraten«, sagte Temucin verstört. *Dschingis Khan?* Der Name hatte einen sonderbaren Klang. Nicht unbedingt angenehm, fand er, aber doch … erregend, auf eine vollkommen neue Art. Er schien ein Versprechen zu beinhalten, doch er konnte nicht sagen, welches.

»Und?«, gab Sarantuya in leicht patzigem Ton zurück. »Tust du etwa nie das, was du nicht darfst?«

Darauf antwortete Temucin vorsichtshalber gar nicht – zumal der Drache ja sämtliche seiner Geheimnisse kannte.

»Ich sage dir auch nur, was ohnehin geschieht«, fuhr Sarantuya fort. »Was immer du tust, wird nichts daran ändern, dass die ganze Welt dich eines Tages unter diesem Namen kennen wird, kleiner … ähm … *Dschingis* Khan. Aber die wichtigste Entscheidung liegt dennoch bei dir.«

»Und welche wäre das?«, fragte Temucin. *Dschingis Khan.* Er wiederholte den Namen ein paarmal in Gedanken und etwas Unheimliches geschah: Plötzlich machte er ihm Angst.

»Die wichtigste Frage überhaupt, mein kleiner Khan«, antwortete Sarantuya mit großem Ernst. »Nämlich die, ob die Menschen deinen Namen voller Ehrfurcht nennen oder bei seinem Klang vor Angst erzittern.« Sie machte ein nachdenkliches Drachengesicht. »Wer weiß, vielleicht beides.«

»Du willst mich auf den Arm nehmen«, antwortete Temucin, hauptsächlich um den Schrecken zu überspielen, mit dem ihn diese Worte erfüllten, denn sie enthielten eine Wahrhaftigkeit, der er sich nicht widersetzen konnte.

»Aber, aber, würde ich so etwas tun?«, fragte Sarantuya und schüttelte den Kopf, bevor er antworten konnte. »Ich habe nicht alle Zeit der Welt, kleiner Khan. Du auch nicht. Also sag, warum du gekommen bist.«

»Was hast du denn so Wichtiges zu tun?«, wollte Temucin wissen.

»Drachengeschäfte«, antwortete Sarantuya schnippisch. »Also?«

»Ich … weiß es nicht«, gestand Temucin zögernd. »Ich dachte, dass …«

»Ich es dir sage?«, half ihm Sarantuya aus, als er nicht weitersprach, sondern nur unbehaglich von einem Fuß auf den anderen zu treten begann. »Ich kann dir nichts sagen, was du nicht schon weißt.« Sie seufzte tief. »Aber ich kann dir sagen, was du weißt und nicht zugeben willst. Willst du das?«

Temucin nickte.

»Du bist nicht hier, um zu einem Gott zu beten, an den du nicht glaubst.«

»Das ist nicht wahr!«, protestierte Temucin erschrocken. »Tengri ist unser Gott! Er hat die Welt und alles Leben erschaffen, und er wacht über uns und beschützt uns.«

»Nun ja«, antwortete der Drache spöttisch. »Dich vielleicht nicht so sehr.«

»Nein!«, begehrte Temucin auf. »Es war Axeu, der uns verraten hat! Ohne ihn und die Tataren wäre nichts von alledem passiert, und wir wären noch immer in unserem Lager und … und …«, er schwieg einen Moment, sagte zum dritten Mal: »Und …«, und hob schließlich nur hilflos die Schultern.

Sarantuya machte sich nicht die Mühe, darauf zu antworten. Sie sah ihn eine Weile mit undeutbarem Gesicht an, dann bewegte sie sich ebenso träge wie majestätisch an ihm vorbei und kroch zum anderen Ende der Bergkuppe, um auf die nebelverhangene Ebene jenseits des Burchan Chaldun hinauszublicken.

»Deshalb bist du hier, junger Dschingis?«, fragte sie.

»Unsinn«, widersprach Temucin ohne Überzeugung in der Stimme.

»Du weißt es nicht, aber tief in dir bist du des Weglaufens schon lange müde«, fuhr der Drache fort. »Ihr seid seit Monaten auf der Flucht und ihr habt alles verloren, was ihr besessen und woran eure Herzen gehangen haben. Du willst nicht mehr weglaufen. Aber wie könntest du kämpfen? Du bist jung und unerfahren.«

»Ich bin ein Khan!«, widersprach Temucin.

»Der Khan eines Stammes, der aus deiner Mutter, deiner Verlobten und dir selbst besteht«, antwortete der Drache.

»Und Chuzir«, schnaubte er.

Sarantuya drehte den mächtigen Kopf und sah ihn schweigend an. Temucin versuchte, in ihrem schuppigen Gesicht zu lesen, aber es gelang ihm nicht.

»Hab Geduld, kleiner Dschingis«, fuhr sie schließlich fort. »Es dauert nicht mehr lange, dann wird sich vieles in deinem Leben ändern.«

»Wie lange noch?«, fragte Temucin aufgebracht. »Noch ein Jahr oder fünf? Ich will nicht mehr warten!«

»Ihr Menschen«, seufzte der Drache. »Euer Leben ist so kurz. Kaum hat es begonnen, da ist es auch schon wieder vorbei. Und doch könnt ihr es gar nicht abwarten, die wenigen Jahre vergehen zu sehen, die euch bleiben.«

Sie machte eine Kopfbewegung auf das graue Nebelmeer, aus dem eine Anzahl zerschundener Berggipfel ragte. »Du hoffst, dass ihr dort Frieden finden werdet. Einen Platz für dich und deine Familie, an dem ihr leben könnt. Aber deine Zukunft liegt nicht dort, mein kleiner Dschingis.«

Einen Moment lang überlegte Temucin ernsthaft, den Drachen zu bitten, ihn wieder *mein kleiner Khan* zu nennen, statt *Dschingis*. Der Name flößte ihm Furcht ein. Doch er spürte, dass es alles nur schlimmer machen würde. »Weil es dort Ungeheuer gibt?«

»Oh ja, und zwar die schlimmsten überhaupt!« Sarantuya lachte. »Sie nennen sich Menschen. Nein, glaub mir, dein Platz ist nicht dort. Dieses Land braucht dich.«

Ihn? Der nur noch das besaß, was er auf dem Leib trug? Der alles verloren hatte und nach einem Jahr auf der Flucht nicht nur am Ende seiner Kräfte angekommen war, sondern auch buchstäblich am Ende der Welt?

»Hör auf mich«, fuhr Sarantuya fort, als er nichts von alledem sagte, worauf sie so offensichtlich wartete. »Ich kann dir nicht sagen, was deine Zukunft bringt, aber vielleicht kann ich dir helfen, den richtigen Weg zu finden.«

»So wie vor einem Jahr?«, fragte er bitter.

Sarantuya sah ihn fragend und traurig an. Da sie seine Gedanken las, wusste sie genau, was er meinte. Aus irgendeinem Grund wollte sie jedoch, dass er es laut aussprach.

»Als die Tataren meinen Vater entführt hatten, da wollten die Männer zu den Waffen greifen und ihn mit Gewalt befreien, wie es die Ehre gebietet.«

»Du etwa nicht?«, fragte Sarantuya.

»Doch!«, antwortete Temucin, selbst ein wenig erstaunt über seine Ehrlichkeit. »Das wollte ich! Aber ich habe es nicht getan! Ich habe auf dich gehört und bin den Weg eines Feiglings gegangen, statt den eines Kriegers, und ich habe alles verloren!«

»Manchmal ist es so, junger Dschingis«, sagte der Drache sanft. »Es ist nie leicht, einen neuen Weg einzuschlagen. Manchmal muss es erst schlimmer werden, bevor es besser wird.«

»Was könnte denn noch schlimmer werden?«, fauchte er.

»Viel«, antwortete der Drache. »Es kann und es wird, schon bald. Großer Schmerz erwartet dich, und das für lange Zeit.«

»Wolltest du deshalb, dass ich hierhinkomme?«, fragte Temucin. »Um mir Angst zu machen?«

»Seltsam – ich dachte, *du* wärst es gewesen, der *mich* gerufen hat«, antwortete Sarantuya lächelnd. Sie streckte eine

Klaue aus, die stark und groß genug war, einen Ochsen in Stücke zu reißen, und zugleich so geschickt und sanft wie die eines Lautenspielers, der seinem Instrument die zartesten Töne zu entlocken vermochte. Behutsam nahm sie den Freundschaftspfeil aus seinem Köcher, begutachtete ihn einen Moment lang und schob ihn dann genauso vorsichtig wieder zurück. Temucin fragte sich, ob das etwas zu bedeuten hatte, doch der Drache fuhr bereits fort: »Dir steht eine Zeit der Schmerzen bevor, kleiner Dschingis. Du wirst den verraten, den du am meisten liebst, und von dem verraten werden, dem du am meisten vertraust. Du wirst zweifeln und verzweifeln, bis du glaubst, dass es nicht mehr weitergeht und der Tod eine Erlösung für dich wäre. Aber glaub mir, das alles ist nötig, damit du am Ende die richtige Entscheidung triffst.«

»So wie vor einem Jahr?«, wiederholte er, aus keinem anderen Grund als aus dem, sie zu verletzen.

Sarantuya seufzte. »Es ist wohl zu viel verlangt, dass du es jetzt schon verstehst. Denk an das, was ich dir gesagt habe. Und nun solltest du gehen. Uns erwarten beide dringende Aufgaben.«

»Drachengeschäfte?«, fragte er.

»Khangeschäfte«, erwiderte der Drache. »Wenigstens was dich angeht. Spute dich lieber ein wenig, mein kleiner Dschingis. Dir bleibt nicht mehr viel Zeit.«

Verrat

Wie er es befürchtet hatte, gestaltete sich der Abstieg weitaus schwieriger als der Aufstieg, sodass seine Hoffnung sank, noch vor Dunkelwerden zu Arbesa und seiner Mutter zurückzukommen. Doch wenigstens einmal schien das Glück auf seiner Seite zu sein: Vielleicht nach einer Stunde trat er auf einen schmalen Felsvorsprung hinaus, der ihm einen Blick ins Tal und auf die Stelle hinab gewährte, wo Chuzir und die beiden Frauen auf ihn warteten. Da sie sich gut unter den Bäumen verbargen, konnte er sie nicht sehen, erkannte jedoch von seinem Aussichtspunkt aus einen schmalen Felsenkamm, den er vorher nicht hatte erblicken können. Es würde zwar eine elende und nicht ganz ungefährliche Kletterei bedeuten, aber wenn er diesen Weg nahm, konnte er sicherlich mehrere Stunden gewinnen.

Der Abstieg war kräftezehrend und gefährlich, aber er kam schneller voran, als er zu hoffen gewagt hatte. Schon bald erschien es ihm realistisch, mindestens eine Stunde vor Sonnenuntergang zurück zu sein, wenn nicht sogar noch eher.

Eine gute Stunde vor Ablauf dieser Frist erreichte er einen mannshoch aufragenden Felsen, den er erklomm, um sich noch einmal einen Überblick zu verschaffen. Oben angekommen begriff er, dass seine Glückssträhne zu Ende war – wenn es sie denn überhaupt jemals gegeben hatte.

Das Lager konnte er immer noch nicht sehen und auch keinen Rauch – er hatte Arbesa gebeten, trotz der Kälte kein Feuer zu machen, um ihre Verfolger nicht auf sie aufmerksam zu machen – doch sein Blick fiel weit über die angrenzende

Ebene, und er machte ein gutes Dutzend winziger Punkte aus, die sich seinem Standort näherten.

Es waren die Tajin. Sie hatten ihre Spur gefunden und näherten sich.

Temucin gestattete sich nicht, zu erschrecken, sondern zwang sich, die Szenerie mit den Augen des Kriegers zu betrachten, der er trotz seiner jungen Jahre schon war. Die dunklen Punkte waren zu weit entfernt, um sie wirklich zu erkennen. Aber er zweifelte nicht einen Augenblick an ihrer Identität. Es konnte kein Zufall sein.

Statt mehr Zeit mit sinnlosem Nachdenken zu verschwenden, kletterte er von seinem Aussichtsposten herunter und setzte seinen Weg noch schneller fort, was nicht ganz gefahrlos war. Mehrmals stürzte er, und als er endlich das provisorische Lager erreichte, war er nicht nur vollkommen erschöpft, sondern humpelte auch leicht, und seine Hände und Ellbogen waren zerschunden und blutig.

Arbesa, die seine Schritte gehört hatte, kam ihm entgegen und fiel ihm erleichtert um den Hals. »Du bist zurück, Tengri sei Dank! Was hast du gefunden und …?«

Temucin machte sich mit sanfter Gewalt aus ihrer Umarmung los und schob sie ein kleines Stück von sich weg, sosehr ihre Gegenwart sein Herz auch erfreute.

»Dafür ist jetzt keine Zeit. Wir müssen weg. Sofort.«

Arbesa wurde ein bisschen blasser, als sie ohnehin schon war. Aber sie bewies erneut ihre Klugheit. »Die Tajin?«, fragte sie nur.

»Sie sind bald hier«, antwortete er. »Schnell.«

Wortlos drehte sich Arbesa um und eilte die wenigen Schritte zu ihrem Lagerplatz zurück, wobei sie ihm mit ihrem schmalen Körper einen Pfad durch das verfilzte Buschwerk brach. Zu seiner Erleichterung war Üdschin nicht nur wach, sondern auch auf den Beinen und damit beschäftigt, ihre wenigen Habseligkeiten zusammenzusuchen; wahrscheinlich hatte sie zumindest einen Teil ihres Gespräches gehört und reagierte so schnell und richtig, wie er es von seiner Mutter gewohnt war.

Wen er nicht sah, war …

»Wo ist Chuzir?«

»Er ist fortgeritten, schon vor ein paar Stunden«, antwortete Arbesa, während sie sich bückte und den Schnee aus der Decke schüttelte, auf der Üdschin und sie gesessen hatten. »Er hat gesagt, er wollte frisches Wasser holen und nach den Tajin Ausschau halten. Er wollte eigentlich schon zurück sein.«

»Wasser holen?«, vergewisserte sich Temucin.

Ihr Wasser war nicht knapp gewesen, als er aufgebrochen war. Außerdem hatte ihm Chuzir versprochen, auf Arbesa und seine Mutter aufzupassen, solange er fort war. Ein hässlicher Gedanke wollte sich in seinem Kopf breitmachen, doch er drängte ihn zur Seite.

»Dann muss er unsere Spur eben später aufnehmen«, sagte er entschlossen. »Rasch jetzt.«

Arbesa wollte noch etwas sagen, aber Temucin schnitt ihr mit einer rüden Geste das Wort ab und half ihr, alle ihre Habseligkeiten auf die Pferde zu verladen. Es ging schnell, denn viel besaßen sie ja nicht. Üdschin wollte ihre Spuren verwischen, doch auch daran hinderte er sie resolut. Ihre Verfolger wussten ohnehin, wo sie waren. Eines der Pferde mit der rechten Hand am Zügel führend und seine Mutter mit der anderen machte Temucin sich auf den Rückweg zum Waldrand.

Es waren kaum zwei Dutzend Schritte, und doch war er nicht sicher, ob es nicht schon zu spät war. Die Reiter waren fast heran, so nahe, dass er zwar noch nicht ihre Gesichter erkennen konnte, wohl aber die farbigen Wimpel, die an einigen Speeren flatterten. Es waren Tajin. Sie versuchten nicht mehr, sich zu verbergen oder auch nur vorsichtig zu sein, sondern sprengten heran, so schnell es der schwierige Boden zuließ.

»Das ist das Ende«, flüsterte Üdschin. »Sie werden uns einholen.«

Temucin hätte ihr gerne widersprochen, aber wie konnte er das? Mehr als ein Dutzend Tajin-Krieger jagten ihnen entgegen, und das Land bot weit und breit kein Versteck. Linkerhand gewahrte er eine schmale Schlucht, in der der Boden etwas fester zu sein schien, sodass sie schneller reiten und ihren Vorsprung womöglich ausbauen konnten. Er wusste aber weder, wohin sie führte, noch, ob es überhaupt einen Ausgang gab. Und viel schlimmer war: Um dorthin zu gelangen, mussten sie den feindlichen Kriegern ein gutes Stück weit entgegengehen!

Sie hatten keine Wahl.

Auf dem ersten Stück war der Boden zu abschüssig, um zu reiten, sodass sie ihre Pferde am Zügel hinter sich herzerren mussten. Üdschin stürzte zweimal. Auf dem sumpfigen Boden verletzte sie sich nicht, aber es machte Temucin klar, wie schwach seine Mutter war.

Sie hatten das rettende Tal noch nicht erreicht, da sagte sie die Worte, die er schon lange befürchtet hatte: »Ihr müsst mich zurücklassen. Ich halte euch nur auf. Wenn ihr mich hierlasst, dann könnt ihr ihnen vielleicht entkommen!«

Temucin antwortete nicht, sondern zerrte nur grimmig das scheuende Pony hinter sich her. Zugleich drehte er sich zu den Tajin um und wünschte fast augenblicklich, es nicht getan zu haben. Die feindlichen Krieger waren erschreckend rasch näher gekommen, und da sie vielleicht ehrlos, aber nicht dumm waren, merkten sie natürlich, warum Temucin den schmalen

Schluchteneingang ansteuerte, und trieben ihre Pferde nur zu noch schnellerem Galopp an.

Ob sich das Schicksal im letzten Moment eines Besseren besann und sich entschied, ihre Chancen zu verbessern, oder ob es das grausame Spiel noch ein wenig in die Länge ziehen wollte, sei dahingestellt. Jedenfalls kam Temucins Gruppe mit einem Mal besser voran, während ihre Verfolger mit immer größeren Schwierigkeiten zu kämpfen hatten. Sie wurden langsamer, als wären sie in Treibsand geraten, und ihre Pferde setzten zunehmend mühsamer einen Fuß vor den anderen. Temucin wagte nicht zu hoffen, dass sie tatsächlich so viel Glück haben sollten, gedachte aber auch nicht, diese Chance ungenutzt verstreichen zu lassen. Er zerrte das Pferd und Üdschin rücksichtslos hinter sich her, erreichte endlich festen Boden und ließ den Zügel los, um die wenigen Schritte zu Arbesa zurückzueilen und auch ihr zu helfen.

Noch einmal sah er zu ihren Verfolgern hin. Etliche ihrer Pferde schienen kaum von der Stelle zu kommen und gerade stürzte sogar einer der Reiter aus dem Sattel. Temucin war nicht so naiv zu glauben, dass die Tajin wirklich stecken bleiben oder gar im Boden versinken würden, aber wenn sie weiter so langsam vorankamen, dann mochte der Vorsprung tatsächlich ausreichen, um ihnen zu entkommen.

Temucins Mut sank im gleichen Maße, wie seine Hoffnung gerade angestiegen war, als sein Blick auf seine beiden Pferde fiel. Sie waren abgemagert und von vielen Monaten der Entbehrung ausgezehrt. Kein noch so großer Vorsprung würde ausreichen, um den schnellen und ungleich kraftvolleren, ausgeruhten Tieren der Tajin zu entkommen; schon gar nicht, wenn eines der Pferde zwei Reiter tragen musste.

Als hätte sie seine Gedanken gelesen, sagte seine Mutter erneut: »Reitet los. Wir haben ein Pferd zu wenig.«

Er wollte antworten, doch Arbesa kam ihm zuvor. »Wir lassen dich bestimmt nicht zurück! Wenn die Götter auf unserer Seite stehen, werden wir davonkommen!«

Die Götter? Beinahe hätte Temucin gelacht. Vielleicht nicht die Götter ...

Sarantuya!, dachte er verzweifelt. *Hilf mir!* Er wartete darauf, dass sich etwas in ihm regte, er die gewaltige Kraft des Drachen fühlte, die ihn durchströmte und es ihm ermöglichte, sich einfach umzudrehen und seine Feinde zu zerschmettern ... doch da war nichts. Sarantuya schwieg. Sie war nicht da. Es war, als hätte sie niemals existiert.

»Wir reiten abwechselnd zu zweit«, sagte Arbesa. »Die Pferde sind stark. Sie werden uns tragen!«

Nein, das werden sie nicht, dachte Temucin traurig. Wenn sie taten, was Arbesa vorschlug, würden die Tajin sie alle drei einholen und gefangen nehmen oder Schlimmeres.

So grausam es war: Seine Mutter hatte recht. Sie hatten ein Pferd zu wenig. Einer von ihnen musste zurückbleiben.

»Lasst mich hier«, sagte Üdschin. »Ich versuche sie aufzuhalten.«

Temucin schwieg, einen einzelnen, endlos scheinenden Atemzug lang. Dann kam er zu einem Entschluss. Wie ein glühender Dolch grub er sich in sein Herz. Er wusste, dass er sich zeit seines Lebens nicht vergeben würde, und sollte er hundert Jahre alt werden.

Wortlos ging er zu einem der Pferde, schwang sich in den Sattel und lenkte das Tier so neben das andere Pony, dass Arbesa und seine Mutter beide in Reichweite waren. »Verzeih mir«, flüsterte er.

Er konnte nicht sagen, was entsetzlicher war – der Ausdruck vollkommener Fassungslosigkeit in Üdschins Augen oder das maßlose Erstaunen auf Arbesas Gesicht –, als er die Hand ausstreckte und seine Mutter mit einer Kraft und Schnelligkeit in den Sattel zog, der sie nicht einmal dann etwas entgegenzusetzen gehabt hätte, wenn sie es versucht hätte … wozu sie allerdings viel zu perplex war.

Er galoppierte los. Üdschins Pferd stieß ein schrilles Kreischen aus, als er es brutal am Zügel mit sich riss, ein purer Schmerzenslaut, der aber in seinen Ohren so klang, als wolle es gegen die Ungeheuerlichkeit seines Tuns protestieren. Und obwohl sich Temucin nicht umwandte, meinte er Arbesa zu sehen, wie sie dastand und sich umdrehte, um Üdschin und ihm aus ungläubig aufgerissenen Augen nachzustarren, jeder Blick ein glühender Pfeil, der ein Stück seiner Seele verbrannte. Üdschin schrie etwas, das er nicht verstand und auch nicht verstehen wollte. Schwächlich versuchte sie nach den Zügeln zu greifen, um das Pferd anzuhalten, doch Temucin versetzte dem Tier einen Schlag mit der flachen Hand, der es nur noch schneller ausgreifen ließ.

Die Götter schienen auf ihrer Seite zu sein: ein rascher Blick über die Schulter zurück – er vermied es sorgsam, Arbesa anzusehen – zeigte ihm, dass die Tajin immer noch sehr langsam waren, sodass ihr Vorsprung mit jedem Schritt wuchs.

Vor ihnen verzweigte sich das Tal, und dann noch einmal und noch einmal, ein regelrechtes Labyrinth, in dem sich nicht nur zwei Reiter, sondern eine ganze Armee verstecken konnte, ohne dass irgendjemand sie fand. Sie hatten sogar doppeltes Glück, denn der Boden war so trocken und hart, dass sie keine Spuren hinterließen.

Temucin fragte sich, ob die Götter vielleicht ein besonders grausames Spiel mit ihm spielten, indem sie ihn gegen jede Chance entkommen ließen, damit ihm noch ein ganzes Leben Zeit blieb, um über seinen ungeheuerlichen Frevel nachzudenken.

Dann fragte er sich, ob es vielleicht nicht die Götter waren, die ihm diesen Gedanken schickten, sondern Sarantuya.

Nichtsdestotrotz jagte er die Pferde weiter, in eine weitere Abzweigung hinein und noch eine, über eine flache felsige Kuppe und in ein tiefes Tal. Er wäre zweifellos weiter und immer weiter geflohen, hätten die Kräfte der Pferde nicht irgendwann versagt.

Sein eigenes Tier scheute und blieb schließlich einfach stehen. Üdschins Pony kam im gleichen Augenblick aus dem Takt und brach dann in den Vorderläufen ein. Üdschin schlitterte mehr von seinem Rücken, als dass sie sprang, schaffte es aber irgendwie, auf den Beinen zu bleiben und nicht zu stürzen.

Trotzdem war Temucin mit einem einzigen Satz aus dem Sattel und neben ihr, um sie aufzufangen.

Üdschin schüttelte seine Hand ab und funkelte ihn dergleichen an, dass er einen halben Schritt zurückprallte.

»Was hast du getan?«, schrie sie. »Bist du von Sinnen? Du lässt deine zukünftige Frau im Stich, um ein altes Weib zu retten? Ist das die Art von Ehre, die ich dich gelehrt habe? Willst du Schande über dich und den Namen deines Klans bringen?«

»Du bist kein altes Weib, sondern meine Mutter«, antwortete Temucin. *Du wirst die verraten, die du am meisten liebst.* »Und sie werden Arbesa nichts tun.«

Üdschin lachte. Es klang hässlich. »Weil sie solche Ehrenmänner sind? Die Tajin?«

»Sie werden ihr nichts tun«, beharrte Temucin, hauptsächlich, um sich selbst zu überzeugen. »Sie sind vielleicht ohne Ehre und grausam, aber sie sind nicht dumm. Arbesas Vater ist der Khan der Unggirat. Er würde ihr ganzes Volk auslöschen, wenn sie ihr auch nur ein Haar krümmen.«

Wie verzweifelt das klang, sogar in seinen eigenen Ohren! Üdschin reagierte mit einem abfälligen Schnauben. »Sollte er jemals erfahren, was geschehen ist, ja. Aber das wird er nicht. Deine Verlobte ist ein hübsches Mädchen. Zwar noch nicht ganz eine Frau, aber den Tajin reicht das völlig.«

Temucin wollte nicht verstehen, was sie damit meinte. Er hätte es nicht ertragen.

Stattdessen wandte er sich brüsk um und ging, um die Pferde in Augenschein zu nehmen. Er verbot sich, an Arbesa zu denken.

Eines Tages wirst du sie verraten, aber sie wird es dir verzeihen.

Nur: Würde er sich selbst verzeihen können, was er getan hatte?

Beide Pferde standen kurz vor dem Zusammenbruch. Ihre Flanken zitterten und sie waren nicht in der Lage, stillzustehen. Flockiger weißer Schaum tropfte aus ihren Mäulern und Nüstern. An Reiten war in absehbarer Zeit nicht zu denken.

Trotzdem. »Wir müssen weiter. Sie suchen bestimmt noch immer nach uns.«

»Ich werde nicht feige davonlaufen, während sich meine zukünftige Schwiegertochter in den Händen dieser Barbaren befindet«, sagte Üdschin entschieden. »Ich bleibe hier.«

»Das würde Arbesa nicht retten«, antwortete Temucin. »Ihr Opfer wäre umsonst gewesen.«

»*Ihr* Opfer?«, fragte Üdschin.

Temucin wollte antworten, doch seine Kehle war wie zugeschnürt. Seine Augen begannen zu brennen und wurden feucht.

Dann schüttelte er zornig den Kopf, trat zu den beiden Pferden und ergriff ihre Zügel. Die Tiere schnaubten protestierend und versuchten sich ihm zu widersetzen, aber nicht einmal mehr dazu reichten ihre Kräfte.

»Wir müssen weiter«, sagte er und ging los, ohne zu Üdschin zurückzusehen.

Fast war es ihm gleich, ob sie ihm folgte oder nicht. Es wäre ihm in diesem Moment auch gleich gewesen, wenn die Reiter der Tajin hinter ihnen aufgetaucht wären.

Es gab nichts mehr, was er verlieren konnte. Sie hatten ihm sein Leben genommen, seine Familie und seine Zukunft, und nun hatte er sich auch noch um das Einzige gebracht, was ihm geblieben war: seine Ehre.

Üdschin folgte ihm doch, wie das schlurfende Echo ihrer Schritte verriet. Er sah nicht zurück, schon weil er ihren vorwurfsvollen Blick nicht ertragen hätte, empfand aber eine tiefe Erleichterung, dass sie sich ihm anschloss.

Ganz sicher war er nicht gewesen.

Vielleicht eine halbe Stunde lang schleppten sie sich mühsam dahin – von gehen konnte man kaum reden – und es begann allmählich dunkel zu werden, was Temucin begrüßte, denn es verbesserte ihre Chancen, ihren Verfolgern zu entkommen. Die Krieger der Tajin waren als Jäger und hervorragende Spurenleser bekannt, aber nicht einmal sie konnten im Dunkeln sehen.

Er selbst unglückseligerweise auch nicht, wie ihm eine Stunde nach Sonnenuntergang klar wurde, als sie vor einer unübersteigbaren Geröllhalde anhielten, die das schmale Nebental abschloss, in das sie sich gewandt hatten.

Für die Dauer eines Lidzuckens wollte Panik nach seinen Gedanken greifen, doch er zwang sich zu einem optimistischen Gesichtsausdruck, als er sich umdrehte und – zum ersten Mal seit wie langer Zeit? Stunden? – seine Mutter ansah. »Wir müssen einen anderen Weg suchen. Es gibt hier ja genug.«

»Und dann?«, fragte Üdschin.

Temucin sah sie leicht verwirrt an. »Dann?«

»Dann«, wiederholte Üdschin. »Selbst wenn wir ihnen entkommen, was dann? Willst du weiter weglaufen? Wie lange? Und wohin?«

Darauf antwortete er nicht – wie auch? Seine Mutter fuhr mit einer Stimme fort, die gleichzeitig voller Verachtung und auf schreckliche Weise ausdruckslos war: »Selbst wenn es dir gelingt zu entkommen, großer Khan eines Stammes, der nur noch aus dir und einer alten Frau besteht, wohin willst du gehen? Wie weit willst du fliehen, vor etwas, vor dem du nicht davonlaufen kannst?«

Vor der Schande? Sie sprach es nicht aus, aber es war auch nicht nötig.

Wortlos ergriff Temucin den Zügel seines Ponys fester und fuhr herum, um mit schnellen Schritten zum Anfang des schmalen Seitentales zurückzugehen, und als er dort angekommen war, gelangte er endgültig zu der Überzeugung, dass die Schicksalsgötter über einen besonderen Sinn für Humor verfügen mussten.

Vor ihnen lag ein halbrunder Talkessel mit steil aufstrebenden Wänden und zwei weiteren Ausgängen. Der eine war unerreichbar weit entfernt und vor dem anderen hoben sich die schwarzen Silhouetten von gleich drei Reitern ab.

Temucins Gedanken überschlugen sich. Er fuhr herum, war mit einem einzigen Satz im Sattel und zog Üdschin auf den Rücken des zweiten Pferdes. Die Tiere protestierten schwächlich. Temucin brach ihren Widerstand mit einer einzigen brutalen Bewegung und sprengte los. Hinter ihnen erscholl ein Schrei, halb ungläubig, halb zornig, dann folgte das Hämmern von Pferdehufen auf hartem Stein. Jemand brüllte etwas. Seinen Namen?

Er wusste, dass Flucht sinnlos war, aber es war das Einzige, was er tun konnte. Aus schierer Verzweiflung griff er hinter sich, riss den Bogen vom Rücken und legte einen seiner drei Pfeile auf die Sehne.

Vielleicht waren die Götter auf seiner Seite. Vielleicht lenkte Sarantuya seine Hand. Oder er hatte einfach Glück. In vollem Galopp und hinter sich zielend, traf sein Pfeil einen der Reiter in den Oberschenkel und ließ ihn mit einem Schrei aus dem Sattel stürzen.

Der zweite Pfeil verfehlte sein Ziel.

Jetzt blieb ihm nur noch jener einzige, kostbare Pfeil. Vielleicht zögerte er eine Winzigkeit zu lange, ihn aus dem Köcher zu ziehen, vielleicht half ihm das aber auch, ein noch viel größeres Unglück zu verhindern.

Als er den letzten Pfeil anlegte und die Sehne zurückzog, waren die beiden anderen Reiter schon heran. Temucins Augen weiteten sich in schierem Entsetzen, als er das Gesicht eines der Verfolger erkannte.

»Aber was …?«, keuchte er, und dann traf ihn ein Schlag, der hart genug war, um ihn aus dem Sattel zu schleudern und ihn das Bewusstsein verlieren zu lassen, noch bevor er auf dem Boden aufschlug.

Gebrochener Schwur

Dass der Drache ihn nicht besuchte, musste daran liegen, dass Temucin nicht schlief, sondern besinnungslos war. Hätte Temucin früher vielleicht vermutet, dass Bewusstlosigkeit nur eine andere Form des Schlafes war, wurde er jetzt eines Besseren belehrt. Er war in einen schwarzen Abgrund geschleudert worden, an dessen Grund ihn nichts erreichen konnte. Alles, was ihn beherrschte, war ein Gefühl von gewaltiger Einsamkeit. Sarantuya war der Weg dorthin verwehrt und Temucin fragte sich, ob jene Zeit der Schwärze ein Vorgeschmack auf den Tod war – wenn, dann hatte er allen Grund, ihn nun noch mehr zu fürchten.

Als er diesen Gedanken zu Ende gedacht hatte, geschahen mehrere Dinge nahezu gleichzeitig: Er spürte, dass er endgültig erwachte. Es war, als tauche er vom Grund eines lichtlosen Tümpels einer Decke aus schwarzem Eis entgegen. Plötzlich waren da Geräusche und Stimmen, die er nicht richtig zuordnen konnte. Und er fühlte einen scharfen Schmerz, der nur im ersten Moment noch erträglich war, bevor er jählings so schlimm wurde, dass er seinen Schädel zu spalten schien und ihm ein gequältes Stöhnen entrang.

Dann durchbrach er die Decke aus schwarzem Eis und die Erinnerungen an die letzten Augenblicke kehrten zurück, nicht langsam oder in chronologischer Reihenfolge, sondern in einem einzigen explosiven Durcheinander. Als er zum zweiten Mal aufstöhnte, tat er es nicht wegen des reißenden Schmerzes hinter seiner Schläfe, sondern wegen des ungeheuerlichen doppelten Verrats, den er begangen und erlitten hatte.

»Du kannst die Augen aufmachen, Khan. Ich weiß, dass du wach bist.«

Die Stimme war ihm nicht fremd, aber er weigerte sich, sie zu erkennen. Das hätte aus einem furchtbaren Verdacht noch weit schrecklichere Gewissheit gemacht. Immerhin öffnete er die Augen einen Spaltbreit, schloss sie aber gleich darauf umso fester, weil das Licht wie dünne glühende Nadeln hineinstach. Schritte, dann ein Geräusch wie von einer Zeltplane, die geschlossen wurde, und der rote Schimmer auf seinen zusammengepressten Lidern verblasste.

Wieder näherten sich Schritte, dann wurde eine Schale mit herrlich kühlem Wasser an seine Lippen gesetzt und er trank mit großen, gierigen Schlucken. Instinktiv wollte er danach greifen, konnte aber seine Hände aus irgendeinem Grund nicht bewegen. Sein Kopf tat immer noch entsetzlich weh.

Er trank, bis die Schale zurückgezogen wurde, und öffnete erst dann und sehr vorsichtig zum zweiten Mal die Augen. Das feindselige Licht war aus der Jurte verschwunden, und er erkannte Schatten und leicht verschwommene Umrisse. Er merkte, dass er nur mit dem linken Auge sehen konnte. Das rechte war von Blut verklebt, das auf der ganzen rechten Gesichtshälfte zu einer harten Kruste eingetrocknet war, die spannte und juckte.

Temucin blinzelte ein paarmal, was wehtat, und der große Umriss vor seinem Auge gerann zu einem Gesicht, das er nur zu gut kannte. Sein Herz wurde schwer. Er empfand keinen Zorn, sondern nur eine Mischung aus Unglauben, Entsetzen und tiefer Trauer.

»Willst du noch mehr Wasser?«

Statt zu antworten, versuchte Temucin erneut die Hände zu bewegen, konnte es immer noch nicht und drehte vorsichtig den Kopf. Etwas kratzte an seinem Hals, und da war ein schweres Gewicht, das auf seinen Schultern lastete und ihn nach vorne zu ziehen versuchte: Er trug ein großes hölzernes Joch, das seinen Hals umschloss und seine Hände auf Schulterhöhe festhielt.

»Bist du hungrig? Ich kann dir etwas zu essen bringen.«

Temucin antwortete nicht. Er drehte den Kopf behutsam und unter Schmerzen wieder zurück und sah in das entsetzlich vertraute Gesicht hoch. »Sagst du mir wenigstens, warum du mich verraten und am Ende sogar niedergeschlagen hast?«, fragte er.

»Ich hatte keine Wahl«, antwortete Chuzir. »Glaub mir, Temucin, wenn es nur um mein Leben gegangen wäre, dann hätte ich keinen Augenblick gezögert, für dich zu sterben. Aber sie haben meinen Vater und meine Brüder als Geiseln genommen, und meine beiden jüngeren Schwestern auch.«

»Und sie haben gedroht, sie zu töten, wenn du mich nicht an sie verrätst«, vermutete Temucin. Er suchte nach einer Spur von Zorn in sich, aber da war nur Trauer.

»Ich bin dein Schwurbruder«, sagte Chuzir. »Ich hätte das nicht tun dürfen, ich weiß, aber sie haben mir keine Wahl gelassen. Wenn ... wenn du es willst, dann töte ich mich selbst.«

Temucin spürte, wie bitterernst diese Worte gemeint waren, und die Andeutung eines Lächelns erschien auf seinen Lippen. Er war seinem Freund nicht böse und ganz gewiss wollte er nicht seinen Tod.

»Nein«, sagte er. »Wenn du mir etwas schuldig bist, dann versprich mir, dass ich von deiner Hand sterbe.«

Chuzir schwieg. Temucin konnte trotz des blassen Lichtes sehen, dass Tränen über sein Gesicht liefen, und er verspürte ein tiefes Mitleid, begriff er doch plötzlich, dass auch sein Schwurbruder gefesselt war. Nicht mit einem Joch wie er, sondern mit unsichtbaren Ketten, die genauso unzerreißbar waren und ebenso schmerzten.

»Das war ja eine wirklich herzergreifende Rede«, sagte eine spöttische Stimme, und Temucin wurde erst jetzt gewahr, dass Chuzir und er nicht allein waren.

Schritte näherten sich. Temucin drehte mühsam den Kopf, da es ihm sein eingeschränktes Blickfeld nicht gestattete, nach rechts zu sehen. Ein Schatten kam auf ihn zu und zerfiel zu zwei unterschiedlich großen Umrissen. Kurz darauf erkannte er die Gesichter, und nun loderte roter Zorn in ihm hoch, sodass er sich mit aller Gewalt gegen seine hölzerne Fessel warf; wenn auch nicht lange, denn es tat sehr weh.

Axeu sah aus kalten Augen auf ihn herab und machte keinen Hehl daraus, wie sehr er sich am Anblick seiner Schmerzen weidete.

»Trotzdem fürchte ich, dass ich dir diesen Wunsch nicht erfüllen kann«, fuhr der Mann fort, der ihm seinen Klan und sein Leben gestohlen hatte. Er lachte hässlich, und sein Sohn Ilhan stimmte in das Geräusch ein.

»Geh auf die Knie!«, sagte Temucin. »Du stehst vor deinem Khan!«

Ilhans Lachen hörte abrupt auf und der hochgewachsene Junge hob die Hand, um ihn zu schlagen, doch sein Vater hielt ihn mit einer raschen Bewegung zurück. »So gerne ich dir diesen Wunsch erfüllen würde, mein lieber Junge, kann ich es doch nicht tun«, sagte er. »Es geziemt sich nicht für einen Khan, vor einem großmäuligen Kind zu knien.«

»Du bist kein Khan«, antwortete Temucin. »Du bist nur ein Dieb.«

Wieder wollte Ilhan ihn schlagen und wieder hielt sein Vater ihn davon ab – indem er ihn selbst schlug.

Es tat weh, aber der Schmerz war seltsam bedeutungslos. Temucin blinzelte ihn einfach weg. »Dann töte mich endlich. Oder erfreut es dein Herz so sehr, einen Jungen zu verprügeln, noch dazu einen gefesselten Jungen?«

»Nichts täte ich lieber, aber leider kann ich es nicht«, antwortete Axeu, zog sein Schwert und schlug zu. Die Klinge zischte so dicht über Temucins Kopf hinweg, dass sie ihm ein Haarbüschel abtrennte, und grub sich mit einem dumpfen Knirschen in irgendetwas hinter ihm.

»Du solltest noch einen Schluck Arkhi trinken«, sagte Temucin. »Vielleicht triffst du dann besser.«

Er konnte in Axeus Augen lesen, dass er ins Schwarze getroffen hatte, doch sein Gegenüber steckte das Schwert wieder ein und machte ein ordinäres Geräusch. »Ich werde dich töten. Aber erst, wenn du alt genug bist, um dich zu wehren.«

»Dann wirst du ihn ja nie töten«, kicherte Ilhan.

»Das habe ich deinem Freund versprochen«, fuhr Axeu ungerührt fort, »und ich stehe zu meinem Wort. Wenn du zu einem richtigen Mann herangewachsen bist, werde ich dich fordern und in einem fairen Kampf töten.« Er beugte sich ein Stück vor und Temucin machte sich auf den nächsten Schlag gefasst. Aber Axeu schien begriffen zu haben, dass Worte mehr verletzen konnten als die kräftigsten Fausthiebe.

»Und ich verspreche dir noch eines«, fuhr er in höhnischem Tonfall fort. »Schon sehr bald werde ich alle zurückgeholt haben, die vor dir aus dem Klan geflohen sind.«

Vor mir!, hätte ihn Temucin beinahe angeschrien. *Was für eine Lüge! Du warst es doch, der den Klan nicht zusammenhalten konnte!*

Als Temucin stattdessen nur ein leises Stöhnen über die Lippen brachte, fuhr Ilhans Vater fort: »Ich werde den Klan der Kijat zur neuen Blüte führen. Und das ganze Dorf wird ein Freudenfest feiern, wenn du endlich tot im Dreck liegst und verrottest!«

Er wandte sich mit einem Ruck zu Chuzir um. »Verabschiede dich von deinem Freund. Wir brechen bald auf.«

Er ging ohne ein weiteres Wort. Sein Sohn folgte ihm gehorsam, blieb aber im Ausgang noch einmal stehen, um ihm einen Blick voller gemeiner Vorfreude zuzuwerfen.

Die nächsten Jahre würden lang werden, begriff Temucin. Doch er hatte keine Angst, sondern verspürte nur eine grimmige Entschlossenheit. Sollten sie ihn quälen. Sollten sie ihn schlagen und erniedrigen. Aus jedem Hieb, aus jeder Demütigung und jeder Pein würde er nur neue Kraft für seine Rache schöpfen. Das nahm er sich fest vor.

»Was ist mit Arbesa?«, fragte er. »Und meiner Mutter?«

Chuzir schwieg lange genug, um ihn mit neuer Sorge zu erfüllen.

»Sie werden Arbesa verkaufen«, sagte er schließlich. »Die Merkiten haben einen hohen Preis für sie geboten.«

»Hast du mit ihr gesprochen? Hat sie ... etwas über mich gesagt?«

Chuzir schüttelte stumm den Kopf, aber das war Temucin kein Trost. Es wäre ihm lieber gewesen, sein Schwurbruder hätte ihm Vorwürfe gemacht. »Und Üdschin?«

»Die Tajin haben ihr nichts getan«, erwiderte Chuzir. »Aber niemand wird Lösegeld für sie bezahlen. Ich glaube, Axeu wird mir gestatten, sie mitzunehmen. Ich kann ihr nicht viel bieten, aber immerhin wird sie leben.«

»Und du glaubst, Axeu oder gar Ilhan lassen euch einfach so gehen?«, fragte er.

»Ich bin nicht dumm«, antwortete Chuzir. »Ich weiß zu vieles, von dem er nicht will, dass andere es erfahren. Mir könnte etwas Schlimmes zustoßen … aber keine Angst. Ich passe schon auf mich auf.«

Es wurde still. Für eine Weile wussten weder Chuzir noch er, was sie sagen sollten.

»Geh ruhig«, sagte Temucin schließlich. »Gib auf meine Mutter acht. Und wenn du es kannst …«

»Auch auf Arbesa«, versprach Chuzir. »Ich schicke jemanden zu den Merkiten. Sie werden ihr nichts antun. Sie ist eine schöne junge Frau und der Klan ihres Vaters ist mächtig.«

Temucin antwortete nicht. Er wollte nicht über Arbesa reden, nicht einmal an sie denken. Nicht nach dem, was er ihr angetan hatte.

»Ich … muss jetzt fort«, sagte Chuzir schließlich unbehaglich. »Aber hab keine Angst: Axeu ist an sein Wort gebunden, dir nichts zu tun, bevor du zum Mann geworden bist.«

»Ich werde mich bemühen, langsam zu wachsen«, antwortete Temucin mit einem schiefen Grinsen. Chuzir lächelte zurück.

»Ich habe einen Vertrauten bei den Tajin, der ein bisschen auf dich aufpassen wird«, fügte Chuzir hinzu, hob die Schultern und gestand: »Um ehrlich zu sein, habe ich ihn bestochen. Aber es ist besser für dich, wenn du nicht weißt, wer es ist.«

Weil du Angst hast, ich könnte ihn verraten? Temucin verbot es sich rechtzeitig, die Worte laut auszusprechen, doch Chuzir sah ihn an, als hätte er es getan. Das Schweigen wurde noch unbehaglicher.

»Hau schon ab«, sagte er schließlich.

Chuzir nickte, wandte sich ab und ging.

Tief in Temucins Gedanken fragte eine lautlose Stimme: *Glaubst du, dass* »Hau schon ab« *die richtigen Worte sind, um sich von einem Freund zu verabschieden, den du vielleicht nie wiedersiehst?*

Aber hatte Sarantuya nicht gesagt, er würde ein großer Herrscher werden, ein Mann, dessen Name von einem Ende der Welt bis zum anderen bekannt und gefürchtet war?

Bedeutet das, dass du deinen Schwurbruder deshalb auch gewiss wiedersehen wirst?, fragte der Drache.

Statt darauf zu antworten, fragte Temucin seinerseits: »Warum hast du mir nicht geholfen?«

Ein vages Empfinden von Trauer wehte durch seine Gedanken, doch er hätte nicht sagen können, wem dieses Gefühl wirklich galt und welchen Grund es hatte. Er bekam keine Antwort, also stellte er eine andere Frage.

»Wirst du mir helfen, von hier zu entkommen?«

Vielleicht werde ich dir helfen, dir selbst zu helfen, antwortete der Drache.

Temucin entgegnete nichts darauf. In Sarantuyas Stimme lag ein bestimmter Ton, den er nur zu gut kannte. Ganz egal, welche Frage er ihr jetzt auch stellte und wie sehr er sie zu bedrängen versuchte, würde sie ihn nur verspotten oder mit Mehrdeutigkeiten antworten, deren genauen Sinn er sich aussuchen konnte.

Das machte ihn traurig und auch ein bisschen wütend. Wenn er die Hilfe des Drachen jemals gebraucht hatte, dann jetzt.

Und was erwartest du von mir, kleiner Dschingis? Dass ich mich auf die Tajin stürze und sie mit meinem Feuer verbrenne?

»Warum hast du mich nicht gewarnt? Warum hast du zugelassen, dass ich Arbesa verrate?«

Ich habe dich gewarnt, kleiner Dschingis. Es ist lange her, doch ich weiß, dass du es nicht vergessen hast.

»Aber doch nicht so!«, begehrte Temucin auf. Es war wahr. Sarantuya *hatte* ihm vorhergesagt, dass er Arbesa verraten würde … aber doch nicht *so!*

Die Zeltplane flog auf, und ein nicht besonders großer, verschlagen aussehender Tajin kam herein. Trotz der beißenden Kälte trug er keinen Mantel, sondern nur ein ärmelloses Hemd aus weichem Leder, sodass man seine tätowierten und überaus muskulösen Oberarme sehen konnte. Sie waren furchtbare Angeber, diese Tajin. Und sie waren große Feiglinge, und wie alle Feiglinge waren sie umso grausamer, wenn sie einmal Macht über andere hatten.

Temucin kam nicht einmal dazu, etwas zu sagen (er hatte es auch nicht vorgehabt), da wurde er schon gepackt und grob aus dem Zelt gestoßen. Draußen traf ihn ein zweiter, noch härterer Stoß in den Rücken, der ihn stürzen ließ. Durch das Joch behindert, fiel er schwer auf die Seite und schlug sich ein Knie und einen Ellbogen auf. Das hölzerne Joch fing zwar die ärgste Wucht des Sturzes ab, traf seine Kehle zugleich aber mit solch grausamer Gewalt, dass er minutenlang qualvoll nach Atem ringend dalag, sich krümmte und ernsthaft zu ersticken befürchtete.

Vielleicht wäre er sogar qualvoll verendet, hätten ihn nicht zwei starke Hände gepackt und so brutal auf die Füße gerissen, dass er einen gequälten Schrei ausstieß und plötzlich wieder atmen konnte.

»Oh nein, so leicht kommst du mir nicht davon«, höhnte Ilhan, während er Temucin mit der einen Hand weiter festhielt, damit er nicht gleich wieder zusammenbrach, ihm dabei mit der anderen zweimal so hart in den Leib boxte, dass er erneut keine Luft mehr bekam. Nach dem dritten Hieb erbrach Temucin sich qualvoll auf das Joch vor seinem Gesicht.

Schadenfrohes Gelächter erscholl. Ilhan stieß ihn auf die Knie hinab und krallte rücksichtslos in sein Haar, damit er nicht ganz fiel.

»Hast du gedacht, du könntest dich einfach so davonstehlen, großer Khan?«, höhnte Ilhan, abermals kommentiert vom Gelächter der Tajin, die zusammengelaufen waren und einen johlenden Kreis um sie bildeten, als würden sie einem Kampf zusehen.

»Schlag mich … ruhig«, brachte Temucin mühsam hervor. »Wenn du wirklich tollkühn bist, dann machst du mich vorher sogar los. Oder traust du dich nicht?«

Für einen Moment verzerrte sich Ilhans Gesicht vor Hass. Temucin las pure Mordlust in seinen Augen. Sein Feind ballte die Hand zur Faust und holte aus, doch dann ließ er den Arm wieder sinken und ein niederträchtiges Grinsen ergriff von seinem Gesicht Besitz.

»Jetzt hätte ich beinahe vergessen, dass niemand dich anrühren darf«, sagte er hämisch. »Immerhin stehst du unter dem Schutz des Khans. Aber ich werde dich im Auge behalten, mein Wort darauf. Dir wird nichts geschehen, bis du zum Mann herangewachsen bist. Und die Jahre bis dahin werden lang werden, das verspreche ich dir. Sehr lang.«

Er versetzte Temucin einen Stoß, der ihn auf den Rücken schleuderte, verzichtete dann auf weitere Gewalttätigkeiten und ging unter dem Gelächter und Beifall der Tajin weg. Temucin blieb eine Weile liegen und wartete darauf, dass etwas geschah – ihn vielleicht wieder jemand schlug. Schließlich war es derselbe Krieger, der ihn so unsanft aus dem Zelt befördert hatte, der ihn in die Höhe zog. Er verzichtete darauf, ihn zu schlagen und war auch nicht annähernd so grob wie Ilhan vor ihm, stieß und schubste ihn aber trotzdem so derb vor sich her, dass Temucin Mühe hatte, nicht schon wieder zu stürzen.

Das Lager der Tajin bestand aus einer Handvoll einfacher Jurten, die in einem schmalen Tal aufgebaut waren, das nur schlechten Schutz vor dem Wind oder gar der Kälte bot. Ihre Pferde waren in einer improvisierten Koppel untergebracht. Es gab auch eine Anzahl Schafe und sogar ein halbes Dutzend Schweine, die die Krieger als lebenden Proviant mitgenommen hatten. Temucin war nicht überrascht, als er dorthin geführt und in die schlammige Suhle gestoßen wurde. Der Krieger band das Joch mit einer eisernen Kette an einen schweren Holzpflock, der in den Boden gerammt worden war.

»Lauf nicht weg!«, höhnte sein Wächter. »Und mach dich schon einmal mit deinen neuen Freunden bekannt. Ihr werdet viel Zeit miteinander verbringen.«

Temucin tat ihm nicht den Gefallen, zu flehen oder gar zu weinen (obwohl ihm danach zumute war), sondern starrte ihn nur finster an und rutschte einige Male in dem kalten Morast hin und her, bis er die bequemste Stellung gefunden hatte, die die kurze Kette zuließ – genauer gesagt, die am wenigsten unbequeme. Der Krieger blieb noch eine Weile stehen und schien darauf zu warten, dass Temucin etwas sagte, zuckte schließlich mit den Schultern und ging. Dafür kamen zwei der Schweine näher, um ihren neuen Mitbewohner zu beschnüffeln. Temucin wartete, bis sie nahe genug waren, visierte das größere der beiden Tiere an und versetzte ihm einen Tritt auf die neugierig schnüffelnde Schnauze. Es tat ihm vermutlich nicht weh, war aber hart genug, dass es mit einem erschrockenen Quieken davonlief, woraufhin sich auch das zweite Tier trollte.

Widerstrebend ließ sich Temucin in den eisigen Morast sinken und behielt die Schweine aufmerksam im Auge. Schweine waren nützliche Tiere und deutlich klüger, als die meisten ahnten – aber sie waren auch sehr viel gefährlicher. Erst nachdem er sich davon überzeugt hatte, dass die Schweine einen respektvollen Abstand hielten, wagte er es, aufzublicken und das Feldlager genauer in Augenschein zu nehmen.

Die Krieger hatten bereits begonnen, es abzubauen, und sie gingen dabei so geschickt und schnell vor, wie man es von Männern erwarten konnte, die in den weiten Steppen des Mongolenlandes aufgewachsen waren. Die kleinen Jurten schienen im Handumdrehen zu verschwinden, um auf Packpferde und einfache zweirädrige Karren verladen zu werden. Pferde wurden gesattelt und aufgezäumt und Packtiere beladen. Temucin war ein wenig erstaunt über die Anzahl der Tajin. Er hatte gewusst, dass ihnen etliche Krieger folgten – aber hier sah er mehr Männer, als der Klan seines Vaters Mitglieder gehabt hatte. Und all diese Männer hatten fast ein Jahr lang nach ihm gesucht? Warum?

Weil sie Angst vor dir haben, kleiner Dschingis.

»Unsinn!«, sagte Temucin laut. Eines der Schweine – das, welches er gerade getreten hatte – blickte in seine Richtung und quiekte vorwurfsvoll, und Temucin fuhr leiser, aber nur umso überzeugter fort: »Warum sollte irgendjemand Angst vor mir haben? Ich bin nur ein Einzelner, und der einzige Krieger meines Klans bin ich selbst!«

Und dennoch fließt das Blut eines Khans in deinen Adern. Manchmal spüren die Menschen die Dinge, die kommen. Sie wissen nicht, was es ist, aber es macht ihnen Angst.

»Angst?« Temucin hätte gelacht, hätte er noch die nötige Kraft dazu gehabt. Das Schwein sah ihn misstrauisch an und kam schnüffelnd näher, zog sich aber hastig zurück, als er den Fuß hob. »Wer sollte wohl Angst vor einem Jungen haben, der bei den Schweinen angebunden ist?«

Die Schweine?, schlug Sarantuya amüsiert vor, wurde aber sofort wieder ernst. *Vielleicht spüren sie den Drachen in dir, kleiner Dschingis.*

»Warum töten sie mich dann nicht?« Seltsam, aber der Gedanke barg kaum Schrecken.
Weil sie vielleicht deine Macht spüren, aber so wenig wissen wie du, was daraus werden wird.
»Weißt du es denn?«
Täusche ich mich oder hast du mich das schon einmal gefragt?
»Und du hast schon einmal nicht geantwortet.«
Was bringt dich auf den Gedanken, ich täte es jetzt?
Ihm war nicht nach einem der Wortgeplänkel zumute, die Sarantuya so sehr mochte, und er setzte gerade zu einer entsprechend scharfen Entgegnung an, als er etwas bemerkte, was ihn den Drachen und seine missliche Lage vergessen ließ.

Das Lager befand sich im Aufbruch, doch es würde mindestens eine Stunde vergehen, bis sie tatsächlich losritten. Das galt offensichtlich nicht für alle. Temucin gewahrte vier Pferde, die in einiger Entfernung an seinem von Schweinen bewachten Gefängnis vorbeitrabten. Drei von ihnen wurden von Tajin geritten, auf dem Rücken des vierten saß eine allenfalls halb so große Gestalt mit gefesselten Händen. Es war Arbesa. Ihr Gesicht war unter der pelzgefütterten Kapuze des Mantels kaum zu erkennen, aber er sah trotzdem, wie blass sie war, so erschöpft, dass sie Mühe zu haben schien, nicht im Sattel einzuschlafen. Sie hätte nur den Kopf heben müssen, um ihn zu erblicken, aber sie tat es nicht.

Temucin setzte dazu an, ihren Namen zu rufen, damit sie sich in seine Richtung drehte und er noch ein letztes Mal in ihr wunderschönes Gesicht und ihre betörenden Augen schauen konnte … doch dann wurde ihm plötzlich klar, was *sie* sehen musste: einen halbnackten, blutenden Jungen, der bei den Schweinen angebunden war und ein Joch um den Hals trug, das mit seinem eigenen Erbrochenen besudelt war.

Nein. Temucin hätte seine rechte Hand dafür gegeben, noch einmal in ihre Augen zu blicken … aber unter keinen Umständen wollte er, dass sie ihn *so* in Erinnerung behielt.

Schweigend blickte er ihr nach, bis sich seine Augen mit Tränen füllten und er nichts mehr erkennen konnte.

Es sollte fast fünf Jahre dauern, bis er sie wiedersah.

3. Teil

Flucht

Die Tajin rüsteten zum Krieg – es war der vierte oder fünfte, seit Temucin bei ihnen war – und wie es ihre Art war, feierten sie am Vorabend ihres Aufbruchs ein großes Fest, bei dem sie sich bis zur Bewusstlosigkeit betrinken würden. Vielleicht war das die Chance, auf die er seit fünf Jahren wartete.

Sie musste es sein, denn eine weitere würde er nicht bekommen.

Temucin war beinahe zum Mann herangewachsen. Insgeheim hatte er schon im zurückliegenden Sommer damit gerechnet, dass Axeu bei seinem Kerkermeister eintraf, um seine Drohung wahrzumachen, doch stattdessen war nur sein Sohn Ilhan erschienen. Er war ebenfalls gewachsen und selbst beinahe ein Mann, auf jeden Fall aber ein gutes Stück größer und kräftiger als Temucin. Er hatte ihn begutachtet und war wieder zum Stamm zurückgekehrt. Temucin machte sich nichts vor: Spätestens im nächsten Frühjahr würde Axeu selbst kommen, um sein Versprechen einzulösen und ihn zu töten.

Temucin hatte keine Angst vor dem Tod. Ganz im Gegenteil. In den zurückliegenden Jahren hatte er ihn unzählige Male herbeigesehnt, immer wenn sie ihn geschlagen, gequält und gedemütigt hatten. Mehr als einmal, wenn es ganz besonders schlimm gewesen war, hatte er daran gedacht, seinem Leben selbst ein Ende zu bereiten, brachte doch jeder Tag nur neuen Schrecken, neue Pein und neue Demütigungen, die die Tajin nicht müde wurden, sich auszudenken.

Er hätte es womöglich getan, wäre da nicht ein Bild vor seinem inneren Auge gestanden, das ihm immer wieder Hoffnung gab, frische Kraft, den nächsten Tag durchzustehen, eine weitere Erniedrigung zu erdulden und den Schmerz zu ertragen, so schlimm er auch sein mochte: Arbesas erschöpftes Gesicht und ihre leeren Augen, wie er sie an jenem schrecklichen Morgen gesehen hatte, als die Krieger der Tajin sie fortbrachten. Er hatte es sich in all den Jahren kein einziges Mal gestattet, sich das Schicksal vorzustellen, das sie erwartete, und doch war es gerade der Gedanke an Arbesa, der ihm die Kraft gab, alles zu ertragen; und noch unendlich viel mehr, wenn es denn sein musste. Er hatte Arbesa geschworen, sie zu beschützen, und er würde diesen Schwur halten.

»He, Schweinekhan!«

Die Stimme drang scharf wie eine Messerklinge in seine Gedanken, und Temucin straffte sich in Erwartung der Schläge, die diesem Ruf zu folgen pflegten. Es blieb jedoch bei einem neuerlichen, scharfen Verweis und einem eher symbolisch gemeinten Stoß.

»Was stehst du hier rum, als hättest du nichts zu tun? Wenn du keine Arbeit hast, werde ich schon welche für dich finden.«

Temucin beeilte sich, die beiden Eimer aufzuheben und zum Fluss, der vielmehr ein breiterer Bach war, zu eilen, um sie aufzufüllen. Es gab einen Brunnen im Zentrum des kleinen Dorfes, der ausreichend und sogar frischeres Wasser als der Fluss lieferte, und mit den beiden schweren Ledereimern die steile Böschung hinab- und wieder heraufzugehen war reine Schikane; eine der harmloseren dazu.

Da seine Hände nach wie vor in dem schweren Joch gefesselt waren, war diese Aufgabe kaum zu meistern. Es hatte ein ganzes Jahr gedauert, bis Temucin gelernt hatte, die einfachsten Handgriffe des täglichen Lebens zu bewerkstelligen, ohne irgendetwas umzuwerfen, zu verschütten, ununterbrochen zu stürzen, etwas zu zerbrechen oder den Tajin irgendeinen anderen Vorwand zu liefern, ihn zu schlagen oder sich eine andere Grausamkeit einfallen zu lassen.

Er beeilte sich, mit den beiden frisch gefüllten schweren Ledereimern zu den feiernden Männern zurückzukehren, nur um festzustellen, dass sie das Wasser weder brauchten noch haben wollten. Es war eine weitere Bosheit, mit der Kesrit, sein persönlicher Folterknecht, ihn quälte.

Natürlich ließ sich Temucin nichts von seinen wahren Gefühlen anmerken, sondern stellte die Eimer auf jene umständliche Weise ab, zu der ihn das Joch zwang. Er verzog nicht einmal die Miene, als einer der Männer sie umtrat, sodass sich das gerade so mühsam vom Fluss heraufgetragene eisige Wasser über den Boden und seine nackten Füße ergoss. Das lallende Gelächter, mit dem die anderen diese Quälerei quittierten, zeigte ihm, wie betrunken die Männer schon waren. Dabei war es noch nicht einmal Mitternacht. Gegen wen auch immer die Tajin morgen in den Krieg ziehen mochten, er würde leichtes Spiel mit ihnen haben, wenn sie so weitermachten.

Temucin betete, dass sie in dieser Nacht noch viel betrunkener sein würden als sonst, besonders Kesrit, der tätowierte Wächter, der seit fünf Jahren so gut wie nie von seiner Seite wich. Normalerweise hielt der sich zurück, was den Genuss von Arkhi anging, doch an diesem Abend nahm auch er einige kräftige Schlucke, die mangels Gewohnheit eine fatale Wirkung entfalteten.

Gegen Mitternacht waren die meisten Krieger bereits eingeschlafen und zwei Stunden später fielen auch dem letzten die Augen zu. Kesrit führte Temucin in die kleine Jurte ganz am Rande des Lagers, die sie sich teilten (was hieß, dass der tätowierte Krieger ihm gestattete, auf dem Boden zu schlafen – wenn er gut gelaunt war), kettete ihn an den Pfosten und begann zu schnarchen, kaum dass er sich auf seinem luxuriösen Lager aus Fellen ausgestreckt hatte.

Temucin gab eine weitere Stunde dazu, während der er noch einmal alle Argumente für und gegen eine Flucht abwog. Im Laufe der letzten fünf Jahre hatte er das unzählige Male getan, aber da war er nicht in der komfortablen Lage gewesen, sich wirklich entscheiden zu müssen. Nun aber musste er es. Es gab keinen Grund für diese Überzeugung, doch er *wusste* einfach, dass das Schicksal diese besondere Chance nicht nur eigens für ihn arrangiert hatte, sondern ihm auch keine zweite gewähren würde.

Also fällte er eine Entscheidung.

Nachdem er konzentriert auf Kesrits gleichmäßiges Atmen und Schnarchen gelauscht hatte und sicher war, dass der tätowierte Krieger so fest schlief, wie schon lange nicht mehr, beugte er sich lautlos zur Seite und grub seinen wertvollsten Schatz aus dem weichen Boden: einen rostigen und auf halber Länge krumm gebogenen Nagel, den er vor zwei Jahren gefunden und seither wie seinen Augapfel gehütet hatte. So leise und geschickt, wie er es unzählige Male geübt hatte, benutzte er den Nagel, um das schwere Schloss zu öffnen, mit dem seine Kette gesichert war, ließ die Glieder lautlos zu Boden sinken und schlich dann ebenso lautlos aus dem Zelt.

Alles in ihm schrie danach, sofort zur Koppel zu stürmen, um ein Pferd zu stehlen und loszureiten. Aber das wäre nicht nur übereilt, sondern auch dumm gewesen. Mit dem schweren Joch auf den Schultern, das noch dazu seine Hände blockierte, konnte er sicherlich reiten, aber ganz gewiss nicht schnell genug, dass die Tajin ihn nicht innerhalb weniger Stunden einholen würden, kaum dass sie ihren Rausch ausgeschlafen hatten.

Stattdessen wandte er sich in die entgegengesetzte Richtung, ins Zentrum des aus mehr als vier Dutzend Jurten bestehenden Dorfes. Während er sich wie ein Schatten durch das schlafende Lager bewegte, glaubte er plötzlich die Stimme seines Vaters zu hören, wie er ihm ebenso Respekt einflößend wie mit schier unerschöpflicher Geduld erklärte: *Der beste Plan ist immer der einfachste, mein Sohn. Je komplizierter eine Idee, desto größer deine Chance, etwas falsch zu machen.* Zweifellos hatte Yesügai damit recht gehabt, aber genauso wenig zweifelte Temucin daran, dass es richtig war, was er jetzt tat.

Eine halbe Stunde später war er mit dem gefährlichsten Teil seiner Fluchtvorbereitungen fertig und beugte sich noch einmal über den schlafenden Kesrit, um sich davon zu überzeugen, dass er auch tatsächlich schlief.

Dann wurde ihm klar, dass er sich das nur selbst weiszumachen versuchte. In Wahrheit war es seine letzte Chance, alles rückgängig zu machen und zu bleiben, weil er Angst vor der eigenen Courage hatte. Seine Ketten hatte er schon oft gelöst, und tatsächlich hatte er sich in vielen Nächten aus dem Lager geschlichen, um die beste Route für seine Flucht zu erkunden; aber er war stets zurückgekommen, um auf den richtigen Moment zu warten.

Jetzt war der Moment gekommen. Wenn er nun floh, ging es um sein Leben. Sowohl Kesrit als auch die anderen Tajin hatten keinen Zweifel daran gelassen, dass sie einen Fluchtversuch mit dem Tode bestrafen würden, ganz egal, was sie Axeu versprochen hatten.

Nachdem er sich solcherart davon überzeugt hatte, dass es kein Zurück mehr gab, trat Temucin aus dem Zelt und wandte sich nach Osten, in die Richtung, die für eine Flucht aus dem Lager die schlechteste war, denn dort gab es nichts außer Steinen und kahler Felslandschaft. Keinen Busch, keinen Baum, nicht einmal Wasser. Selbst die als Fährtenleser berühmten Tajin würden Mühe haben, seine Spuren auf diesem Untergrund zu finden, und da sie sich gerade wieder einmal mit einem anderen Klan zerstritten hatten und am nächsten Morgen in eine große Schlacht ziehen würden, konnten sie nicht viele Männer erübrigen, um nach ihm zu suchen.

Wenn es ihm irgendwie gelang, das Joch loszuwerden, dann rechnete sich Temucin gute Chancen aus, zu entkommen. Er würde hungern müssen und bestimmt auch Durst leiden, aber er war Entbehrungen gewohnt. Die schwere Arbeit, zu der ihn die Tajin gezwungen hatten, hatte ihn stark gemacht. Viel stärker, als die Tajin vermutlich ahnten.

Während er lautlos den Fluss hinunter und ein Stück weit an seinem Ufer entlangschlich, bis er die Stelle erreichte, an der er am Nachmittag zwei Schläuche mit Wasser versteckt hatte, erging er sich wieder einmal in Rachefantasien, in denen er sich selbst an der Spitze eines gewaltigen Heeres sah, das zurückkam und den Klan der Tajin bis auf die letzte Seele auslöschte.

Da war eine leise Stimme in ihm, die ihm einflüstern wollte, dass ihn ein solches Tun nicht nur auf eine Stufe mit seinen Folterknechten stellen würde, weil ein Unrecht das andere nicht auslöschte, sondern sogar die Gefahr bestand, es im Nachhinein dadurch zu rechtfertigen. Dennoch waren es neben den Gedanken an Arbesa gerade diese Rachefantasien, die ihm in den letzten Jahren die Kraft gegeben hatten durchzuhalten. Und solange es nur Fantasien waren, schadeten sie schließlich niemandem.

Bist du dir sicher, mein kleiner Khan?

Die Stimme des Drachen erklang so lautlos und vertraut wie immer, und dennoch fuhr er erschrocken zusammen. Um ein Haar hätte er einen Schrei ausgestoßen und sich damit möglicherweise verraten.

»Sarantuya?«, murmelte er fassungslos.

So selbstverständlich, als wären seit ihrem letzten Gespräch fünf Atemzüge vergangen und nicht beinahe ebenso viele Jahre, und ohne sein Erstaunen auch nur zur Kenntnis zu nehmen, fuhr der Drache fort: *Es sind doch eigentlich immer nur unsere Gedanken, die unser Handeln bestimmen, mein kleiner Khan.*

»Unsinn!«, antwortete Temucin laut. »Und nenn mich nicht so!«

Kleiner Dschingis, fuhr Sarantuya fort. *Und um meine Frage zu präzisieren: Wenn du dir lange genug etwas vorstellst, meinst du nicht, dass es dir dann irgendwann sehr leichtfällt, es auch zu tun?*

Temucin hörte die Frage nicht richtig und er wollte schon gar nicht darüber nachdenken. Obwohl er jetzt nur in Gedanken antwortete, schrie er fast: *Wo bist du die ganze Zeit über gewesen? Fünf Jahre, Sarantuya! Du hast dich fünf Jahre lang nicht mehr gemeldet! Wolltest du nichts mit einem* Schweinekhan *zu schaffen haben?*

Das hat dich am meisten verletzt, nicht wahr? Dass sie dich so genannt haben, sagte Sarantuya. Er fühlte die sanfte Präsenz des Drachen in sich und seine beruhigende Kraft.

Warum?, erwiderte Temucin bitter. *Sie hatten doch recht.*

Der Drache sagte nichts dazu, und Temucin konzentrierte sich wieder auf das Hier und Jetzt. Er nahm die Schläuche aus dem Versteck. Mit den gebundenen Händen fiel es ihm schwer, sie in eine halbwegs erträgliche Position auf seinem Rücken zu bugsieren, und er merkte schon nach den ersten Schritten, dass er ihr Gewicht unterschätzt hatte. Aber ohne dieses Wasser hatte er keine Chance.

Er durchwatete den Fluss, lief auf der anderen Seite ein gutes Stück durch das halb verdorrte Gras und steuerte den felsigen Boden an, auf dem er keine Spuren hinterlassen würde. Kaum hatte er ihn erreicht, ging er auf seiner eigenen Spur zurück, erreichte den Fluss und watete eine gute halbe Meile weit durch das eiskalte Wasser, bis er es nicht mehr aushielt. Längst war jedes Gefühl aus seinen Füßen gewichen, und er stolperte mehr ans andere Ufer, als dass er ging. Für eine Rast war keine Zeit. Etliche Meilen östlich wusste er ein Gebiet aus kargen Felsen und labyrinthischen Schluchten und Hohlwegen, in dem er sich verstecken konnte, doch der einzige Schutz hier war die Dunkelheit, und die Nacht war schon weit fortgeschritten. Er musste sich sputen.

Wo bist du all die Zeit gewesen?, fragte er.

Ich war immer bei dir, kleiner Dschingis, antwortete der Drache. *Du warst nie allein. Und tief in dir hast du es auch gespürt.*

Du hast dich nie gemeldet, antwortete Temucin vorwurfsvoll.

Weil es nicht nötig war, kleiner Dschingis, erwiderte der Drache. *Es wäre auch nicht gut gewesen.*

Weil es meinen Charakter stählt, wenn ich ab und zu ein bisschen gefoltert werde?

Er meinte etwas wie ein gutmütiges Lachen tief in sich zu hören. *Ich hätte es ein wenig diplomatischer ausgedrückt, aber im Prinzip hast du recht. Es war an der Zeit, dass du ein wenig Demut lernst, mein Khan.*

Demut?!

Er bekam keine Antwort, doch im nächsten Moment meinte er ein Geräusch hinter sich zu hören, fuhr erschrocken herum und sah etwas wie einen Schatten, der sich schwarz vor dem Dunkel der Nacht abhob.

»Na, wenn das keine Überraschung ist«, sagte eine lallende Stimme. »Da geht man nichts ahnend zum Fluss, um dem

Ruf der Natur zu folgen, und wen trifft man? Den Schweinekhan. Hast du dich verlaufen?«

Temucin sparte sich eine Antwort. Er musste das Gesicht seines Gegenübers nicht erkennen, um zu wissen, dass es Kesrit war, sein Wächter. Die schleppende Art zu sprechen machte ihm auch klar, wie betrunken dieser war und dass er nicht hergekommen war, um zu reden. Metall scharrte, und ein vereinzelter Mondstrahl brach sich auf scharf geschliffenem Stahl, als der Krieger sein Schwert zog.

»Willst du mich töten?«, fragte Temucin mit einer Ruhe in der Stimme, die ihn selbst möglicherweise mehr erstaunte als den tätowierten Krieger.

»Ich glaube, das sollte ich«, antwortete Kesrit mit schwerer Zunge. »Oder ich bringe dich zurück ins Lager und mein Khan wird mir eine große Belohnung zukommen lassen.«

»Vielleicht erzähle ich ihm aber auch, dass du mir bei der Flucht geholfen hast, und er lässt uns beide hinrichten«, antwortete Temucin.

»Ja, vielleicht«, sagte Kesrit, nachdem er eine Weile angestrengt über diese Worte nachgedacht hatte. Er fuchtelte mit seinem Schwert herum. »Dann ist es wohl besser, wenn ich dich gleich töte und nur deinen Kopf zurückbringe.«

»Vermutlich«, sagte Temucin kühn. Er wusste nicht, wo er seine Gelassenheit hernahm … aber Tatsache war, dass er überhaupt keine Angst hatte, obwohl er gefesselt war und der Tajin mit gezogener Waffe vor ihm stand, entschlossen, ihn umzubringen.

Kesrit wirkte irritiert, nickte aber nur und hob sein Schwert ein wenig höher.

Temucin, von der Ruhe und Gelassenheit des Drachen erfüllt, fuhr beinahe im Plauderton fort: »Vielleicht solltest du vorher noch einmal deine Jurte durchsuchen, und auch dein Sattelzeug und alles andere, was dir gehört.«

Kesrits ohnehin schmale Augen zogen sich zusammen und das Schwert in seiner Hand begann zu zittern. »Was soll das heißen, Schweinekhan?«

»Vielleicht vermisst dein Khan ja morgen nach dem Aufwachen nicht nur einen Gefangenen, sondern dazu sein wertvollstes Beutestück; jene Kette aus purem Gold, die er vor zwei Jahren erbeutet hat.« Er hob scheinbar gleichmütig die Schultern. »Es wäre unangenehm, wenn sie ausgerechnet in deiner Jurte wieder auftaucht, oder?«

Der Ausdruck von Betrunkenheit wich schlagartig aus Kesrits Augen und machte Erschrecken und blankem Hass Platz. »Du lügst!«, zischte er.

»Wer weiß?«, antwortete Temucin unerschütterlich. Das Wissen um Sarantuyas Nähe gab ihm Kraft. Er verstand, dass sie die ganze Zeit über in ihm gewesen war und ihm ermöglicht hatte durchzuhalten.

Zu viel der Ehre, kleiner Dschingis. Ich bin du. Hast du das schon vergessen?

»Dann sollte ich dich vielleicht töten und anschließend meine Jurte durchsuchen, bevor ich zum Khan gehe und ihm deinen Kopf vor die Füße lege«, sinnierte Kesrit.

»Vorausgesetzt, du findest die Kette«, sagte Temucin. »Ich bin gut im Verstecken. Den Nagel, mit dem ich das Schloss aufbekommen habe, besitze ich seit zwei Jahren, und du hast ihn nicht gefunden.«

Kesrit schwieg. Er hatte das Schwert weiter erhoben, aber seine Kiefer mahlten so kraftvoll, dass Temucin das Knirschen der Zähne hören konnte. Fast ohne es selbst zu merken, trat er ein kleines Stück auf Temucin zu.

Noch einen Schritt, vielleicht weniger.

»Du bist ein raffinierter kleiner Bursche, Schweinekhan«, sagte der Krieger schließlich. »Aber manchmal ist es nicht gut, zu raffiniert zu sein, weißt du?«

»Das ist deine Entscheidung«, antwortete Temucin in der verächtlich klingenden Stimme des Drachen. »Ich habe nichts zu verlieren. Wenn du mich jetzt tötest, dann bin ich genauso tot wie in einer Stunde, wenn du mich zurückbringst und dein Khan mich tötet … und mein Name ist nicht Schweinekhan. Ich heiße Dschingis.«

»Und was glaubst du, werde ich nun tun?«, fragte Kesrit. Er klang zornig, aber auch ein wenig verunsichert.

»Lass mich gehen«, antwortete Temucin. »Und du solltest mein Joch lösen, damit ich schneller bin. Wenn sie mich wieder einfangen, dann ist es auch um dich geschehen. Ich werde behaupten, dass du mir geholfen hast.«

»Niemand wird dir glauben«, sagte Kesrit trotzig.

»Wir können zusammen fliehen«, fuhr Temucin ungerührt fort. »Zu zweit hätten wir eine größere Chance. Und ich habe immer noch Freunde, die uns helfen werden. Mir und sogar dir.«

Der letzte Satz war eine glatte Lüge, aber Kesrit dachte trotzdem darüber nach. Dann hob er das Schwert höher und schüttelte den Kopf.

»Das Risiko geh ich ein«, sagte er.

Als der tätowierte Krieger mit dem Schwert ausholte, sprang Temucin unvermittelt vor und riss den Oberkörper mit einem Ruck nach links.

Betrunken oder nicht, Kesrit war immer noch dreimal so stark wie er, ein gut trainierter Krieger mit schnellen Reflexen. Das hölzerne Joch streifte lediglich sein Kinn, doch die Berührung reichte, um ihn mit einem heulenden Schrei nach hinten stolpern und auf den Rücken fallen zu lassen. Bevor er

Gelegenheit fand, seine Benommenheit zu überwinden, war Temucin über ihm und rammte ihm das Joch aus eisenhartem Holz mit solcher Wucht gegen die Schläfe, dass er auf der Stelle das Bewusstsein verlor.

Der zerbrochene Pfeil

Sein schlechtes Gewissen machte sich bemerkbar, kaum dass er ein Dutzend Schritte in die Nacht hineingestürmt war. Nach einem weiteren Dutzend Schritten setzte es ihm derart zu, dass er sich zusammenreißen musste, um nicht kehrtzumachen und sich davon zu überzeugen, dass der tätowierte Krieger noch lebte.

Vielleicht waren es die Erinnerungen an all die kleinen und großen Grausamkeiten, die Kesrit ihm angetan hatte, die ihn letzten Endes davon abhielten. Dennoch blieb ein maues Gefühl im Magen zurück. Ganz sicher war er Kesrit eine Menge schuldig, aber ein zerschmetterter Kiefer gehörte nun doch nicht dazu …

Eine Zeit lang bewegte Temucin sich parallel zum Fluss, dann schlug er eine östliche Richtung ein. Das Gelände wurde bald so schwierig, dass er kaum noch von der Stelle kam. Trotz der fünf Jahre, die er in dieser Gegend zugebracht hatte, war er nur einige wenige Male hier gewesen und das ausnahmslos bei Tageslicht. Im Dunkeln und noch dazu mit dem schweren Joch auf den Schultern wurde das Vorwärtskommen mit jedem einzelnen stolpernden Schritt schwieriger, und er hörte bald auf zu zählen, wie oft er gestürzt war.

Er versuchte sich damit zu trösten, dass eine Verfolgung zu Pferde in diesem Gelände ausgeschlossen war. Möglicherweise konnten die Tajin sich das auch sparen, denn die Chancen, dass er sich den Hals brach, standen gar nicht schlecht. Ein- oder zweimal bewahrte ihn wohl nur dasselbe Joch, dem er die Stürze zu verdanken hatte, vor einer schweren Verletzung.

Schon lange klebte nicht mehr nur das Blut des tätowierten Kriegers am harten Holz. Temucins Kräfte ließen schneller nach, als er erwartet hatte; er war nicht sicher, ob er bis zum nächsten Sonnenaufgang durchhalten würde.

Ist es das, was ich dich gelehrt habe, kleiner Dschingis? Dich selbst zu entmutigen?

»Du hast mich vor allem gelehrt, allein zu sein«, antwortete Temucin bitter. »Darin habe ich jetzt wirklich ausreichend Erfahrung. Danke.«

Diese Zeit war notwendig, kleiner Dschingis, antwortete der Drache.

»Wozu?«, fauchte Temucin. »Damit ich weiß, wie es ist, einsam zu sein?«

Das ist der Preis, den alle großen Männer zahlen, auf die eine oder andere Art. Warum hast du Kesrit nicht getötet?

Temucin verstand nicht, was das eine mit dem anderen zu tun hatte, und antwortete vorsichtshalber nicht. Er konzentrierte sich ganz darauf, in der Dunkelheit seinen Weg zu finden. Irgendwo vor ihm befand sich etwas Großes, das sich nur eine Spur dunkler gegen den Nachthimmel abhob; im Grunde war es lediglich am Fehlen des Sternenhimmels dort zu erkennen.

Irgendwann einmal wirst du es sein, der über Wohl und Wehe anderer entscheidet, kleiner Dschingis. Vielleicht wirst du ein ganzes Volk verschonen, weil du weißt, wie es ist, gequält zu werden.

»Du meinst, du hast zugelassen, dass man mich zum Sklaven macht, damit ich später weiß, wie es ist, ein Sklave zu sein, und deshalb selbst keine Sklaven nehme?«

Du solltest dich mit den Alten auf ein Schwätzchen zurückziehen, so umständlich, wie du ganz einfache Dinge ausdrücken kannst, spöttelte Sarantuya. *Aber ja, das trifft es, ungefähr. Du hast ihn nicht getötet, gerade* weil *du ihn hasst und er dir fünf Jahre lang das Leben zur Hölle gemacht hat.*

»Ja, das klingt logisch«, sagte Temucin.

Das ist es auch, beharrte die Stimme des Drachen in ihm. *Denn hättest du es getan, dann wärst du genau wie er, und da ist trotz allem noch ein Teil in dir, der Angst davor hat.*

Es dauerte einen Herzschlag, bis er begriff, was er da gerade gehört hatte.

»*Trotz allem?*«, murmelte er. »*Noch?*«

Sarantuya blieb ihm eine Antwort schuldig. *Vielleicht wird der Tag kommen, an dem du über das Schicksal ganzer Völker entscheidest, kleiner Dschingis*, sagte sie stattdessen. *Vielleicht werden deine Entscheidungen ein wenig anders ausfallen, wenn du das Leid kennst, das du mit einer Geste oder einem beiläufigen Wort über die Menschen bringst.*

Während er darüber nachdachte, wurde Temucin immer langsamer und hatte zunehmend Mühe, sich auf den Beinen zu halten. Der Schatten, der die Sterne verdunkelte, war größer geworden. Einerseits versprach er Schutz vor den Verfolgern, andererseits wirkte er in der Nacht mit jedem Schritt unüberwindbarer.

Behutsam und dennoch in immer kürzeren Abständen strauchelnd näherte er sich dem Hindernis und fand sich schließlich vor einer glatten Felswand wieder. Sie strebte vielleicht anderthalb oder zwei Manneslängen vor ihm in die Höhe, kam ihm aber mindestens zehnmal so hoch vor. Mit dem Joch auf den Schultern und seinen nutzlosen Händen lief es auf dasselbe hinaus. Ob die Felswand kniehoch war oder bis zum Himmel reichte, machte für ihn keinen Unterschied.

Temucin begann allmählich zu begreifen, warum seine Bewacher so nachlässig gewesen waren. Was nutzte es ihm zu fliehen, wenn es nichts gab, *wohin* er fliehen konnte?

Der Gedanke hätte ihn entmutigen sollen, weckte aber nur seinen Trotz. Wohl wissend, wie sinnlos es war, ging er ein paar Schritte in jede Richtung an der Felswand entlang, bis er einen brusthohen Felsen mit Kanten scharf und hart wie Axtklingen gefunden hatte, der ihm für sein Vorhaben geeignet schien. Behutsam ließ er sich auf die Knie sinken, raffte all seinen Mut zusammen und wappnete sich gegen den Schmerz, der kommen musste.

Es gelang ihm nicht. Temucin ließ das Joch mit solcher Gewalt auf den Felsen krachen, dass das eisenharte Holz ächzte. Aber es hielt, und der Großteil seiner Kraft prallte zurück. Temucin stöhnte auf. Reiner roter Schmerz explodierte vor seinen Augen und tat sein Möglichstes, um ihm das Bewusstsein zu rauben. Doch Temucin biss nicht nur die Zähne zusammen und verbot sich jeden Schmerzenslaut, sondern schlug erneut zu, und noch einmal und noch einmal, bis irgendetwas mit einem hässlichen Knirschen nachgab (er war nicht sicher, ob es das Joch war oder einer seiner Knochen) und er mit einem erschöpften Wimmern zu Boden sank. Blut lief über seinen Hals, die Schultern und seine geschundenen Handgelenke, und obwohl das Joch in Stücke gebrochen neben ihm lag, meinte er, das Gewicht noch immer zu spüren. Schon der *Gedanke,* sich zu bewegen, war mehr, als er ertragen konnte.

Trotzdem musste er weiter. In allerspätestens einer Stunde ging die Sonne auf, und kurz danach würden die ersten Tajin aus ihrem vom Arkhi umnebelten Schlaf erwachen und feststellen, dass ihnen ein Gefangener abhandengekommen war.

Vor ihm war etwas; vielleicht nur ein Schatten und das Rauschen seines Blutes in den Ohren, vielleicht aber auch Bewegung und Geräusche eines Verfolgers. Unfähig, diesen Unterschied zu bestimmen, stemmte er sich hoch, taumelte auf den Felsen zu und hob mühsam die Arme. Alle Muskeln in seinem Nacken und den Oberarmen schmerzten. Die Tajin hatten ihn nicht gezwungen, das Joch ununterbrochen zu tragen, denn schließlich wollten sie ihn nicht verkrüppeln, wohl aber lange genug, dass er jedes Mal Stunden brauchte, um sich ohne Schmerzen bewegen zu können. Das hatte er einkalkuliert und traute sich durchaus zu, die Schmerzen zu ertragen und seine protestierenden Muskeln zum Klettern zu zwingen.

Womit er nicht gerechnet hatte, das war der brutale Faustschlag, der ihn zwischen die Schulterblätter traf und gegen die Felswand warf. Erneut schwebte er am Rande der Ohnmacht.

»Weißt du, ich habe es mir überlegt, Schweinekhan«, erklang eine Stimme in der Dunkelheit hinter ihm. »Ich glaube, ich gehe das Risiko ein und lege unserem Khan deinen Kopf vor die Füße, bevor ich ihm dieselbe Geschichte erzähle, mit der du mich gerade zu erpressen versucht hast.«

Warum half ihm Sarantuya nicht? Wo war die Kraft des Drachen, wenn er sie brauchte?

Kesrit zerrte ihn auf die Füße und versetzte ihm einen zweiten Stoß, der ihn diesmal mit dem Hinterkopf gegen den Felsen knallen ließ. Temucin schmeckte sein eigenes Blut, aber immerhin waren die Sterne, die er jetzt sah, von vollkommen anderer Farbe.

»Ich werde unserem Khan einfach dasselbe erzählen wie du gerade mir«, sagte Kesrit noch einmal. »Er wird mir schon glauben, schließlich wissen alle, aus was für einem heimtückischen und verlogenen Klan du stammst.« Er schüttelte mit einem bedauernden Seufzen den Kopf und hob das Schwert. »Ich hätte mich niemals darauf einlassen sollen, aber noch ist es nicht zu spät, um diesen Fehler wiedergutzumachen.«

Etwas raste unsichtbar und mächtig vom Himmel herab, verfehlte Temucin – wie es schien, um Haaresbreite – und schleuderte den tätowierten Krieger mit solcher Wucht in die Dunkelheit, dass ihm nicht einmal mehr Zeit für einen überraschten Schrei blieb. Erst einen oder zwei Atemzüge später hörte Temucin das Geräusch, mit dem er irgendwo zwischen den Felsen aufschlug.

Sarantuya, dachte er matt. Der Drache ist endlich gekommen, um mir beizustehen. Wenn auch anscheinend nicht, um mir seine Kraft zu geben.

Temucin sank in die Knie und musste jedes bisschen Willenskraft aufwenden, um der verlockenden Umarmung der Bewusstlosigkeit zu widerstehen. Wieder tanzten Schatten rings um ihn herum, er hörte sonderbare Geräusche und meinte, die Berührung einer sanften, zugleich starken Hand zu spüren. Sein Rücken schleifte über harten, warmen Fels. Irgendwann träufelte Wasser in sein Gesicht, so kalt, dass es sich wie dünne Nadelstiche anfühlte.

Stöhnend öffnete er die Augen und erblickte im ersten Moment nichts als Dunkelheit. Nach dem zweiten oder dritten Lidschlag gerann sie zu einem Gesicht, das …

Temucins Herz setzte für einen Schlag aus und er fragte sich allen Ernstes, ob er nicht doch das Bewusstsein verloren hatte und einen besonders üblen Albtraum erlitt; oder Schlimmeres.

Vielleicht ist es ja das Gegenteil eines Albtraums, mein kleiner Dschingis. Waren fünf Jahre nicht genug, um Geduld zu lernen?

Temucin blinzelte. Er blickte in vertraute, wenn auch an diesem Ort und zu diesem Zeitpunkt vollkommen unerwartete Züge.

»Du?«, murmelte er verstört.

Chuzir war älter geworden. Im blassen Licht der Sterne und des schmalen Mondes kam es Temucin so vor, als hätten deutlich mehr als fünf Jahre ihre Spuren an ihm gelassen.

Über sein Gesicht zog sich eine dünne, noch nicht verheilte Narbe, und da war eine Dunkelheit in seinen Augen, die Temucin weder genau deuten konnte noch wollte.

»Chuzir?«, fuhr er fort, als sein Schwurbruder weiterhin schwieg. Wie kam Chuzir hierher und vor allem, was *tat* er hier?

Chuzir wich seinem Blick aus. Schweigend setzte er ihm den Wasserschlauch an die Lippen, mit dessen Inhalt er Temucin gerade nass gespritzt hatte, damit er nicht das Bewusstsein verlor.

»Chuzir?«, fragte Temucin zum dritten Mal, nachdem er einige große Schlucke getrunken hatte.

Chuzir verknotete den Schlauch sorgsam wieder und sah ihn immer noch nicht an. »Nennt mich nicht so, mein Khan. Ich bin es nicht wert, von Euch mit Namen angesprochen zu werden.«

Das schnürte Temucin die Kehle zu und machte es ihm unmöglich zu antworten.

»Lasst mich nach Euren Wunden sehen, mein Khan«, bat Chuzir.

Temucin hatte diesen bislang keine Beachtung geschenkt, schon weil Verletzungen und Schmerz zu einem Teil des Lebens geworden waren, das er als *Schweinekhan* der Tajin führte. Jetzt aber musste er die Zähne zusammenbeißen, als sich Chuzir mit Wasser, heilenden Salben und Verbänden an seinen Handgelenken und seinem Hals zu schaffen machte. Er nahm wenig Rücksicht, stellte sich aber sehr geschickt an. Als er fertig war, war ungefähr die Hälfte der Schmerzen verschwunden.

Temucin nickte. »Danke.«

Chuzir fuhr unter diesem Wort zusammen, als wäre es eine scharfe Zurechtweisung. »Mehr vermag ich nicht zu tun.«

»Schon klar«, antwortete Temucin. »Du bist ein Krieger, der sich mehr darauf versteht, Wunden zu schlagen, habe ich recht?«

Irgendwie gelang ihm nicht nur das Kunststück, sich zu einem fast schalkhaften Grinsen zu zwingen, sondern auch die Faust zu ballen und Chuzir spielerisch in die Rippen zu boxen; auch wenn er sich damit selbst mehr wehtat als dem anderen. Chuzir wirkte nur noch nervöser und wusste nicht, wohin mit seinem Blick.

»Später wird sich meine Schwester Inara um deine Wunden kümmern, mein Khan«, sagte er schließlich.

»Das freut mich«, sagte Temucin. »Ich meine, nicht wegen dem Versorgen der Wunden. Sondern dass Inara frei ist. Wie geht es Budir, deinem Vater und deinen Brüdern? Sind sie auch frei?«

Chuzir nickte knapp. »Meine Familie wartet ganz in der Nähe auf uns. Wir müssen uns beeilen. In einer Stunde geht die Sonne auf, mein Khan. Und sie werden nicht lange brauchen, um deine Spur aufzunehmen. Kannst du gehen?«

Temucin hatte keine Ahnung, nickte aber dennoch und streckte die Hand aus, um sich auf die Beine helfen zu lassen.

Es gelang ihm aufzustehen, doch schon nach dem zweiten Schritt verließen ihn die Kräfte wieder, und Chuzir musste ihn stützen, damit er nicht fiel. Eine Zeit lang tat sein Schwurbruder noch so, als wäre das ganz normal und machte sogar ein paar lahme Scherze, aber schließlich gab er es auf und ließ ihn mit einem bedauernden Schulterzucken zu Boden sinken.

»Das hat keinen Sinn«, sagte er. »Warte hier. Ich hole Uchka.«

»Gut, dass dein ältester Bruder auch hier ist«, sagte Temucin. »Er muss ja schon ein richtiger Mann sein.«

»Er ist ein kampferprobter Krieger«, antwortete Chuzir ernst. »Und genauso voller Zorn auf Axeu wie alle meine Geschwister. Wir sind nicht die Einzigen, die verachten, was Axeu und die seinen aus unserem Klan gemacht haben. Er ist ein Kriecher und Feigling, wenn er einem Stärkeren gegenübersteht, und dafür umso grausamer seinen eigenen Leuten gegenüber. Niemand braucht einen solchen Khan. Wir werden uns gegen ihn erheben!«

Er ging, noch bevor Temucin antworten konnte. Und wieder fühlte er sich unendlich einsam; so verloren, als wäre er nicht nur der einzige Mensch auf diesem öden Felsbrocken, sondern auf der ganzen Welt.

Warum hilfst du mir nicht?, dachte er, an den Drachen gewandt. *Du hast versprochen, mich niemals allein zu lassen.*

Und was erwartest du von mir, kleiner Dschingis? Sarantuyas Stimme klang unangemessen spöttisch. *Dass ich dich lehre, zu fliegen und Feuer zu speien, um deine Feinde zu verbrennen? Du weißt, dass es so nicht funktioniert.*

Du bist nur eine Stimme ohne Macht!, versetzte Temucin zornig. *Habe ich recht?*

In gewissem Sinne, ja, gestand der Drache. *In einem anderen ... nein.*

Wozu bist du dann gut?, fragte Temucin bitter.

Vielleicht, damit du endlich anfängst, auf dich selbst zu hören, kleiner Khan?, entgegnete Sarantuya. Als sie weitersprach, da war es nicht nur der Klang ihrer lautlosen Stimme, den Temucin spürte. Da war noch etwas, das ihn begleitete; etwas wie ein Echo aus einer unendlich lang zurückliegenden Zeit, der Hauch einer Epoche der Legenden und Mythen, in der es Drachen und Riesen und Fabelwesen gegeben hatte und der Mensch noch nicht einmal eine Idee gewesen war.

Ich bin der letzte meiner Art, kleiner Dschingis.

Der letzte Drache? Temucin erschrak. *Aber das kann nicht stimmen! Arbesa hat auch einen Drachen, genau wie die meisten ihrer Sippe.*

Das ist etwas anderes. Ich bin der letzte, der an euch glaubt, kleiner Dschingis.

Der letzte, der an uns glaubt?, wiederholte Temucin verwirrt. Er wollte lachen, aber es gelang ihm nicht. *Verwechselst du da nicht etwas?*, fragte er. *Ich meine:* Menschen *sollten an* Drachen *glauben, und nicht andersherum.*

Und wer sagt dir das?, wollte Sarantuya wissen. *Vielleicht seid ihr alle ja nur Teil meines Traumes.*

Und was für ein Traum sollte das sein?

Vielleicht der, dass es wieder so wird, wie es einmal war. Es gab eine Zeit, da hatten viele von uns einen Freund aus eurer Welt. Es gab eine Zeit, in der viele von euch über die Macht der Drachen geboten. Aber zu viele haben sie missbraucht, und so haben sich immer mehr und mehr von uns von euch abgewandt. Jetzt gibt es nur noch mich. Und dich. Die anderen glauben, die Zeit der Drachen und Menschen wäre vorbei, aber ich bin anderer Meinung. Ich glaube an dich, kleiner Dschingis.

Warum?, fragte Temucin verwirrt.

Diesmal bekam er keine Antwort. Stattdessen hörte er Geräusche und ein Schatten näherte sich. Obwohl es sich nur um Chuzir oder dessen Bruder Uchka handeln konnte, begann sein Herz schneller zu schlagen, und er spürte das Kratzen der Furcht tief in seinen Gedanken.

Es war tatsächlich Chuzir. Sein Schwurbruder bewegte sich schnell, mit einer Lautlosigkeit und Eleganz, die Temucin mit einem Stich von Neid erfüllte. Sie zeigte ihm nicht nur, um wie vieles älter und erfahrener Chuzir geworden war, sondern auch, welche Art von Leben er in den letzten fünf Jahren gelebt hatte: ein Leben, das möglicherweise nicht einmal weniger reich an Entbehrungen und Härten und Schmerzen gewesen war als das Martyrium bei den Tajin, und das doch alles gehabt hatte, was Temucin nicht vergönnt gewesen war. Als hätte er seine Gedanken gelesen, wurde Chuzir auf den letzten Schritten immer langsamer, ließ sich schließlich auf ein Knie sinken und beugte demütig das Haupt. »Mein Khan.«

»Was soll der Unsinn?«, murmelte Temucin.

»Ich habe meinem Bruder Bescheid gesagt – aber ihn auch gebeten, noch kurz zu warten, bevor er dich holt«, entgegnete Chuzir, was nicht wirklich eine Antwort auf seine Frage war. »Denn vorher wäre … da noch etwas …«

Er druckste einen weiteren Moment herum, griff dann hinter sich und zog einen einzelnen Pfeil aus dem Köcher, den er auf dem Rücken trug. Frisches Blut glänzte in der Dunkelheit fast schwarz auf der gefährlichen Spitze, besudelte einen Teil des Schaftes und eine der drei strahlend weißen Federn. Obwohl es nahezu sein halbes Leben her war, dass er ihn das letzte Mal gesehen hatte, erkannte Temucin ihn dennoch sofort wieder. Wie hätte er ihn auch vergessen können?

»Unser Freundschaftspfeil«, sagte Temucin.

Er erinnerte sich gut daran, wie sie die Freundschaftspfeile getauscht hatten – damals, als sein Vater noch Khan gewesen und alles seinen geregelten Gang gegangen war. Sie waren Kinder gewesen, aber sie hatten sich wie Männer gefühlt. Der Austausch der Pfeile zwischen ihm und Chuzir hatte ihre Freundschaft für immer und alle Zeit besiegeln sollen.

Doch dann war alles ganz anders gekommen.

»Du hast den Pfeil immer noch, nach all der Zeit?«, fragte Temucin.

Chuzir schwieg. In seinem Gesicht arbeitete es. Er streckte die Hand aus, wie um Temucin den Pfeil zurückzugeben und zog den Arm dann fast erschrocken wieder zurück.

»Wessen Blut ist das?«, fragte Temucin.

»Kesrits«, antwortete Chuzir. »Ich hatte keine Wahl. Er hätte dich sonst erschlagen.«

»Ich weiß.« Temucin nahm Chuzir den Pfeil aus der Hand. Dann stutzte er. »Woher weißt du seinen Namen?«

»Ich habe dir doch gesagt, dass es jemanden bei den Tajin gibt, der auf dich aufpasst«, sagte Chuzir. »Ich habe ihn gut bezahlt ... auch wenn ich mich inzwischen frage, ob ich ihm nicht besser gleich die Kehle durchgeschnitten hätte.«

»Kesrit?« Temucin war ehrlich überrascht. »Du meinst den Mann, der mich zum Schweinekhan gemacht und fünf Jahre lang jeden Tag gequält hat?«

»Das habe ich ihm aufgetragen«, sagte Chuzir. »Er hätte seine Aufgabe schwerlich erfüllen können, wenn er zu behutsam mit dir umgegangen wäre.« Er schnitt Temucin mit einer Handbewegung das Wort ab und nahm ihm den Freundschaftspfeil wieder weg.

Temucin war verwirrt. Er verstand nicht, was Chuzir tat, und schon gar nicht warum ... Und er verstand genauso wenig, was sein Freund als Nächstes tat: Er nahm den Pfeil in beide Hände und brach ihn in zwei ungleiche Hälften; ein peitschender Knall, der in Temucins Ohren so klang, als müsse er noch im Lager der Tajin zu hören sein.

»Aber was ...?!«, entfuhr es Temucin. Entsetzt starrte er auf den zerbrochenen Pfeil.

Ebenso ruhig, wie er ihn ihm weggenommen und zerbrochen hatte, gab ihm Chuzir die beiden Hälften des Freundschaftspfeiles zurück, griff mit der anderen Hand unter seinen Gürtel und zog einen Dolch hervor, den er Temucin mit dem Griff voran reichte. Dann ließ er sich zum zweiten Mal auf ein Knie sinken und beugte den Kopf, um Temucin seinen ungeschützten Nacken darzubieten.

»Tötet mich, mein Khan«, sagte er. »Ich habe dich verraten und Schande über mich und den Namen meiner Familie gebracht. Ich habe es nicht verdient, weiterzuleben.«

Hätte er nicht gespürt, wie bitterernst sein Schwurbruder diese Worte meinte, hätte Temucin wahrscheinlich schallend gelacht. So aber konnte er Chuzir nur ungläubig anstarren.

»Was ... soll denn dieser Unsinn?«, murmelte er. »Verraten? Also ich kann mich ja täuschen, aber mir kommt es so vor, als hättest du mir gerade das Leben gerettet.«

Chuzir schüttelte heftig den Kopf. »Ohne mich wärst du nicht in Gefangenschaft geraten«, beharrte er, »und Arbesa und deine Mutter auch nicht. Ich habe unsere Freundschaft verraten, und deshalb habe ich den Pfeil zerbrochen und entbinde dich von dem Schwur, den ich selbst vor langer Zeit gebrochen habe. Wenn es der Wunsch des Khans ist, dass ich mit meinem Leben für diesen Verrat bezahle, dann werde ich ihm entsprechen.«

Temucin seufzte tief. »Wenn ich irgendwann einmal einem Khan begegne, dann frage ich ihn«, versprach er. »Im Augenblick habe ich allerdings nur einen einzigen Wunsch. Wirst du ihn mir erfüllen?«

Chuzir sagte nichts dazu, aber er nickte.

Temucin hob die beiden Hälften des zerbrochenen Pfeiles. »Hat deinen Pfeil damals wirklich der alte Schezen gemacht?«

Chuzir nickte. Er sah verwirrt aus und auch ein bisschen ängstlich.

»Dann wird es Zeit für dich, etwas Neues zu lernen«, fuhr Temucin fort. »Such einen schön gerade gewachsenen Ast und mach einen neuen. Und er sollte mindestens genau so schön sein wie der alte.«

Die Prophezeiung

Chuzir schnitzte am Ende doch keinen neuen Pfeil. Die schrecklichen Ereignisse in den Wochen nach Temucins Flucht ließen dafür keine Zeit. Nach all den Jahren war es Temucin endlich gelungen, das Sklavenjoch der Tajin abzustreifen. Er wurde von Chuzirs Familie aufgenommen, die ganz in der Nähe auf ihn gewartet hatte. Doch ab da ging alles fürchterlich schief.

Chuzir hatte zwei Brüder und zwei Schwestern, die weder im Aussehen noch im Wesen viel Ähnlichkeit mit ihm hatten, aber alle so fest zusammenhielten, wie das bei den Familien der Steppenvölker üblich war. Chuzirs verwitweter Vater war ein alter Mann jenseits der vierzig, der mürrisch vor sich hinblickte und nur dann redete, wenn es sich nicht vermeiden ließ.

Nach dem ersten Hallo versorgte Chuzirs Schwester Inara Temucins Wunden. Dann brachen sie rasch auf, um so viel Abstand wie möglich zwischen sich und das Lager der Tajin zu bringen. Es wäre wohl alles gut gegangen, wenn die Tajin wie geplant gegen den verfeindeten Klan in den Krieg gezogen wären. Aber sie hatten die Fehde mit ihren Feinden beendet und setzten stattdessen alles daran, Kesrits Tod zu rächen und Temucins wieder habhaft zu werden.

Von Anfang an hatten Temucin und Chuzirs Familie keine Chance. Schließlich hatte Chuzirs älterer Bruder Uchka erschlagen im Dreck gelegen. Diesmal war es Chuzir, der starr von Entsetzen und Trauer war, und Temucin, der nicht wusste, wohin vor lauter schlechtem Gewissen – denn letztlich war der junge Krieger nur deshalb von den Tajin getötet worden, weil Chuzir seinen Schwurbruder gerettet hatte.

Es war nicht mehr besser geworden. Sie hatten sich sofort in Richtung des Heiligen Berges auf den Weg gemacht, in dessen Nähe sie ein Versteck zu finden hofften. Doch bevor sie Chuzirs Vater und seine Geschwister in Sicherheit hatten bringen können, waren sie erneut in einen Hinterhalt geraten. Die Tajin hatten Chuzirs Familie verschleppt, und Temucin und seinen Schwurbruder zurückgetrieben.

Obwohl sie – so weit es ihnen auf ihrer überstürzten Flucht möglich war – alles Erdenkliche getan hatten, um eine Spur der Entführten ausfindig zu machen, hatten sie ihr Schicksal nicht klären können. Schließlich waren sie von ihren Verfolgern so weit abgedrängt worden, dass ihnen nichts anders übrig geblieben war, als die Suche einstweilen aufzugeben und sich zum Heiligen Berg zu flüchten.

Temucin empfand das als doppelt bitter, weil es bedeutete, dass er auch nicht nach Arbesa forschen konnte. In den Jahren seiner Gefangenschaft hatte er sich insgeheim immer wieder ausgemalt, wie er sie wiederfinden würde.

Jetzt war ihm also nur Chuzir geblieben. Sosehr er sich während der harten Zeit als Schweinekhan auch gewünscht hatte, sich mit seinem Schwurbruder auszusöhnen und gemeinsam mit ihm gegen seine Feinde in den Kampf zu ziehen, so wenig konnte er der augenblicklichen Situation irgendetwas Positives abgewinnen. Ganz sicher hatte er es *so* nicht gewollt. Doch seit wann fragte das Schicksal die Menschen, was sie wollten oder gar *wie* sie es wollten?

Vielleicht tut es das ja und ihr habt nur verlernt, auf seine Stimme zu hören?

Temucin ignorierte das lautlose Flüstern in seinen Gedanken und schlug fröstelnd die Kapuze des warmen Mantels hoch, den Chuzir ihm mehr oder weniger gewaltsam aufgenötigt hatte. Er widerstand dem Wunsch, die Hände vor dem Gesicht aneinanderzureiben und hineinzuhauchen, um so wenigstens die grimmigste Kälte aus seinen Fingern zu vertreiben. Noch schwerer fiel es ihm, nicht mit den Füßen aufzustampfen. Beides hätte ihm vielleicht die Illusion vermittelt, nicht allmählich von innen heraus zu Eis zu erstarren, aber weder das eine noch das andere wäre ein Betragen gewesen, das eines künftigen Khans würdig war.

Nur keine Sorge. Es ist niemand hier, der sehen könnte, wie der zukünftige Herrscher der Welt vor Kälte mit den Zähnen klappert, mein kleiner Khan.

Wie so oft schwang leichter Spott in Sarantuyas Stimme mit, aber auch etwas, das fremd und undeutbar war und das ihm beinahe Angst machte.

»Dann ist es eben ein Benehmen, das eines *Ortes* wie diesem nicht würdig ist«, antwortete Temucin mürrisch. Seine Stimme klang dünn und zitterig wie die eines neu geborenen Babys – wenn auch zu seinem Verdruss nicht einmal annähernd so kräftig.

Eines Ortes wie diesem, wiederholte Sarantuya tief in seinen Gedanken. *Du meinst einen einsamen Flecken am Ende der Welt, der selbst den Füchsen zu abgelegen ist, um den Hasen gute Nacht zu sagen? Und an den niemand kommt, weil es hier oben rein gar nichts gibt, was des Herkommens wert wäre?*

»Das ist nicht wahr!«, protestierte Temucin. »Dieser Ort *ist* heilig!«

Er sprach mit aller Inbrunst, die er nur aufbringen konnte, und wären seine Lippen nicht so taub vor Kälte gewesen und hätte seine Lunge nicht bei jedem Atemzug vor Anstrengung gepfiffen, dann hätte es sich vielleicht sogar beeindruckend angehört. So machte sich Sarantuya nicht einmal die Mühe zu antworten … aber irgendwie brachte sie es fertig, sogar dieses Schweigen spöttisch klingen zu lassen.

Temucin schluckte seinen Stolz herunter und schob die Hände unter die Achseln. Mit grimmig stampfenden Schritten stapfte er so weit durch den knöcheltiefen Schnee, bis er die Felsen umrundet und einen ungehinderten Blick über das Land auf der anderen Seite hatte. Es gab dort nichts Bemerkenswertes zu sehen. Im Tal hatte der Schneefall erst in der letzten Nacht eingesetzt, aber hier oben war bereits alles zu sanft gerundetem Weiß geworden, und es schneite ununterbrochen weiter, wenn auch nicht besonders heftig. Alles, was mehr als eine Pfeilschussweite entfernt war, hatte sich in konturloses Grau gehüllt, in dem sich lautlose Gespenster bewegten, die alles oder auch gar nichts sein konnten.

Der Drache hatte recht, dachte Temucin. Hier oben war es so kalt, dass kein Mensch es länger als ein paar Stunden aushalten konnte, und so einsam, dass die Stille und das Gefühl des Verlassenseins mit Händen greifbar zu sein schienen. Und dennoch täuschte sich Sarantuya. Dieser Ort *war* heilig.

Weil ihr Menschen ihn dazu erklärt habt und zu stolz seid zuzugeben, dass ihr euch geirrt haben könntet?, spöttelte Sarantuya.

Auf alle anderen mochte das zutreffen, dachte Temucin, aber nicht auf ihn, denn er wusste es besser. Dies war der Ort, an dem er Sarantuya das erste Mal gesehen hatte. Ihre Stimme und das beruhigende Gefühl ihrer Anwesenheit waren in ihm gewesen, so lange er sich zurückerinnern konnte, aber wirklich *gesehen* hatte er den Drachen hier zum ersten (und zugleich einzigem) Mal. Vielleicht war dieser Ort nicht wirklich heilig, auf jeden Fall aber magisch – falls das überhaupt ein Unterschied war.

Temucin bekam keine Antwort. Er ging ein paar Schritte weiter, bis der eisverkrustete Boden unter seinen Füßen zu Ende war und es nichts mehr gab, wohin er noch gehen konnte.

Behutsam ließ er sich in die Hocke sinken. Seine Gelenke knackten wie die eines uralten Mannes, und obwohl er den meilentiefen Abgrund unter sich nicht sehen konnte, meinte er sein verlockendes Flüstern doch so intensiv zu spüren, dass er um ein Haar die Hand ausgestreckt hätte, um sich am Fels festzuhalten. Der einzige Grund, aus dem er es nicht tat, war wieder sein Stolz ...

Es bedurfte nicht einmal mehr Sarantuyas spöttischer Stimme, um ihm zu erklären, wie albern das war.

Und wie gefährlich, konnte sich Sarantuya nicht verkneifen hinzuzufügen.

Temucin strafte den Drachen mit Missachtung, griff aber doch mit der linken Hand nach einem Halt und strengte seine ohnehin brennenden Augen an, um die grauen Schwaden unter sich zu durchdringen. Kalter Wind schlug ihm aus der Tiefe entgegen und zeichnete vergängliche Muster in das weiche Fell, das sein Gesicht einrahmte. Eine Handvoll Schnee fand den Weg unter seine Kapuze und verwandelte sich augenblicklich in eine Spur aus schmerzhafter Kälte, die an seinem Hals herunterlief und ihn mit den Zähnen klappern ließ.

Wen willst du damit beeindrucken, kleiner Khan?, flüsterte Sarantuyas Stimme in seinen Gedanken. *Wen, außer dich selbst?*

Temucin antwortete nicht, sondern beugte sich trotzig noch ein Stück weiter vor. Da er in der verblassenden Dämmerung nichts als Schatten und die Sinne narrende Schemen und Trugbilder erkennen konnte, versuchte er sich an den Tag zurückzuerinnern, an dem er das erste Mal auf dem Gipfel des Burchan Chaldun gewesen war.

Naiv und unerfahren war er damals gewesen, überzeugt, stark genug zu sein, um seine Verlobte und seine Mutter vor allen Gefahren schützen zu können.

Was für ein Irrglaube.

Sosehr sich sein eigenes Leben seither verändert hatte, sosehr unterschied sich der Anblick dort unten von dem Bild in seiner Erinnerung. Eine schier endlose Ebene hatte er damals erblickt, dichte Wälder und saftige Wiesen, die zum Jagen und Reiten einluden, auf unerschöpfliche Weidegründe mit kristallklaren Bächen und schattigen Hainen, hinter denen sich die verschwommenen Schemen weiterer und womöglich noch höherer Berge erhoben.

Nun sah er nichts als ein graues Meer schierer Unendlichkeit, als hätte sich der Himmel selbst herabgesenkt, um alles zu verschlingen, was jenseits des Burchan Chaldun lag. Schatten bewegten sich in diesem Nichts, aber er war beinahe sicher, dass sie nur in seiner Einbildung existierten.

Sarantuya lachte ein leises, gutmütiges Drachenlachen. *Ich glaube, ich werde euch Menschen nie gänzlich verstehen. Euer Leben wird von euren Sinnen bestimmt, und dennoch traut ihr ihnen so wenig.*

Es hätte viel gegeben, was Temucin dazu hätte sagen können, aber ihm stand nicht der Sinn nach einem Schlagabtausch mit einem Drachen, der ihn in den letzten Jahren mehr als einmal im Stich gelassen hatte.

Das könnte ich jetzt beinahe zum Anlass nehmen, ein wenig beleidigt zu sein, sagte Sarantuya. *Was muss noch geschehen, bis du dir eingestehst, dass ich dich immer wieder auf den rechten Weg zurückführe?*

Du könntest mir helfen, antwortete Temucin auf dieselbe, lautlose Weise, von dem unguten Gefühl erfüllt, die Antwort bereits zu kennen.

Er wurde nicht enttäuscht. *Du hast doch schon alle Antworten, kleiner Khan.*

Du meinst, mir fehlen nur die richtigen Fragen? Temucin beugte sich vor, bis er den Halt auf dem vereisten Fels zu verlieren drohte, und strengte die Augen noch mehr an. Aber das Licht war zu schwach. Die Sonne war bereits hinter den Bergen verschwunden und in wenigen Augenblicken würde es vollkommen dunkel werden. Statt hier zu sitzen und Kopf und Kragen zu riskieren, sollte er sich besser auf den Rückweg machen, solange er es noch konnte.

Stattdessen beugte er sich trotzig nur noch weiter vor.

Ein einzelner Stein löste sich unter seinem Fuß, fiel in die Tiefe und prallte gegen irgendetwas, das mit einem Laut wie dem Reißen einer gläsernen Harfensaite zerbrach. Endlich erwies sich Temucins Vernunft stärker als sein Trotz. Er zog sich hastig zurück und richtete sich in respektvollem Abstand zum Abgrund wieder auf. Ein Gefühl tiefer Enttäuschung machte sich in ihm breit. Hatte er nicht gewusst, was er sehen würde? Die Leute behaupteten nicht von ungefähr, dass die Welt hier endete. Und doch …

Bist du denn nicht derjenige, der immer sagt, dass man nichts darauf geben soll, was die Leute sagen?

Temucin war nicht in der Stimmung, *darauf* zu antworten. Wenn man es recht bedachte, dann sagte ihm der Drache immer nur das, was er ohnehin schon wusste.

Und du zu feige bist, zuzugeben.

Im Moment hätte Temucin eher eine aufmunternde Stimme gebraucht, klopfte doch die Verzweiflung mit dürren Fingern bei ihm an. So wie es aussah, war seine Flucht hier zu Ende. Vielleicht war dies nicht wirklich das Ende der Welt, sehr wohl aber das Ende jeden Weges, den ein Mensch gehen konnte.

Es wird auf jeden Fall das Ende deines Weges sein, wenn du noch lange hier herumstehst und deine Zeit vertrödelst, grollte Sarantuya. Zum zweiten Mal in all den Jahren, die er den goldenen Drachen nun kannte, hörte er dessen Stimme tatsächlich, denn aus dem lautlosen Flüstern tief in seinen Gedanken war ein Grollen geworden, unter dem sich die Welt zu ducken schien.

Wenn es ein Geschöpf auf der Welt gab, das zu fürchten er keinen Grund hatte, dann war es der Drache, und dennoch begann sein Herz wild zu klopfen, als er den golden geschuppten Giganten sah, der hinter und über ihm aufragte, größer als ein Haus und das Wunderschönste und Schrecklichste zugleich, was er jemals gesehen hatte. Selbst der Blick seiner riesigen Augen, obgleich so sanft wie die eines neu geborenen Rehs, war wie Feuer, das seine Seele verbrannte.

»Warum hast du mich hierher gerufen?«, fragte er geradeheraus. Sein Herz klopfte bis zum Hals.

»Ich?« Obwohl an Sarantuyas goldenem Drachengesicht nichts Menschliches war, brachte sie es fertig, überrascht auszusehen. »Es war dein Entschluss, hierherzukommen, kleiner Khan.«

Es lag Temucin auf der Zunge, den Drachen anzufahren, dass er ganz genau wusste, wovon er sprach, und ihm der Sinn nicht nach solcherlei Spielchen stand. Aber er verzichtete darauf, als er das spöttische Funkeln in Sarantuyas Augen sah. So selbstverständlich, wie er die Stimme des Drachen in sich spürte, kannte Sarantuya auch seine Gedanken und Wünsche.

Selbst die, die nicht einmal du kennst, kleiner Khan.

Etwas an diesen lautlosen Worten erschreckte ihn, doch er vermochte nicht zu sagen, was. Vielleicht schrak er auch einfach nur vor der Antwort zurück.

Hin und her gerissen zwischen Bewunderung und einer Furcht, für die es keinen Grund gab, die aber dennoch mit jedem hämmernden Herzschlag stärker wurde, stand er da und sah in Sarantuyas sanftmütiges Drachengesicht hinauf. Dann drehte er sich um und blickte nach Norden.

Das Bild hatte sich verändert in der kurzen Zeit, die er mit dem Drachen gesprochen hatte. Es schneite noch immer, und der graue Nebel lastete nach wie vor über dem Land und weichte die Umrisse der Dinge auf, sodass alles ineinanderzufließen schien. Unmöglich zu sagen, wo das eine begann und das andere aufhörte. Da war noch immer graue Unendlichkeit, doch jetzt hatte sie sich gerade weit genug gelichtet, um ihn das Land dahinter erahnen zu lassen: eine ganze Welt, so groß wie die, die er kannte, und vielleicht größer, die nur darauf wartete, von ihm entdeckt und in Besitz genommen zu werden.

Etwas wie ein Gefühl sachter Trauer wehte zu ihm herüber und verschwand wieder, bevor er es wirklich greifen konnte. Verwirrt wandte er sich um und hielt nach Sarantuya Ausschau, doch der riesige goldene Drache war verschwunden, und der emsig fallende Schnee hatte bereits damit begonnen, seine Spuren zuzudecken.

An seiner Stelle trat eine Gestalt aus den lautlos wirbelnden Schleiern heraus, ein schlanker Schemen mit glattem schwarzem Haar, das bis weit über den Rücken hinabfiel, einem ebenmäßigen Gesicht mit ebenso sanften wie kraftvollen Zügen und dunklen Augen, in denen er sich schon im allerersten Moment verloren hatte, ohne den Weg zurück jemals zu finden oder es auch nur zu wollen. Er wusste sehr wohl, dass es nicht Arbesa war, denn sie befand sich tausend Meilen und eine ganze Welt entfernt, und dennoch machte sich sofort Beklommenheit in ihm breit und ein Gefühl so abgrundtiefer Schuld, dass es ihm schier den Atem abschnürte. Warum schickte der Drache ihm diese Vision?

Weil ich dich verlieren werde, kleiner Khan, antwortete Sarantuya mit Arbesas Stimme, und ohne dass sich ihre Lippen bewegten. *Das spüre ich.*

»Unsinn!« Temucin schrie fast. »Ich würde niemals …«

Es ist nicht deine Schuld, unterbrach ihn der Drache. *Wäre es euch Menschen gegeben, mit der Macht eines Drachen umzugehen, dann hätten wir euch nie verlassen.*

»Aber ich habe sie nicht missbraucht!«, protestierte Temucin.

Warum sagte der Drache das? Hatte er ihm denn nicht bewiesen, dass er stark genug war, der Verlockung absoluter Macht zu widerstehen? Damals, als Arbesa und er ins Lager zurückgekehrt waren und er erfahren hatte, dass sein Vater entführt und der Klan verraten worden war, da hatte alles in ihm danach geschrien, die Macht des Drachen zu entfesseln und all jene zu zerschmettern, die ihm das angetan hatten. Aber er hatte es nicht getan. Was musste er denn noch tun, um zu beweisen, dass er würdig war, über die Macht des Drachen zu bestimmen?

Es war eine Prüfung und du hast sie bestanden, kleiner Khan, flüsterte Sarantuyas Stimme tief in seinen Gedanken … aber warum schwang ein deutlicher Ausdruck von Trauer darin mit, statt des Stolzes, den er erwartet hätte, oder doch wenigstens Anerkennung?

Weil es nicht die letzte war, kleiner Khan, antwortete der Drache sanft. *Es wird niemals die letzte sein.*

»Und?«, fragte Temucin störrisch. Dann überkam ihn Bitterkeit, und er gab sich selbst die Antwort auf seine Frage: »Ich verstehe. Es ist egal, wie oft ich der Verlockung widerstehe, nicht wahr? Ich bekomme immer eine neue Chance zu scheitern.« Er lachte so hart, dass es sich wie ein krächzender Schrei anhörte. »Ist das eure Art von Humor?

Ein grausames Spiel, das ihr Drachen mit den Menschen spielt?«

Arbesas Gestalt verblasste, und ihr wunderschönes Antlitz löste sich in stiebendes Weiß auf, um erneut dem Anblick des riesigen goldenen Drachen Platz zu machen. Sarantuyas messerscharfe Krallen rissen Furchen in den Fels, ihre Zähne blitzten und ihre goldenen Schwingen peitschten, als müsse sie sich beherrschen, sich nicht auf ihn zu stürzen und so mühelos zu zerreißen, wie man ein Stück trockenes Holz zerbrach. Zum ersten Mal bekam Temucin eine Vorstellung von der wahren Macht des Drachen, einer Kraft, die ausreichte, ganze Welten zu verheeren.

Wie alle anderen las Sarantuya auch diesen Gedanken und ihr Zorn erlosch. Mit einem gewaltigen Rauschen faltete sie die Schwingen wieder an den Leib. Ihre Krallen hörten auf, Funken aus dem Fels zu schlagen, und etwas ... *veränderte* sich, ohne dass es ihm möglich gewesen wäre, diese Veränderung in Worte zu kleiden oder auch nur in Gedanken. Ihre Augen blickten mit derselben Sanftmut und Güte auf ihn herab, die er vom ersten Tag an mit dem Gefühl ihrer Anwesenheit verbunden hatte, aber da war auch etwas anderes und Neues, das ihn erschreckte; als hätte er einen Blick in eine Welt geworfen, die nicht für die Augen des Menschen bestimmt war.

Dann will ich etwas tun, was mir eigentlich verboten ist, kleiner Khan, donnerte die Stimme des Drachen in seinen Gedanken. *Ich werde dir sagen, was geschehen wird. Deine schwerste Prüfung steht dir noch bevor, und sie wird mehr von dir verlangen, als du dir vorstellen kannst.*

Die gewaltigen Flügel schlugen erneut, und der Drache richtete sich auf, weiter und weiter und immer weiter, bis er den Himmel beherrschte und seine ausgebreiteten Schwingen die Sonne verdunkelten.

Du wirst die Gelegenheit erhalten, Arbesa zurückzubekommen, aber du wirst einen furchtbaren Preis dafür bezahlen müssen, kleiner Dschingis. Bist du bereit dazu?

Natürlich war er das. Temucin setzte fast empört zu einer Antwort an, doch er kam nicht dazu. Sarantuya sprang mit einem gewaltigen Satz in den Himmel hinauf. Ein letztes, goldenes Aufblitzen – und sie war verschwunden.

Temucins Blick suchte den Himmel ab, dann den wirbelnden grauen und weißen Schnee ringsum, und schließlich schloss er die Augen und lauschte in sich hinein.

Da war nichts mehr. Sarantuya war fort, und er fühlte sich sehr allein.

Der einsame Kämpfer

Obwohl Temucin sich beeilte, brach die Nacht herein, lange bevor er das improvisierte Lager erreichte. Hätte Chuzir nicht gegen seinen ausdrücklichen Befehl verstoßen und ein Feuer angezündet, dann hätte er es vielleicht nicht einmal gefunden. Nicht nur die Kälte schien ihm von der Bergspitze aus gefolgt zu sein, sondern auch die Dunkelheit. Auf dem letzten Stück wurde jeder Schritt zu einem lebensgefährlichen Abenteuer. Mit Einbruch der Nacht hatte sich der Himmel mit schweren, tief hängenden Wolken zugezogen, die das Licht von Mond und Sternen schluckten und aus denen es ununterbrochen weiterschneite.

Temucins Orientierungssinn war so gut wie der eines jeden Steppenbewohners, doch wo es nichts gab, woran man sich orientieren konnte, da halfen auch die scharfen Sinne eines Wolfes nichts. Zweimal stürzte er und verdankte es wohl einzig seinem Glück, sich dabei nicht schwer zu verletzen.

Sein mittlerweile einziger Krieger saß mit angezogenen Knien in einen Mantel und eine Decke gehüllt am Feuer und wandte ihm den Rücken zu, als Temucin schließlich einem schneefarbenen Gespenst gleich aus dem lautlosen Wirbeln heraustrat. Chuzir rührte sich nicht, noch ließ er den geringsten Laut hören, während Temucin am Feuer Platz nahm und so dicht an die prasselnden Flammen heranrückte, wie es gerade ging, ohne sich zu verbrennen.

Eine geraume Weile saßen sie schweigend nebeneinander. Vielleicht wartete jeder darauf, dass der jeweils andere das Gespräch eröffnete, vielleicht fürchtete Chuzir, von seinem jungen Khan gescholten zu werden, weil er gegen dessen Befehl verstoßen und Feuer gemacht hatte.

Temucin hatte die Anordnung nicht grundlos gegeben, geschweige denn aus Willkür. Es war beinahe eine Woche her, seit sie das letzte Mal eine Spur der Tajin gesehen hatten, aber das bedeutete nicht, dass sie sie auch wirklich abgeschüttelt hatten. Schon dieses winzige Feuer mochte ausreichen, all die Anstrengungen der zurückliegenden Woche zunichtezumachen. Aber die Wärme tat ungemein gut, und ohne den flackernden Lichtschein hätte er Chuzir vielleicht gar nicht gefunden.

Möglicherweise gab es einen anderen Grund für Chuzirs Schweigen, der Temucin erst auf dem Weg herab in den Sinn gekommen war: Genau hier, am Fuße des Burchan Chaldun, hatte Chuzir ihn einst verraten. Temucin hatte seinem Schwurbruder – nicht zuletzt durch Sarantuyas Fürsprache – längst vergeben und seit ihrer gemeinsamen Flucht aus dem Lager der Tajin kein Wort mehr darüber verloren. Doch jetzt meinte er zu verstehen, warum Chuzir auf dem letzten Stück des Weges immer einsilbiger und wortkarger geworden und seinem Blick ausgewichen war.

Warum sagst du es ihm nicht?, erklang Sarantuyas lautlose Stimme in seinen Gedanken.

Was?, erwiderte Temucin auf dieselbe Weise.

Dass du ihm verziehen hast, antwortete der Drache. *Dein Freund leidet.*

War denn der Umstand, dass er Chuzir weder erschlagen noch davongejagt hatte (sowohl für das eine als auch für das andere hätte er jedes Recht der Welt gehabt) seinem Schwurbruder nicht Beweis genug, dass er seinen Verrat verziehen hatte?

Doch Temucin verstand, was der Drache meinte. Manche Dinge, und seien sie noch so selbstverständlich, verlangten danach, ausgesprochen zu werden.

Trotzdem sagte er nur: »Dort oben geht es nicht weiter.«

Chuzirs Antwort bestand aus einem angedeuteten müden Nicken. Temucin brach es schier das Herz. Er hatte nicht die fürchterliche Leere in Chuzirs Blick vergessen, als er bei seinem tödlich getroffenen Bruder gekniet hatte, kurz bevor sie ein heftiger Pfeilhagel der Tajin vertrieben hatte.

Uchka ohne angemessene Beerdigung zurücklassen zu müssen, war für Chuzir mit Sicherheit eine unvorstellbare Qual gewesen. Temucin hätte Verständnis gehabt, wenn er sich danach von ihm getrennt hätte, um auf eigene Faust zu versuchen, das Schicksal seiner verbliebenen Familienmitglieder zu klären. Aber stattdessen hatte er darauf gedrungen, dass ihn Temucin begleitete. Nachdem die vergebliche Suche vorläufig ihr Ende gefunden hatte, wollte er dennoch weiter bei seinem *Khan* bleiben, und sollte es seinen sicheren Tod bedeuten.

Wieder saßen sie eine Weile in bedrücktem Schweigen nebeneinander, und schließlich sagte Temucin: »Du musst mich nicht weiter begleiten.«

Chuzir sah ihn über die Flammen hinweg an, und Temucin konnte die Frage *Wohin denn?* deutlich in seinen Augen lesen, aber er schwieg, und so fügte Temucin noch hinzu: »Du bist mir nichts mehr schuldig. Nach dem, was deiner Familie an Schrecklichem passiert ist, musst du nicht auch noch dein Leben wegwerfen, nur wegen eines albernen Schwurs. Ich bin sicher, dass die Tajin nur mich weiterverfolgen werden, wenn wir uns trennen.«

Vielleicht waren das nicht die richtigen Worte. Chuzir hatte sich den Verrat niemals verziehen. Temucins Worte mochten für ihn wie ein Schlag ins Gesicht sein, und dennoch fuhr er fort: »Ich entbinde dich von deinem Schwur, Chuzir. Du bist mir nichts schuldig.«

Chuzir schüttelte so heftig den Kopf, dass seine Kapuze verrutschte. »Aber ich habe dich …«

»Was du getan hast, war falsch«, unterbrach ihn Temucin, bevor er das Wort aussprechen konnte, das sie beide nie wieder hören wollten, wäre ihre Freundschaft doch schon einmal fast daran zerbrochen. »Ich weiß. Aber du hast es mehr als wiedergutgemacht, als du dein Leben riskiert hast, um mich aus dem Lager der Tajin zu befreien. Ganz abgesehen von dem, was dir – euch – deswegen danach geschehen ist.«

Chuzir schwieg, doch sein Blick wurde noch trauriger, und Temucin fragte sich vergeblich, was er falsch gemacht hatte. Chuzir hatte ihn begleitet, so weit er es von ihm erwarten konnte und sogar noch ein gutes Stück weiter. Jetzt gab es nichts mehr, was auf sie wartete, außer vielleicht die neuerliche Gefangennahme und anschließend ein langer und qualvoller Tod. Sein Schwurbruder hatte viel zu teuer für seinen Fehler bezahlt. Am Ende auch noch sein Leben zu verlangen, wäre ein zu grausamer Preis.

Und du meinst nicht, dass es an der Zeit wäre, ihm das endlich zu sagen?, fragte Sarantuya wieder.

Temucin rang mit sich – es war ihm noch nie leichtgefallen, sich zu entschuldigen, und es fiel ihm umso schwerer, je größer der Fehler war, den er eingestehen musste. Doch dann gab er sich einen Ruck und setzte dazu an, dem Rat des Drachen zu folgen. Im selben Moment fuhr Chuzir hoch, von einem Atemzug auf den anderen alarmiert und angespannt. Temucins Hand kroch beinahe ohne sein eigenes Zutun zu dem schartigen Schwert, das er unter dem Mantel trug, auch wenn ihm sein Verstand mit schmerzhafter Sachlichkeit klarmachte, dass er kaum in der Lage war, die Waffe zu ziehen, so steif gefroren, wie seine Finger waren, und schon gar nicht damit zu *kämpfen.*

»Jemand kommt«, stieß Chuzir hervor.

»Und dieser Jemand ist nicht euer Feind«, fügte eine Stimme hinzu. Sie ging beinahe im Klagen des Windes und dem Prasseln der Flammen unter, kam Temucin aber seltsam bekannt vor, auch wenn er zuerst nicht sagen konnte woher.

»Was euer Glück ist, nebenbei bemerkt, denn wenn wir die wären, vor denen ihr davonlauft, dann wärt ihr jetzt tot oder zumindest in Gefangenschaft, so leichtsinnig, wie ihr euch verhaltet. Euer Feuer ist fast eine Tagesreise weit zu sehen, und der Spur, die eure Pferde im Schnee hinterlassen haben, könnte selbst ein Blinder folgen.«

Eine dick vermummte Gestalt trat aus den wirbelnden Schwaden, blieb auf der anderen Seite des Feuers stehen und hob beide Hände, um die Kapuze zurückzuschlagen. Plötzlich erkannte Temucin die Stimme, vielleicht einen halben Atemzug, bevor das rote Licht der Flammen auf Üdschins Gesicht fiel und sie fortfuhr: »Ich sage es ja nur ungern, aber du musst noch eine Menge lernen, mein Sohn.«

Einen, zwei, drei endlose schwere Herzschläge lang konnte er nicht atmen, geschweige denn einen klaren Gedanken fassen. Temucin saß da wie gelähmt und starrte seine Mutter an, die wie ein Gespenst aus seiner Vergangenheit aufgetaucht war und auch große Ähnlichkeit mit einem selbigen aufwies, eingehüllt in wirbelndes Weiß. Dann sprang er mit einem Freudenschrei auf, stürmte geradewegs durchs Feuer, das in einem Funkenschauer auseinanderstob, und schloss Üdschin so ungestüm in die Arme, dass er sie um ein Haar von den Füßen gerissen hätte. Sie stürzte wohl nur deshalb nicht, weil in diesem Moment eine weitere Gestalt aus dem tanzenden

Schnee trat und sie auffing. Hinter ihr bewegten sich noch mehr Schemen inmitten des Sturms, und Chuzir rief irgendetwas, das sich mehr alarmiert als freudig überrascht anhörte, aber nichts davon spielte jetzt die mindeste Rolle.

Üdschin war wieder da! Seine Mutter, die er fast fünf Jahre lang für tot gehalten hatte, war nicht nur am Leben und unversehrt, sondern auch zurück, und das war in diesem Moment alles, was zählte!

Minutenlang lagen sie sich in den Armen, drückten und herzten sich und lachten, und schließlich war es Üdschin, die sich mit sanfter Gewalt losmachte und ihn auf Armeslänge von sich schob, um ihn mit einem langen Blick von Kopf bis Fuß zu mustern.

»Du bist groß geworden«, sagte sie. »Ein richtiger Mann ... na ja, beinahe jedenfalls. Und noch immer genauso ungestüm und leichtsinnig wie eh und je.«

Temucin hatte Mühe, ihren Worten zu folgen. Hinter seiner Stirn wirbelten die Gedanken so wild umher, dass ihm beinahe schwindelig wurde. Anscheinend sah man ihm seine Verwirrung an, denn Üdschin gab einem der Männer hinter sich einen knappen Wink, woraufhin er an ihr vorbeiging und das Feuer austrat. Für einen Moment stoben die Funken hoch und hüllten Temucin und den vermummten Krieger ein wie ein Schwarm zorniger Leuchtkäfer, in deren vergänglichem Licht er die Schatten etlicher weiterer Männer erkannte.

Chuzir sprang auf und zerrte ein schartiges Schwert unter dem Mantel hervor, und derselbe Mann, der das Feuer ausgetreten hatte, tat irgendetwas, das zu schnell ging, als dass Temucin es überhaupt richtig sah, aber zur Folge hatte, dass sich Chuzir plötzlich auf dem Rücken liegend und mit leeren Händen krampfhaft nach Luft japsend wiederfand.

»Hört mit dem Unsinn auf«, sagte Üdschin kopfschüttelnd.

Sie klang vielmehr resigniert als zornig. Der Krieger gehorchte trotzdem sofort, indem er das erbeutete Schwert nur eine Handbreit neben dem Gesicht seines Besitzers in den hartgefrorenen Boden rammte und einen Schritt zurücktrat.

Chuzir rollte sich mit einem zornigen Knurren auf Hände und Knie hoch und machte Anstalten, noch im Aufspringen abermals nach dem Schwert zu greifen, und jetzt war es Üdschin, die ihn mit einem harten Stoß der flachen Hand erneut auf den Rücken schleuderte. Ihre Stimme wurde lauter, blieb aber auf mütterliche Weise tadelnd, statt wirklich wütend zu klingen.

»Bleib lieber liegen, mein Junge«, sagte sie. »Meinst du nicht, dass du schon genug Schaden angerichtet hast?«

Chuzir war klug genug, ihren Worten Folge zu leisten, und sei es nur, weil nun auch noch ein zweiter Krieger herbeitrat und sich drohend über ihm aufbaute. In der erlöschenden Glut war sein Gesicht mehr zu erahnen als wirklich zu sehen, und dennoch erkannte Temucin ihn; selbst wenn es ihm im ersten Moment schwerfiel, seinen Augen zu trauen.

»Ilhan?«, murmelte er ungläubig.

»Und nicht nur er«, bestätigte seine Mutter und hob zugleich die Hand, als er etwas sagen wollte. »Ich kann mir denken, dass du tausend Fragen hast, und ich werde sie dir alle beantworten, aber nicht jetzt. Es sind Tajin in der Nähe. Ich weiß nicht, wie weit sie noch weg sind, aber wir haben ihre Spuren gefunden, und wenn wir euer Feuer gesehen haben, dann haben sie es bestimmt auch.«

»Was ... aber ... aber wie ... wie kommst du hierher?«, stammelte Temucin. »Ich meine, was ...?«

Seine Stimme versagte ihm den Dienst, und mit einem Mal musste er gegen Tränen ankämpfen, weil ihn seine Gefühle zu überwältigen drohten. Hastig senkte er den Blick, damit niemand die Nässe sah, die seine Augen füllen wollte. Schließlich war er kein Kind mehr, sondern schon beinahe ein Mann, und dazu der zukünftige Khan seines Klans, für den sich ein solches Betragen nun wirklich nicht geziemte.

»Ich habe dich gesucht, Temucin«, antwortete seine Mutter. »Es tut mir leid, dass es so lange gedauert hat. Aber du hast es uns nicht leicht gemacht, dich zu finden.«

»Aber ich ...« Temucin verstummte mitten im Wort, als ihm aufging, was seine Mutter gerade gesagt hatte. »Ihr habt ... du hast nach mir gesucht?«

»Du bist mein Sohn, Temucin«, erwiderte Üdschin sanft. »Was wäre ich für eine Mutter, wenn ich nicht alles in meiner Macht Stehende täte, um dich zu retten?«

»So war das nicht ...«, begann er hastig, und seine Mutter unterbrach ihn erneut: »Ein bisschen ist es auch meine Schuld, überhaupt bei den Tajin nach dir gesucht zu haben. Schließlich hätte ich wissen müssen, dass sie dich nicht gegen deinen Willen dort festhalten können. Immerhin bist du der Sohn deines Vaters.«

»Khanin!«, sagte Ilhan.

Üdschin seufzte. »Ja, du hast recht, fürchte ich. Zum Reden ist später immer noch Zeit. Jetzt sollten wir gehen, bevor die Tajin unsere Spur aufnehmen.«

»Aber ich habe so viele Fragen, und ...«

»Nicht jetzt.« Üdschin schnitt ihm mit einer herrischen Geste das Wort ab und wandte sich an die Männer hinter sich. »Verwischt unsere Spuren. Und sucht nach einem Weg aus diesem Tal heraus, auf dem wir den Tajin nicht begegnen.«

Sie zog Chuzirs Schwert aus dem Boden, gab es aber nicht seinem eigentlichen Besitzer zurück, sondern reichte es Ilhan, der die Waffe unter seinem Mantel verschwinden ließ.

Chuzirs Miene verdüsterte sich, doch er verzichtete auf jeden Kommentar, und auch Temucin behielt all die unzähligen Fragen für sich, die ihm auf der Zunge brannten, und geduldete sich, bis Ilhan und einer der anderen Männer zurückkamen. Temucin hatte erwartet, sie sein und Chuzirs Pferd am Zaumzeug führen zu sehen, aber sie brachten zwei gesattelte Tiere, die er nicht kannte und die deutlich ausgeruhter und kräftiger wirkten als die beiden zu Tode erschöpften Ponys, auf denen die Gefährten hierhergekommen waren.

Seine Mutter kam seiner Frage zuvor. »Eure Pferde sind erschöpft und ihr wollt sie doch nicht zuschanden reiten, falls wir flüchten müssen, oder? Keine Sorge. Wir haben sie freigelassen. Sie werden schon zu uns zurückfinden, sobald sie sich erholt haben.«

Temucin gefiel der Gedanke nicht, die beiden Pferde zurückzulassen, die Chuzir und ihn so treu bis hierher gebracht hatten. Auch wenn seine Mutter zweifellos recht hatte, kam er sich vor, als ließe er einen guten Freund im Stich.

Er verscheuchte die trüben Gedanken, schwang sich in den Sattel und registrierte aus den Augenwinkeln, wie Chuzir es ihm gleichtat. Als er sein Pferd jedoch an Temucins Seite lenken wollte, um seinen gewohnten Platz einzunehmen, schüttelte Üdschin fast unmerklich den Kopf. Ilhan streckte rasch den Arm aus und hielt ihn zurück.

»Was hat das zu bedeuten?«, fragte Temucin scharf.

Es war seine Mutter, die antwortete, nicht der Krieger. »Er kann uns begleiten, bis wir in Sicherheit sind. Aber ich dulde ihn nicht in meiner Nähe.«

»Aber ...«

»Gib auf ihn acht, Ilhan«, fuhr Üdschin ungerührt fort. »Wenn er zu fliehen versucht, dann weißt du, was du zu tun hast.«

Ilhan antwortete nur mit einem wortlosen Nicken, ergriff Chuzirs Pferd unverzüglich am Zügel und führte es weg.

Temucin wandte sich in scharfem Tonfall an seine Mutter. »Was hat das zu bedeuten? Chuzir ist mein Freund! Ohne ihn wäre ich nicht hier!«

»Das ist wahr«, bestätigte seine Mutter kühl. »Hätte er uns nicht verraten, dann wärst du nicht zum Sklaven der Tajin geworden ... und nicht zum Schweinekhan. Dafür kannst du ihm wirklich dankbar sein.«

»Ich weiß, dass er uns damals verraten hat, aber das war ein Fehler, und er hat das längst begriffen und bedauert es gewiss, und ...«

»Du vertraust ihm noch immer und das verstehe ich«, fiel ihm seine Mutter ins Wort. »Schließlich war er einmal dein Freund und noch dazu dein Schwurbruder. Dass du ihm seinen Verrat verzeihst, ehrt dich, und als deine Mutter wäre ich enttäuscht, tätest du es nicht. Aber als deine Khanin habe ich nicht das Recht, so zu denken.«

Sie unterbrach sich für einen Moment, als Ilhan mit einem weiteren Pferd zurückkam. Mit einer für eine Frau ihres Alters erstaunlich geschmeidigen Bewegung saß sie auf. »Wir reiten zurück zu meinem Klan, und wenn wir dort sind, dann entscheiden wir, was mit ihm geschieht.«

»Was mit *ihm* geschieht?«, wiederholte Temucin ungläubig. Seine Mutter wollte später entscheiden, was mit Chuzir geschah, und der Krieger an ihrer Seite war derjenige, mit dem all das Unglück, das über ihren Klan gekommen war, überhaupt erst angefangen hatte?! Das konnte nicht ihr Ernst sein!

Üdschin schien seine Gedanken so deutlich auf seinem Gesicht abzulesen, als hätte er sie laut ausgesprochen, denn sie brachte ihn mit einer gleichermaßen befehlenden wie mütterlich-sanften Geste zum Schweigen, noch bevor er den Mund öffnen konnte. »Ich weiß, was du sagen willst, mein Sohn«, bekannte sie, »und du hast recht, mit jedem einzelnen Wort.«

»Ach ja?«, fauchte Temucin. »Mit welchem? Damit, dass Ilhan uns verraten hat? Dass sein Vater und er …«

»Ilhans Vater«, unterbrach ihn Üdschin erneut und eine Spur schärfer, wenngleich noch immer verständnisvoll, »trägt vielleicht nicht die unmittelbare Schuld am Tod deines Vaters und dem Untergang unseres Klans. Aber ohne das, was er und seine Freunde getan haben, wäre vieles anders gekommen.«

»Er ist ein Verräter, und wenn ich ihn …«

»Er *war* ein Verräter«, beschied ihm seine Mutter. »Jetzt ist er tot.«

»Tot? Aber wie …«

»Er ist im Streit von den Tajin erschlagen worden – und mit ihm zwei seiner treusten Anhänger«, antwortete Üdschin rasch. »Das hat alles geändert. Ilhan war klug genug, sich nicht gegen mich zu stellen, als ich den Anspruch auf die Nachfolge deines Vaters erhoben habe – und der Rest der Männer und Frauen sind froh, jemandem folgen zu können, der Yesügais Vermächtnis antritt.« Sie machte eine kleine Pause. »Sie warten auf dich, mein Sohn. Es wird Zeit, dass du zu uns stößt, um das Erbe deines Vaters anzutreten.«

Temucin schüttelte den Kopf. Er hätte sich über diese Nachricht freuen sollen, und irgendwie tat er es – aber irgendwie auch nicht. Nach all den grauenhaften Geschehnissen wusste er nicht, ob er noch der Khan der Kijat sein konnte – oder wollte.

Alles, was er im Moment wusste, war, dass er Ilhan nicht traute. »Ilhan ist seines Vaters Sohn. Er war der Schlimmste von allen. Er wird nur die passende Gelegenheit abwarten, um das zu vollenden, wonach sein Vater strebte: mich töten!«

»Er hat getan, was sein Vater von ihm verlangt hat, so wie es jeder gute Sohn getan hätte«, erwiderte Üdschin. »So wie es auch dein Vater von dir erwartet hätte.«

»Er ist ein Verräter«, beharrte Temucin. »Wieso vertraust du ihm?«

»Er hat einen Fehler gemacht«, räumte Üdschin ein. »Einen schlimmen Fehler mit schlimmen Folgen, das ist wahr. Aber er hat dafür bezahlt und er hat diesen Fehler eingesehen.«

»Und das macht es besser?«, fragte Temucin fassungslos.

»Weder macht es irgendetwas besser, noch macht es ungeschehen, was sie getan haben«, antwortete Üdschin ernst. »Doch er hat mir sein Wort gegeben und er hat mich um Vergebung gebeten.«

»Und damit ist alles wieder gut?«, fragte Temucin bitter.

»Nein«, antwortete seine Mutter. »Aber Khan zu sein, bedeutet nicht nur Macht zu haben, Temucin. Es bedeutet auch, Verantwortung für all die zu übernehmen, die dir die Treue geschworen und dir ihr Leben anvertraut haben. Verzeihen ist die edelste Pflicht eines wahren Führers, mein Sohn. Irgendwann wirst du das verstehen.«

Das gefiel Temucin beinahe noch weniger als das, was sie gerade gesagt hatte, doch seine Mutter gab ihm keine Gelegenheit, darauf zu antworten, sondern zwang ihr Pferd herum und ritt so schnell los, dass er sich sputen musste, um nicht zurückzufallen. Er fragte sich, was sie eigentlich gemeint hatte, als sie von *ihrem Klan* gesprochen hatte.

Er kam nicht dazu, diese Frage laut auszusprechen, denn in diesem Moment zischte ein Pfeil aus der Dunkelheit heran, verfehlte seine Mutter um Haaresbreite und streckte den Mann hinter ihr nieder.

Der Geruch von Blut

Der Kampf war ebenso kurz wie gnadenlos, und hinterher erinnerte sich Temucin daran wie an einen Albtraum, in dem alles gleichzeitig zu geschehen schien und sich die Zeit ins Endlose dehnte. Da waren Schreie und geistergleiche Gestalten, die hinter den tobenden Schneeschauern flackerten, das Zischen von Pfeilen und das Kreischen und Stampfen der Pferde, und der Geruch von Angst, Blut und Tod in der Luft, vielleicht das Schlimmste von allem.

Was genau geschah, konnte hinterher niemand wirklich sagen, Temucin selbst am allerwenigsten. Das Pferd eines seiner Angreifer war gestürzt und hatte den verwundeten Krieger unter sich begraben, und noch während sich das gepeinigte Schreien von Mensch und Tier in seinen Ohren zu einem einzigen, schrecklichen Laut vermischte, bäumte sich sein eigenes Pony mit einem gequälten Kreischen auf und brach zusammen. Temucin wurde aus dem Sattel geschleudert und prallte so hart auf, dass ihm die Luft aus der Lunge gepresst wurde und er nur noch farbige Lichtblitze sah.

Etwas schlug mit solcher Gewalt neben ihm in den Schnee, dass der Boden zitterte, und wieder hörte er das Zischen eines Pfeiles, fast unmittelbar gefolgt von einem dumpfen Schlag und einem neuerlichen Schrei.

Temucin blinzelte Schmerz und Benommenheit weg, rollte herum und stemmte sich hoch. Schnee und Sturmböen hüllten ihn ein und taten sich mit Lärm und Chaos der Schlacht zusammen, um die Welt in einen Hexenkessel zu verwandeln. Überall waren Schatten und Schreie, und er sah kämpfende

Gestalten und stiebende Funken, wo Schwerter aufeinanderschlugen.

Wo war seine Mutter? Vor einem Moment noch war sie an seiner Seite gewesen. Jetzt hatte der Sturm sie verschlungen.

Sarantuya, dachte er verzweifelt. *Hilf mir!*

Der Drache schwieg, doch wie zur Antwort auf seinen lautlosen Ruf drang der spitze Schrei einer Frau an sein Ohr, gefolgt von einem Geräusch, das so schrecklich war, dass Temucin über seine genaue Bedeutung gar nicht nachdenken wollte.

Bebend vor Angst stürzte er los, stolperte über irgendetwas Weiches, das mit einer rot-klebrigen Hand nach ihm zu greifen versuchte, und erblickte …

Ein Stich puren Entsetzens durchfuhr sein Herz. Nur wenige Schritte vor ihm befand sich seine Mutter. Ein Tajin-Krieger kniete neben ihr im Schnee und presste mit schmerzverzerrtem Gesicht den rechten Arm an den Körper, von dem es rot in den Schnee tropfte. Dieselbe Farbe schimmerte nass auf dem Heft eines gebogenen Dolches, mit dem Üdschin sich einen zweiten Angreifer vom Leib zu halten versuchte. Dieser zweite Mann schwang einen gewaltigen Säbel, gegen den mit dem kleinen Messer nicht anzukommen war.

Keine Zeit, sein eigenes Schwert zu ziehen. Temucin stürmte einfach weiter, legte alle Kraft in diese einzige Bewegung und rammte dem Mann die Schulter in den Rücken. Der Krieger ächzte vor Überraschung und Schmerz, ließ das Schwert fallen und stolperte gegen Üdschin. Ein seufzendes Zischen entrang sich seinen Lippen.

Von der Wucht seines eigenen Angriffs zurückgeschleudert fiel Temucin abermals auf den Rücken, nutzte den Schwung seines Sturzes, um sich wieder auf Füße und Knie zu rollen und griff noch im Aufspringen unter den Mantel, um nun doch sein Schwert zu ziehen.

Aber er führte die Bewegung nicht zu Ende. Es war nicht mehr nötig.

Der Krieger war gegen seine Mutter geprallt und hatte sie etliche Schritte weit rücklings stolpern lassen, aber er machte keine Anstalten, diesen vermeintlichen Vorteil auszunutzen. Einen Atemzug lang stand er einfach nur da, dann stolperte er einen ungelenken halben Schritt weit zur Seite, schlug beide Hände gegen den Leib und brach langsam in die Knie. Hellrotes Blut sprudelte so dünnflüssig wie Wasser zwischen seinen Fingern hervor, und dieselbe Farbe glänzte auf der Messerklinge in Üdschins Händen, in die er hineingerannt war. Der Krieger kippte mit einem letzten, auf sonderbare Weise erleichtert klingendem Seufzen auf die Seite, und Temucin riss sich von dem furchtbaren Anblick los, sprang in die Höhe und stürmte mit gezücktem Schwert zu seiner Mutter hin.

Üdschin schnitt ihm mit einer rüden Geste das Wort ab, noch bevor er dazu ansetzen konnte, etwas zu sagen, und deutete auf sein Schwert.

»Steck das weg!«, befahl sie.

»Aber …«, protestierte Temucin, und jetzt schrie seine Mutter beinahe.

»Tu, was ich dir sage!« Mit der anderen Hand wischte sie die blutige Messerklinge an ihrem Mantel ab und schob die Waffe unter ihren Gürtel. Erst dann fügte sie in versöhnlicherem Ton hinzu: »Du willst doch nicht getötet werden, oder?«

Ein fehlgeleiteter Pfeil zerbrach nur wenige Schritte neben ihnen klappernd an einem Felsen und ersparte Temucin den Hinweis, dass es da vermutlich den einen oder anderen Tajin in der Nähe gab, der ihm diese kleine Mühe gern abnehmen würde. Statt noch einmal zu widersprechen (aber auch ohne den Sinn von Üdschins Worten zu verstehen), schob Temucin das Schwert gehorsam wieder unter den Gürtel und stieß atemlos hervor: »Geht es dir gut? Bist du verletzt?«

»Ja und nein«, antwortete seine Mutter. »Rasch jetzt!«

Unverzüglich fuhr sie herum und stürmte los, sodass sich Temucin sputen musste, um mit ihr Schritt zu halten.

Überall rings um sie herum wurde gekämpft, und dass sie inmitten des tobenden Schneesturmes kaum mehr als Schemen erkennen konnten, machte es noch schlimmer. Menschen und Tiere schrien, Metall schlug klirrend auf Metall, Leder und Fleisch, und das Zischen der Bogensehnen schien für einen Moment selbst das Heulen des Sturmes zu übertönen.

Temucin hatte erwartet, dass Üdschin vor dem Zentrum dieses Wahrheit gewordenen Albtraums floh, doch sie bewegte sich direkt auf zwei der kämpfenden Gestalten zu. Und als wäre das noch nicht schlimm genug, sah er voller ungläubigem Entsetzen, wie sie unter den Mantel griff und ihren Dolch zog.

Erst als sie die miteinander ringenden Schemen fast erreicht hatten, erkannte Temucin, dass es sich um Ilhan handelte, der sich verbissen gegen gleich zwei Tajin zur Wehr setzte. Einer der Männer blutete aus einer tiefen Stichwunde im Oberschenkel, was Ilhan einen gewissen Vorteil verschaffte, am Ausgang des Kampfes aber kaum etwas ändern würde. Einer gegen zwei funktionierte zumeist in Heldengeschichten, aber so gut wie nie in der Wirklichkeit.

Was Ilhan rettete, war vermutlich der Sturm. Eine alte Frau und ein halbwüchsiger Knabe waren kaum dazu angetan, zwei zornige Tajin-Krieger in die Flucht zu schlagen, und dennoch ließen die beiden sofort von ihrem Opfer ab und stürzten davon. Wahrscheinlich hatten sie nur zwei Schatten gesehen und wenig Lust auf einen ungleichen Kampf mit umgekehrten Vorzeichen verspürt.

»Khanin«, stieß Ilhan hervor. Sein Atem ging keuchend und Temucin meinte fast, seine Furcht riechen zu können. »Seid Ihr ...«

»Zu den anderen, rasch!«, fiel ihm Üdschin ins Wort, die gar nichts mehr von der gebrechlichen alten Frau hatte, an die Temucin sich erinnerte. »Wir müssen weg! Schnell.«

Ilhan nickte zwar, machte aber eine abwehrende Geste, als Üdschin unverzüglich an ihm vorbeistürmen wollte. »Der Weg ist blockiert. Wir sind nur auf ihre Vorhut gestoßen, aber durch das Tal kommen noch mehr.«

»Wie viele?«, fragte Temucin.

»Auf jeden Fall zu viele«, antwortete Ilhan, weiter an Üdschin gewandt. »Wir können nicht kämpfen. Es wäre unser aller Tod. Auch der Eure, Khanin.«

»Dann brauchen wir einen anderen Fluchtweg«, bestimmte Üdschin knapp.

Sie bekam ein Kopfschütteln zur Antwort. »Ich fürchte, es gibt keinen anderen Weg, Khanin«, widersprach Ilhan. »Wir werden kämpfen müssen.«

»Hast du nicht gerade selbst gesagt, das wäre Selbstmord?«, fragte Temucin.

»Nicht hier«, fuhr Ilhan unbeeindruckt fort, nach wie vor an Üdschin gewandt. »Wir brauchen einen Platz, an dem wir uns besser verteidigen können.«

»So etwas gibt es hier nicht«, antwortete Üdschin.

»Vielleicht doch«, wandte Temucin ein. »Der Gipfel.«

Üdschin sah ihn zweifelnd an und Ilhan fragte dümmlich: »Der was?«

»Der Heilige Berg«, antwortete Temucin. »Der Gipfel. Dort sind wir sicher.«

»Niemand geht auf den Burchan Chaldun«, protestierte Ilhan.

»Ich schon«, antwortete Temucin. »Ich war schon zweimal dort oben. Ich kenne den Weg. Er ist so schmal, dass ein einzelner Mann ihn gegen eine ganze Armee verteidigen könnte. Ich kann euch führen.«

Ilhans Miene machte deutlich, was er von diesem Vorschlag hielt, doch Üdschin ließ ihn gar nicht erst zu Wort kommen. Sie machte eine knappe Geste, die zeigte, wie sehr sie es mittlerweile gewohnt war, dass man ihre Befehle ohne Widerspruch befolgte. »Dann lauf und ruf die anderen zusammen«, befahl sie. »Temucin und ich warten hier.«

»Aber Khanin!«, widersprach Ilhan. »Niemand geht auf diesen Berg! Es ist verboten!«

»Dann wollen wir hoffen, dass die Tajin das ebenso sehen«, erwiderte Üdschin. »Geh! Oder willst du warten, bis der Rest hier angelangt ist und mit ihnen ein Schwätzchen darüber halten?«

Das war offenbar selbst für Ilhan deutlich genug. Er sah noch immer alles andere als begeistert aus, beließ es aber bei einem mürrischen Nicken und stürmte davon, so schnell er konnte.

Üdschin wandte sich mit ernstem Gesichtsausdruck an Temucin. »Ich hoffe, du weißt, was du tust, mein Sohn. Der Heilige Berg kann schnell zur Todesfalle werden, wenn wir dort festgesetzt werden.«

Statt zu antworten, fragte Temucin seinerseits: »Warum nennt er dich Khanin?«

»Weil ich es bin?«, schlug Üdschin vor.

»Aber es gibt keine Khanin!«, antwortete Temucin. »Jedenfalls nicht in der Art, wie er dieses Wort gebrauchte. Kein Klan hat jemals eine Frau …«

»Als Anführerin akzeptiert?«, fiel ihm seine Mutter ins Wort.

Auch das war neu. Temucin konnte sich nicht erinnern, dass sie jemals in einem solchen Ton mit seinem Vater gesprochen hätte, geschweige denn es gewagt hätte, ihn zu unterbrechen.

»Bisher wurde auch noch kein Klan so gedemütigt und hintergangen wie der unsere.«

»Aber du bist eine Frau«, protestierte Temucin. »Und ich bin ...«

»Der Sohn des Khans, der hintergangen und ermordet wurde«, fiel ihm Üdschin abermals ins Wort. Sie klang verächtlich. »Auch wenn es unter uns etliche gibt, die von dir erwarten, dass du irgendwann die Nachfolge Yesügais antrittst, macht dich das nicht unweigerlich zum Khan. Dazu gehört mehr, als nur den richtigen Vater zu haben. Du wirst Geduld haben und dich beweisen müssen. Oder willst du mit mir an Ort und Stelle um diesen Titel kämpfen, wie es früher Sitte war?«

Temucin hätte nicht sagen können, was ihn mit größerer Fassungslosigkeit erfüllte: Üdschins Worte oder der Umstand, dass sie tatsächlich den Mantel zurückschlug und die Hand auf den Dolchgriff legte, der aus ihrem Gürtel ragte.

Aber er hätte ohnehin nicht widersprochen, denn seine Worte taten ihm schon längst so leid, dass er sich selbst die Zunge abgebissen hätte, hätte er sie damit nur rückgängig machen können.

Du bist nicht der Erste, der sich das wünscht, kleiner Khan, wisperte eine lautlose Stimme in seinen Gedanken. *Aber das geht nicht. Vielleicht können Worte immerwährende Verletzungen hervorrufen und vielleicht meinen manche auch deshalb, sie seien eine mächtigere Waffe als das Schwert.*

Zumindest konnten sie genauso viel Schaden anrichten, dachte Temucin bedrückt, *und ungleich tiefere Wunden schlagen.*

»Ich wollte dich nicht verletzen, Temucin«, fuhr Üdschin in sanfterem Tonfall fort, aber noch immer mit großem Ernst, »sondern dich nur darauf hinweisen, dass jegliches seine Zeit hat. Doch lass uns darüber weiterreden, wenn die Kijat wieder zur Ruhe gekommen sind. Die Männer würden im Augenblick nicht auf dich hören.«

»Auf einen Schweinekhan, meinst du«, sagte Temucin bitter.

»Auf einen Knaben, den sie seit Jahren nicht gesehen haben und dessen Anrecht auf den Titel des Khans nicht ganz geklärt ist«, antwortete Üdschin ruhig.

»Aber ich …«

»Möchtest du mit Ilhan und den anderen deswegen streiten, mitten in einer Schlacht?«

Streiten war so ungefähr das Letzte, was Temucin zurzeit mit Ilhan tun wollte, und was die Schlacht anging, so schien sie vorüber zu sein, zumindest für den Moment. Irgendwo stöhnte ein Verwundeter und Temucin meinte, hektische Hufschläge zu hören, die sich rasch entfernten, aber da war kein Kampflärm mehr. Es musste wohl so sein, wie Ilhan behauptet hatte: Sie waren nur auf eine Vorhut der Tajin getroffen, die sie wohl in größerer Zahl verfolgten, als Chuzir und er angenommen hatten.

»Nein«, antwortete er mit einiger Verspätung und in deutlich kleinlauterem Ton, als ihm selbst lieb war.

»Dann komm.« Üdschin nahm endlich die Hand vom Dolch und wickelte sich fester in ihren Mantel, als spüre sie erst jetzt die grausame Kälte, die der Schneesturm mit sich gebracht hatte.

Ilhan kam zurück, begleitet von zwei Männern, die eine dritte, sich heftig wehrende Gestalt zwischen sich herschleiften. Einen halben Herzschlag lang klammerte sich Temucin an die Hoffnung, es könne einer der Tajin sein, den sie gefangen hatten, aber natürlich war es Chuzir.

Obgleich chancenlos gegen die viel stärkeren Männer, wehrte er sich nach Kräften, schlug und trat um sich, bis Ilhan genug hatte und ihm einen Hieb mit dem Handrücken quer über das Gesicht versetzte, der ihm nahezu das Bewusstsein raubte.

»He!«, begehrte Temucin auf.

»Das ist nicht nötig«, sagte auch Üdschin, doch Ilhan schürzte nur verächtlich die Lippen und stieß schnaubend die Luft durch die Nase aus. »Er wollte fliehen, Khanin. Ich habe ihn erwischt, als er eines der Pferde stehlen wollte, um zu den Tajin zu reiten.«

»Das wollte ich nicht«, murmelte Chuzir. Sein Gesicht war blutüberströmt und er hatte Mühe, überhaupt zu sprechen. »Ich wollte ...«

Ilhan schlug ihn erneut – dieses Mal mit der Faust und hart genug, um ihn das Bewusstsein verlieren zu lassen, sodass er kraftlos in den Armen seiner beiden Bewacher zusammensackte.

»Das ist nicht nötig, habe ich gesagt«, fuhr ihn Üdschin an.

»Wie Ihr befehlt, Khanin«, entgegnete Ilhan.

»Wo sind die anderen?«, fragte Üdschin. Ihre Augen sprühten vor Zorn.

»Aktai und Morüje sind tot«, antwortete Ilhan. »Die anderen suchen zusammen, was von unseren Vorräten noch geblieben ist. Die meisten Pferde sind davongelaufen.«

»Tot?«, fragte Üdschin erschrocken. »Beide?«

»Wir haben drei von ihnen erschlagen«, erwiderte Ilhan stolz. »Nur zwei sind entkommen, und auch die sind verletzt und werden es sich zweimal überlegen, ob sie uns noch einmal angreifen, und ...«

»Dann hol die anderen«, unterbrach ihn Üdschin. Sie deutete auf Chuzir. »Lasst ihn hier. Temucin und ich passen auf ihn auf.«

Ilhan war nicht begeistert und machte auch keinen Hehl daraus, bedeutete den beiden Männern jedoch trotzdem, den reglosen Jungen in den Schnee sinken zu lassen. Gleich darauf war er zusammen mit ihnen verschwunden.

Temucin wartete nicht einmal ab, bis der Schneesturm sie ganz verschluckt hatte, sondern kniete rasch neben Chuzir nieder und fühlte nach seinem Puls. Chuzir lebte – immerhin –, aber das war auch schon alles, was er sagen konnte.

»Es tut mir leid«, sagte Üdschin. »Ilhan hätte das nicht tun dürfen. Ich werde ihn hart bestrafen, sobald wir in Sicherheit sind.«

Temucin hörte gar nicht richtig hin, sondern tastete mit fliegenden Fingern Chuzirs Gesicht ab. Er war kein Heilkundiger, aber als ein Kind der Steppe hatte er zwangsläufig genug Erfahrung mit allen Arten von Verletzungen, um zumindest sagen zu können, dass keine Knochen in Chuzirs Gesicht gebrochen waren.

Chuzir erwachte unter seiner Berührung, allerdings nur halb. Er begann sinnloses Zeug zu brabbeln und versuchte benommen, Temucins Hand wegzuschieben. Da erst wurde Temucin klar, dass er seinem Freund wahrscheinlich heftige Schmerzen zufügte. Er ließ erschrocken von ihm ab und stand auf.

»Er wird wieder gesund, keine Angst«, sagte Üdschin. »Du kennst Chuzir. Er ist stark.«

»Er wollte uns nicht verraten«, sagte Temucin. »Das würde er nicht tun. Nicht noch einmal.«

Üdschin erwies sich als diskret genug, nichts dazu zu sagen, und sie mahnte ihn auch nicht zur Eile, obwohl er ihre Ungeduld spürte. Erneut leistete Temucin seiner Mutter in Gedanken Abbitte für das, was er gerade gesagt hatte. Sie hatte recht, mit jedem einzelnen Wort, und sobald sich die Gelegenheit dazu ergab, würde er sich in aller Form bei ihr entschuldigen.

Und warum nicht jetzt?, wollte Sarantuya wissen. *Was, wenn das hier ein schlimmes Ende nimmt? Willst du, dass eure letzte Erinnerung aneinander die an eine Verletzung ist?*

Nein, das wollte er gewiss nicht. Er dachte an das letzte Mal zurück, dass er in Arbesas wunderschönes Gesicht geblickt hatte, und an den Ausdruck ungläubigen Entsetzens in ihren Augen, als sie begriff, dass er sie im Stich lassen würde, und schon diese Erinnerung war beinahe mehr, als er ertragen konnte. Sarantuya hatte recht. Es war – wieder einmal – Zeit für eine Entschuldigung.

Gerade wollte er es tun, da hörte er Schritte hinter sich und gewahrte eine gebückte Gestalt, die schräg gegen die Sturmböen geneigt herankam. Er vermutete, dass es Ilhan oder einer der anderen Männer war, die zu diesem improvisierten Sammelpunkt kamen.

Er täuschte sich.

Das rettende Schwert

Es war ein einzelner Tajin-Krieger, der geglaubt haben mochte, auf seine Kameraden zu treffen, die Schutz in den Schneewehen gesucht hatten. Temucin erkannte im Gesicht des Herannahenden eine Mischung aus Überraschung und Erschrecken, die seiner eigenen in nichts nachstand. Allerdings überwand der andere sie deutlich schneller.

Noch während dieser neuerliche böse Streich, den das Schicksal ihnen spielte, in Temucins Bewusstsein sickerte, stieß der Tajin ein Knurren aus wie ein gereizter Hund, zerrte sein Schwert hervor und stürzte sich auf Üdschin. Hätte seine Mutter nicht mit geradezu übermenschlicher Schnelligkeit reagiert, dann wäre es bereits um sie geschehen, denn Temucin stand da wie gelähmt. Üdschin duckte sich im buchstäblich letzten Moment unter einem Schwerthieb weg, der sie glatt enthauptet hätte, steppte gleichzeitig zurück und versetzte dem Angreifer einen Stoß mit der flachen Hand, der ihn zwar nicht zu Boden schleuderte, ihn aber weit genug aus dem Gleichgewicht brachte, dass sie sich mit einem hastigen Satz aus seiner Reichweite bringen konnte und sogar Zeit fand, ihren Dolch zu ziehen.

Um ein Haar wäre es ihre letzte Bewegung gewesen. Der Tajin ergriff sein Schwert mit beiden Händen und schlug mit aller Gewalt zu. Üdschins Dolch wurde ihr mit solcher Wucht aus den Händen geprellt, dass er noch in der Luft in zwei Hälften zerbrach. Nur eine Winzigkeit tiefer, dachte Temucin schaudernd, und der Hieb hätte seine Mutter ein paar Finger gekostet, wenn nicht gleich die ganze Hand.

Es war dieser Gedanke, der ihn endlich aus seiner Erstarrung riss. Mit einem gellenden Schrei zerrte er sein Schwert aus dem Gürtel und stürmte los. Der Tajin machte sich nicht einmal die Mühe, sich zu ihm umzudrehen, sondern stieß nur den Ellbogen zurück und mit solcher Wucht in Temucins Gesicht, dass er das Gefühl hatte, sein Kopf müsse explodieren. Roter Schmerz löschte die Welt vor seinen Augen aus, und alle Kraft wich aus seinen Gliedern. Er spürte nicht einmal, wie er auf die Knie sank und das Schwert seinen kraftlosen Händen entglitt.

Hätte seine Mutter nicht geschrien – Temucin hätte nicht sagen können, ob einen Atemzug oder eine Stunde später –, dann hätte er den Kampf vielleicht aufgegeben und sich in die verlockende Umarmung einer Ohnmacht fallen lassen, aus der er wohl nie wieder erwacht wäre. Aber er hörte Üdschins Ruf, ein Laut voller Angst und Schmerz, und dieses Geräusch drang wie eine glühende Messerklinge in die betäubenden Nebel, die seine Sinne einzulullen versuchten. Temucin beschloss, die Schmerzen zu ignorieren, klaubte das Schwert aus dem Schnee und zwang sich noch einmal in die Höhe.

Es war zu spät. Seine Mutter lag auf dem Rücken. Ihr Gesicht und ihr rechter Arm waren nass und rot von Blut. Der Tajin stand breitbeinig über ihr und holte beidhändig aus, um ihr den Todesstoß zu versetzen.

Temucin schrie gellend auf, stieß das Schwert nach vorne und rannte los, aber er wusste, dass er zu spät kommen würde. Es waren nur zwei oder drei Schritte, doch die tödliche Klinge sauste bereits herab, und seine eigenen Bewegungen erschienen ihm so erbärmlich langsam, als versuche er unter Wasser zu laufen.

Es war Chuzir, der seine Mutter rettete. Obgleich er gerade noch halb besinnungslos am Boden gelegen hatte, schnellte seine Hand plötzlich vor und krallte sich heftig genug in den Mantel des Kriegers, um ihn aus dem Gleichgewicht zu bringen. Die Klinge sauste herab, aber sie verfehlte Üdschins Gesicht und schlug nur Funken aus dem Fels, der sich unter dem Schnee verbarg. Dann war Temucin heran und stieß mit seinem Schwert zu.

Er traf nicht richtig. Der Krieger war zur Seite getorkelt, sodass Temucins Schwert nur dessen Mantel aufschlitzte und ihm eine vielleicht schmerzhafte, aber harmlose Schnittwunde an der Seite zufügte. Der Tajin fuhr mit einem Heulen wie ein waidwundes Tier herum und sein Schwert zuckte wie der Giftzahn einer angreifenden Schlange nach Temucins Gesicht.

Irgendwie gelang es ihm, sein eigenes Schwert hochzureißen und den Hieb abzufangen. Aber die pure Wucht des Schlages ließ ihn etliche Schritte weit zurücktaumeln und explodierte als neuerliche Woge aus betäubender Qual zuerst in seinen Armen, dann in seinen Schultern und im Rücken. Halb betäubt kämpfte er um sein Gleichgewicht und sah den Tajin wie durch einen blutigen Schleier auf sich zukommen, das Schwert zum entscheidenden Schlag hochgerissen.

Chuzir warf sich mit einem verzweifelten Satz vor, griff dieses Mal jedoch nicht nach dem Mantel des Angreifers. Seine Hand umklammerte einen Dolch, den er dem Mann bis ans Heft in den Fuß rammte.

Der Tajin brüllte in schierer Qual auf, und sein Schwert fuhr herab und stocherte nach dem neuen Angreifer, statt sich in Temucins Herz zu bohren. Temucin ergriff seine letzte Chance und stieß seine Waffe mit beiden Händen und aller Kraft nach vorne.

Es ging schon beinahe entsetzlich leicht. Das Schwert durchdrang Mantel, Brustharnisch und Leib des Mannes fast ohne spürbaren Wiederstand und trat zwischen seinen Schulterblättern wieder aus. Temucin begriff es erst, als seine Hände mit einem sonderbar weichen Laut gegen die Brust des Angreifers prallten. Der Tajin erstarrte mitten in der Bewegung. Seine Augen wurden groß und füllten sich mit einer Mischung aus Überraschung und Unglauben.

»Ein … Knabe?«, murmelte er.

Todesangst loderte jäh in seinem Blick auf. Blut lief aus seinem Mund, und ein warmer, klebriger Strom besudelte Temucins Hände, die noch immer den Schwertgriff umklammerten. Der Tajin versuchte zu sprechen, brachte aber nur ein schreckliches nasses Würgen zustande und brach dann so plötzlich auf die Knie, dass Temucin das Schwert loslassen und einen hastigen Schritt zurückspringen musste, um nicht mit zu Boden gerissen zu werden. Einen qualvollen Atemzug lang hielt der Krieger sich noch auf den Knien, dann ließ er sein Schwert fallen und kippte wie vom Blitz getroffen zur Seite.

Temucin starrte das schreckliche Bild aus aufgerissenen Augen an. Als er jedoch seine Mutter wimmern hörte, war er mit zwei, drei raschen Schritten bei ihr und fiel auf die Knie.

Üdschin hatte sich in eine halb sitzende Position gestemmt und presste den rechten Arm an den Leib. Ihr Mantel war nass und schwer von Blut, und ihr Gesicht so bleich, dass Temucin ein eisiger Schrecken durchfuhr. Als er die Hand nach ihr ausstrecken wollte, schüttelte sie nur den Kopf und sah zu Chuzir hin. »Kümmere dich um ihn«, presste sie zwischen blutleeren Lippen hervor. »Er ist verletzt.«

Starr vor Sorge um Üdschin erhob sich Temucin gehorsam und eilte zu seinem Schwurbruder. Chuzir hatte sich auf die Seite gerollt und die Knie an den Körper gezogen. Er zitterte am ganzen Leib, und sein Gesicht war bleich wie der

Schnee, in dem er lag, und glänzte vor Schweiß. Er gab nicht den mindesten Laut von sich, doch Temucins Herz machte einen erschrockenen Sprung, als er die tiefe Stichwunde sah, die in seiner Schulter klaffte. Ohne zu zögern streifte er seinen Mantel ab, zog das Hemd aus dem Gürtel und benutzte seinen Dolch, um ein Stück davon abzuschneiden, aus dem er einen Verband improvisieren konnte. Mit fliegenden Fingern versuchte er Chuzirs Wunde damit zu verbinden, doch das Blut tränkte den groben Stoff so schnell, als sprudele es aus einem aufgerissenen Schlauch.

Aus Temucins Sorge wurde Angst, dann Panik. Chuzir war schwer verletzt, getroffen von einem Schwerthieb, der ihm selbst gegolten hatte, und es gab nichts, was Temucin für ihn tun konnte. Wenn sein Schwurbruder an dieser Verletzung starb, dann wäre es, als hätte seine eigene Hand das Schwert geführt!

»Was tust du da?«, polterte eine Stimme hinter ihm.

Temucin musste nicht nachsehen, um zu wissen, dass sie Ilhan gehörte.

»Er ist verletzt«, antwortete er. »Ich kann die Wunde nicht verbinden! Hilf mir!«

»Lass ihn verbluten«, erwiderte Ilhan verächtlich. »Das spart uns die Arbeit.«

»Ilhan, tu, was er sagt!«, herrschte ihn Üdschin an. »Sofort!«

»Ganz wie Ihr befehlt, Khanin. Aber …« Ilhan verstummte mit einem erschrockenen Laut und fuhr auf dem Absatz herum. »Ihr seid verletzt!«

»Das ist nur ein Kratzer«, log Üdschin wenig überzeugend, aber dafür mit umso größerem Nachdruck. »Hilf dem Jungen!«

Ilhan starrte abwechselnd Temucin und Chuzir mit einem Ausdruck an, der an schiere Mordlust grenzte, ließ sich aber gehorsam auf die Knie herab und stieß Temucin so grob beiseite, dass dieser nur mit Mühe nicht schon wieder rücklings im Schnee landete. Temucin sparte sich alles, was ihm dazu auf der Zunge lag für später auf (nebst etlichem anderen, über das er dringend mit ihm reden musste) und ging zu Üdschin zurück.

Ilhan war nicht allein gekommen. Zwei Männer, die Temucin gänzlich unbekannt waren, kümmerten sich bereits um sie und versorgten ihren verwundeten Arm. Sie kam ihm schon nicht mehr ganz so bleich und erschöpft vor wie noch vor einem Augenblick. Üdschin war schon immer eine sehr starke Frau gewesen.

»Wo hat er dich erwischt?«, fragte er besorgt. »Dein Gewand ist voller Blut!«

Üdschin rang sich ein Lächeln ab. »Es ist nicht mein Blut. Aber mein Arm ...«

»Was ist mit deinem Arm?«

»Er ist verrenkt«, antwortete Üdschin, »aber er wird heilen. Ohne dich wäre ich jetzt tot.«

»Ohne Chuzir«, verbesserte Temucin sie. »Er hat uns beide gerettet.«

Seine Mutter widersprach nicht, auch wenn ihr Blick deutlich machte, wie wenig ihr diese Worte gefielen. Diesmal jedoch hielt Temucin ihrem Blick stand. Vielleicht zum ersten Mal, solange er sich zurückerinnern konnte, war sie es, die das stumme Duell beendete.

Mit einer unwilligen Geste scheuchte sie den Mann weg, der sich an ihrem verletzten Arm zu schaffen machte, und ging zu Chuzir. »Wie sieht es aus?«, wandte sie sich an Ilhan.

»Er hat eine Menge Blut verloren, aber er wird leben«, antwortete der Krieger. Seine Hände waren rot von Chuzirs Blut, aber immerhin war ihm gelungen, woran Temucin gescheitert war, und er hatte nicht nur die verletzte Schulter verbunden, sondern die Blutung auch zum Stillstand gebracht. »Aber ich verstehe nicht, warum wir das Leben dieses Verräters retten.«

»Weil *dieser Verräter*«, antwortete Üdschin betont, »mein Leben und das meines Sohnes gerettet hat … was eigentlich deine Aufgabe gewesen wäre. Hast du nicht gesagt, sie wären fort?«

»Das dachte ich auch«, verteidigte sich Ilhan trotzig. »Sie sind geflohen. Dieser eine muss sich irgendwo versteckt haben, um Euch aufzulauern.«

Temucin vermutete vielmehr, dass der Tajin in dem dichten Schneegestöber die Orientierung verloren und in die falsche Richtung gelaufen war, doch er schwieg, und auch seine Mutter beließ es dabei und winkte die beiden anderen Männer zu sich. »Geht und seht nach den anderen«, befahl sie. »Sie sollen sich beeilen.«

»Und Euer Arm, Khanin?«

»Das hat Zeit bis später«, beschied Üdschin. »Wenn die Tajin mit Verstärkung zurückkommen, dann ist ein unbrauchbarer Arm unsere geringste Sorge. Ilhan kann sich darum kümmern, sobald er den Jungen versorgt hat.«

Die beiden Männer eilten gehorsam davon und Üdschin maß Temucin mit einem dieser sonderbaren Blicke, bevor sie sich umwandte und sich über den erschlagenen Tajin beugte. Irgendwie spürte Temucin, dass sie es von ihm erwartete, also folgte er ihr und sah auf den toten Krieger hinab, auch wenn es ihm noch so schwerfiel – zumal er ihn jetzt erkannte.

Der Mann war im Sommerlager der Tajin gewesen, und Temucin erinnerte sich nur zu gut an ihn: Alle Tajin waren grausam zu ihm gewesen und hatten ihn verhöhnt, aber dieser Bursche hatte sich in beiden Disziplinen ganz besonders hervorgetan. Warum bloß wollte sich keine Zufriedenheit einstellen, als er seinen Peiniger nun leblos vor sich liegen sah? Temucin empfand keine Genugtuung, ganz im Gegenteil. Dass er den Mann gekannt hatte, machte es lediglich schlimmer.

»Du solltest dein Schwert wieder an dich nehmen«, sagte seine Mutter. »Es mag sein, dass du es noch einmal brauchst.«

Temucin ließ sich gehorsam in die Hocke sinken und griff nach dem Schwert, das aus der Brust des Toten ragte, doch dann brachte er es nicht über sich, die Bewegung zu beenden. Er hatte nicht vergessen, wie schrecklich leicht es gewesen war, das Schwert in den Leib des Mannes zu versenken. Es jetzt wieder herauszuziehen und sich vielleicht abermals mit dem Blut zu besudeln, das allmählich auf seinen Fingern eintrocknete, wäre mehr, als er ertragen konnte.

Stattdessen hob er die Waffe des Toten auf und schob sie unter seinen Gürtel.

»Und? Was ist es für ein Gefühl, einen Menschen umgebracht zu haben?«, fragte Üdschin.

»Umgebracht?«, wiederholte Temucin erschrocken. »Aber er wollte dich töten!«

»Und dich und deinen Freund ebenfalls«, bestätigte Üdschin. »Dennoch hast du ihn umgebracht.«

»Ich hatte keine andere Wahl!«, protestierte Temucin.

Warum sagte seine Mutter das?

»Das weiß ich«, antwortete sie ruhig. »Aber das ändert nichts an der Tatsache, dass du ein Menschenleben ausgelöscht hast.«

»Ich ...«

»Dieser Mann«, unterbrach ihn Üdschin, »mag unser Feind gewesen sein, und sicherlich hast du recht und er hätte uns alle getötet, ohne mit der Wimper zu zucken. Dennoch war er ein Mensch. Ein Sohn und vielleicht Bruder. Er hatte Eltern, wahrscheinlich eine Frau und vielleicht auch Kinder, die ihn geliebt haben. Irgendwo wartet jetzt eine Familie auf die Rückkehr eines Vaters und Ehemannes, der niemals mehr kommen wird. Vielleicht hatte er einen Hund, mit dessen Welpen er noch vor wenigen Tagen gespielt hat, und vielleicht erwartet seine Frau gerade ein Kind, das seinen Vater nun niemals kennenlernen wird.« Sie machte eine Geste, die andeutete, dass sie diese Aufzählung beliebig lange fortsetzen konnte. »Und das alles hast du mit einer einzigen Handbewegung ausgelöscht.«

Aber was hätte ich denn …?, wollte er erwidern, doch alles, was er herausbekam, war ein halb erstickter Laut, wie ein Schluchzen. Warum quälte seine Mutter ihn so?

»Du hattest keine andere Wahl«, fuhr Üdschin fort und blickte ihn auf eine Art an, die er vergeblich zu deuten versuchte. »Ich hätte ihn ebenfalls getötet, hätte sich mir die Gelegenheit geboten, und jeder andere an meiner Stelle auch.« Sie schüttelte sacht den Kopf, als er etwas sagen wollte. »Ein Menschenleben auszulöschen ist niemals leicht, Temucin, und das darf es auch nie werden. Eines Tages wirst du Khan sein und dann wirst du über mehr als nur ein Menschenleben entscheiden müssen. Vergiss nie, was du heute gelernt hast.«

Die heimliche Freundin

Temucins Behauptung, was die Uneinnehmbarkeit des Berggipfels anging, erwies sich als richtig. Ihn selbst überraschte das vielleicht am meisten, auch wenn er sich davon natürlich nichts anmerken ließ. Tatsächlich war der schmale Hohlweg, der das letzte Stück des Aufstieges darstellte, so leicht zu verteidigen, dass es Üdschins Kriegern sogar mit Schneebällen gelungen wäre, ihre Verfolger zurückzuschlagen. Temucin, der für einen Tag schon zu viel Blutvergießen mit angesehen hatte und sich immer noch um Üdschin und seinen Schwurbruder sorgte, war froh, nicht gebraucht zu werden. Dreimal hörte er Geschrei und Kampflärm in dieser Nacht, und als die Tajin endlich aufgaben und sich zurückzogen, um ihre Wunden zu lecken, da hatten Temucins Leute nicht nur keinen einzigen Mann verloren, sondern nicht einmal einen Verwundeten zu beklagen. Wie es aussah, war der heilige Gipfel des Burchan Chaldun eine schier uneinnehmbare natürliche Festung.

Was natürlich zugleich bedeutete, dass er eine Falle war, aus der es so gut wie kein Entkommen gab.

Von allen düsteren Gedanken, die Temucin in dieser Nacht wälzte, war dies vielleicht noch der am wenigsten unangenehme. Bleich vor Sorge saß er an Chuzirs Lager. Ilhan hatte gesagt, dass er überleben würde, und Temucin hätte nichts lieber getan, als ihm zu glauben. Doch Chuzirs Zustand verschlechterte sich mehr und mehr. Lag er in den ersten Stunden noch ruhig unter seinen Decken und ließ nur dann und wann ein leises Stöhnen hören, so bekam er im Laufe der Nacht immer schlimmeres Fieber und begann zu fantasieren. Schließlich warf er sich im Schlaf so heftig hin und her, schlug um sich und schrie, dass Temucin am Ende keine andere Möglichkeit sah, als ihn zu seinem eigenen Schutz zu fesseln, auch wenn ihm dabei schier das Herz brach.

Erst kurz vor Einbruch der Dämmerung beruhigte sich Chuzir ein wenig. Es verging noch einmal eine geraume Weile, bevor sich Temucin gestattete, in einen unruhigen Halbschlaf zu fallen, aus dem er nach kaum einer Stunde wieder erwachte, frierend und zugleich in Schweiß gebadet und mit dem Gefühl, müder zu sein als zuvor. Das einzig Angenehme, das dieser Moment für ihn bereithielt, war das Gesicht seiner Mutter, die auf ihn herabsah, obwohl ihr Blick nichts Gutes verhieß.

»Bleib liegen«, sagte sie, als er Anstalten machte, die Decke zurückzuschlagen und aufzustehen. »Du brauchst Ruhe.«

Temucin gehorchte zumindest insofern, als dass er die Decke ließ, wo sie war (schon weil er den eisigen Biss des Windes selbst durch das dicke Fell hindurch spüren konnte), stemmte sich aber auf beide Ellbogen hoch und sagte: »Ich muss nach Chuzir sehen.«

Wenn man es genau nahm, nuschelte er es eher. Sein Gesicht fühlte sich taub an. Er hatte große Mühe, durch die Nase zu atmen, und seine Zunge wollte ihm nicht so recht gehorchen.

»Für deinen Freund ist gesorgt«, antwortete Üdschin mit mütterlicher Strenge, aber mit einem Ausdruck von Sorge in ihrem Blick, den sie nicht ganz unterdrücken konnte. »Es geht ihm gut … und wenn ich dich so ansehe, dann vielleicht sogar besser als dir.«

»Aber ich muss …«

»Dich so überanstrengen, dass *er* sich am Ende um *dich* kümmern muss?«, fuhr ihm Üdschin über den Mund. »Meinst du, er hat sein Leben riskiert, damit du deines jetzt wegwirfst, nur weil du aller Welt beweisen willst, was für ein tapferer Krieger du doch bist?« Sie beantwortete ihre eigene Frage mit einem heftigen Kopfschütteln und legte die flache Hand auf seine Brust, um ihn wieder zurückzudrücken. »Es ist nicht gerade ein Zeichen von Tapferkeit, seine eigenen Grenzen nicht zu kennen. Eher von Dummheit.«

»Jetzt klingst du wie Sarantuya«, nuschelte Temucin.

»Sarantuya?«

»Jemand den ... ich kennengelernt habe«, antwortete Temucin ausweichend. »So etwas wie eine Freundin.«

»Und was genau ist *so etwas wie eine Freundin?*«, hakte Üdschin nach. »Verzeih. Ich wollte dich nicht in Verlegenheit bringen. Das geht mich nichts an.«

Eine Spur zu hastig stand sie auf und entfernte sich, und Temucin nutzte die Gelegenheit, um sich nun doch aufzusetzen und sich umzusehen.

Prompt wurde ihm schwindelig, und hinter seiner Stirn erwachte ein hässlicher pochender Schmerz, der sich anfühlte, als wäre er nur der Auftakt zu etwas sehr viel Unangenehmerem.

Temucin ließ Kopf und Schultern nach vorne sinken, biss die Zähne zusammen, um ein Stöhnen zu unterdrücken, und zog die Decke enger um die Schultern. So vorsichtig er konnte und mit spitzen Fingern, betastete er sein Gesicht. Es tat weh, aber immerhin schien alles an Ort und Stelle zu sein – auch wenn es sich irgendwie nicht richtig anfühlte. Vage erinnerte er sich an einen Ellbogen, der nach seinem Gesicht gezielt hatte, aber es war keine Erinnerung, der er unbedingt auf den Grund gehen wollte.

»Keine Angst, mein tapferer Krieger. Es ist noch alles da.«

Seine Mutter kam zurück, eine hölzerne Schale in der unversehrten Hand (den anderen Arm trug sie in einer Schlinge), aus der es nicht nur sichtbar dampfte, sondern der auch ein verlockender Geruch entstieg. Mit einer erstaunlich anmutigen Bewegung ließ sie sich im Schneidersitz nieder, bevor sie ihm die Schale reichte.

Sie war so heiß, dass er sich fast die Finger daran verbrannte, aber ihr Inhalt duftete köstlich nach Gemüsesuppe. Temucin griff sofort nach dem hölzernen Löffel und begann gierig zu essen.

»Auch wenn es nicht mehr ganz so schlimm aussieht wie gestern«, bemerkte seine Mutter, »glaube ich, dass deine Nase gebrochen ist. Aber mach dir nichts daraus. Deiner Sarantuya wird es gefallen, da bin ich ganz sicher.«

Temucin löffelte schweigend weiter und versuchte so zu tun, als hätte er die Bemerkung nicht gehört. Natürlich nutzte es nichts. Üdschin war nicht nur Khanin, sondern auch Mutter. Und im Moment eine äußerst neugierige Mutter.

»Wo hast du denn dieses Mädchen kennengelernt, das *so etwas wie eine Freundin* ist?«, erkundigte sie sich. »Bei den Tajin?«

Temucin nahm zwei weitere Löffel von der heißen Suppe, die seine Lebensgeister zu wecken begann, und tat schließlich das, was er vernünftigerweise gleich hätte tun sollen: Er gab auf. Gegen die Neugier einer Mutter waren wohl selbst die Götter machtlos.

»Es ist nicht so, wie du denkst«, sagte er ruhig

»Wie meinst du denn, dass ich denke?«, erkundigte sich seine Mutter verschmitzt.

»Sarantuya ist kein Mädchen«, antwortete er, »und die einzigen weiblichen Wesen, die ich bei den Tajin getroffen habe, waren die Hündinnen, denen ich das Fressen gestohlen habe, weil es besser war als die Abfälle, die sie mir gegeben haben.«

Der Ausdruck gutmütigen Spotts verschwand aus dem Gesicht seiner Mutter. »Das tut mir leid. Ich wollte nicht …«
»Für mich gibt es nur Arbesa«, fuhr Temucin fort. »Es hat immer nur sie gegeben und es wird nie eine andere geben.«
Jetzt wirkte seine Mutter wirklich verlegen. Temucin löffelte weiter, schon weil das die bequemste Möglichkeit war, ihrem Blick auszuweichen.
»Verzeih«, sagte sie ernst. »Ich wollte dir nicht wehtun.«
»Das hast du auch nicht«, log Temucin wenig überzeugend. Er verfluchte sich dafür, dass ihm Sarantuyas Namen überhaupt entschlüpft war. Einzig Arbesa wusste von seinem großen Geheimnis, und das musste auch so bleiben.
Weil du immer noch nicht glaubst, dass es mich wirklich gibt?
Unsinn, dachte Temucin zornig. *Was hat das …?*
Und weil du Angst hast, sie könnten dich für verrückt halten. Ein Khan, der mit einem unsichtbaren Drachen spricht, den es nur in seiner Einbildung gibt. In Sarantuyas lautloser Stimme mischten sich wie so oft Spott und versteckte Weisheit, doch es lag auch eine sachte Spur von Trauer darin. *Keine besonders guten Voraussetzungen, um das Vertrauen deiner künftigen Krieger zu erringen, nicht wahr?*

Es war einer der seltenen Momente, in denen Temucin wirklich zornig auf Sarantuya war, vielleicht weil sie der Wahrheit näher kam, als er sich eingestehen mochte. Seine Gefühle spiegelten sich wohl deutlich auf seinem Gesicht, denn seine Mutter blickte betroffen drein – was zur Folge hatte, dass er sich zunehmend schlechter fühlte.

»Du denkst noch immer an Arbesa, nicht wahr?«, fragte seine Mutter mitfühlend.

Temucin nickte, ohne den Blick von seiner Schale zu heben. »Ich werde sie wiederfinden«, versprach er. »Ganz egal, was ich tun muss, und wie lange es dauert.«

Üdschin nickte, schwieg eine Weile und fragte dann ruhig: »Warum?«

Temucin sah mit einem Ruck auf. »Warum?!«

»Warum«, bestätigte seine Mutter, hinderte ihn aber zugleich mit einer ebenso sachten wie bestimmten Geste daran, zu antworten. »Ich weiß, was du sagen willst«, fuhr sie fort. »Arbesa ist deine Braut. Sie war dir versprochen, seit ihr beide Kinder wart, und du glaubst vielleicht, es wäre deine Plicht, die Frau zu retten, die dazu ausersehen war, einmal deine Khanin zu werden.«

»Das hat damit nichts …«, begann Temucin und ganz wie es ihrer neuen Gewohnheit entsprach, unterbrach ihn seine Mutter, indem sie einfach weiterredete: »Sie ist nicht deine Khanin, mein Sohn. Sie mag dir versprochen gewesen sein, aber sie ist niemals deine Frau geworden. Oder habt ihr …?«

»Nein«, sagte Temucin so heftig, dass es ihn beinahe selbst überraschte, und seine Mutter lächelte. Er spürte, wie ihm das Blut in die Ohren schoss.

Üdschin wäre nicht sie selbst gewesen, hätte sie sich nicht einen Moment lang ganz unverhohlen an seiner Verlegenheit geweidet, dann aber wurde sie wieder ernst und fuhr sanft fort: »Es würde auch keinen Unterschied machen. Ich mag Arbesa, wie du weißt. Sie ist ein nettes Mädchen und nichts hätte mein Herz mehr erfreut, als sie als meine Schwiegertochter an deiner Seite zu sehen … aber die Götter haben nun einmal anders entschieden.«

Temucin ließ von seiner Suppe ab, die ihm plötzlich nicht mehr schmeckte, und sah seiner Mutter fest in die Augen. »Was soll das heißen?«

»Dass sie deine Braut war, aber niemals deine angetraute Frau, mein Sohn«, antwortete Üdschin ernst. »Du bist ihr nichts schuldig. Niemand erwartet von dir, dass du dein Leben riskierst, um sie zu retten. Und wozu auch?«

»Wozu?«, ächzte Temucin. Er spürte etwas, das reinem Entsetzen sehr nahe kam. »*Wozu?! Meinst* du das ernst?« Der Ausdruck in ihren Augen beantwortete seine Frage, ohne dass sie es laut tun musste. Es kostete Temucin immer mehr Kraft, wenigstens äußerlich den Anschein von Ruhe zu bewahren und den Zorn nicht zuzulassen, der Besitz von ihm ergreifen wollte.

»Es geht nicht um mich, mein Sohn«, fuhr Üdschin fort. »Nicht einmal um dich.«

»Sondern um Arbesa«, stimmte ihr Temucin mit bebender Stimme zu. »Ich weiß.«

»Und du weißt auch, was mit ihr geschehen ist?«, fragte Üdschin.

Jetzt war er überzeugt davon, dass seine Mutter ihn quälen wollte, obwohl er sich keinen Grund dafür vorzustellen vermochte. Er wusste so gut wie sie, welches Schicksal Arbesa widerfahren war. Er hatte versucht, den Tag der Schande aus seinem Gedächtnis zu verbannen, aber natürlich nur das Gegenteil damit erreicht: Es war nicht eine einzige Stunde vergangen, in der er nicht an jene schrecklichen Augenblicke hatte zurückdenken müssen und an den furchtbaren Fehler, den er begangen hatte. Es war nicht ihre Schuld gewesen; natürlich nicht. Er selbst hatte sich den Dolch des Verrats ins Herz gestoßen – aber musste sie ihn in der Wunde umdrehen?

Sie tat es, und das sogar noch einmal. »Du fragst dich seit jenem Tag, warum du so entschieden hast, habe ich recht? Du wirfst dir vor, mir das andere Pferd gegeben zu haben, um damit zu fliehen, und nicht deiner Braut, und du verstehst selbst nicht warum, nicht wahr? Aber ich kann dir diese Frage beantworten.«

Üdschin griff nach seiner Hand, doch er zog sie weg, und ihr Blick umwölkte sich. Ihre Stimme klang traurig, als sie weitersprach. »Du hattest die Wahl, eine von uns zu retten. Eine alte Frau, die man auf der Stelle erschlagen hätte, weil sie zu nichts nutze war, oder deine Braut, immerhin die Tochter eines Khans, der vielleicht Lösegeld für sie bezahlt. Also hast du entschieden, ein Leben bestimmt und ein zweites vielleicht zu retten, statt eines mit Gewissheit zu opfern und ein zweites zu riskieren.«

So wie sie die Worte aussprach, wurden sie zu Pfeilen, die sich tief in sein Herz gruben, auch wenn ihre Logik zwingend war und viel mehr Wahrheit enthielt, als er sich eingestehen wollte. Heiße Tränen schossen ihm in die Augen und er versuchte nicht einmal, sie zurückzuhalten.

»Aber so war es nicht«, protestierte er.

»Doch«, widersprach Üdschin sanft. »Nur war es nicht der verliebte Junge, der diese Entscheidung getroffen hat, sondern der Khan, der schon in ihm schlummerte. Und es war die richtige Entscheidung.«

»Es war falsch«, jammerte er. »Ich hätte das nicht tun dürfen! Ich hätte ...«

Was?, fragte eine Stimme in seinen Gedanken, von der er nicht einmal genau sagen konnte, ob es die des Drachen war oder vielleicht etwas anderes und viel Machtvolleres, das tief in ihm schlummerte. *Das Pferd Arbesa geben und seine Mutter damit dem sicheren Tod ausliefern?* Nein, das konnte er unmöglich sagen. Stattdessen zog er hörbar die Nase hoch und versuchte irgendwie die Kraft zusammenzukratzen, Üdschins Blick standzuhalten.

Fast wäre es ihm sogar gelungen.

»Dann wird es eben der Khan sein, der sie befreit, und nicht der verliebte Junge!«, sagte er trotzig.

Er rechnete mit einer spöttischen Antwort oder einem Verweis, doch Üdschin schüttelte nur traurig den Kopf. »Das geht nicht, mein Sohn. Der verliebte Junge könnte vielleicht losziehen und das Mädchen retten – auch wenn er bei dem Versuch bestimmt ums Leben käme – aber nicht der zukünftige Khan des Kijat-Klans.«

»Ach nein?«, fauchte Temucin. »Warum nicht?«

»Sie haben Arbesa verkauft«, antwortete seine Mutter. »Der Khan des Tajin-Klans hat sie eine Weile zu seinem persönlichen … Vergnügen behalten, und als er ihrer überdrüssig geworden ist, hat er sie an einen wilden Barbarenstamm im Norden verkauft.«

Temucin starrte sie aus weit aufgerissenen Augen an. Es war, als wäre sein Herz stehen geblieben. »Aber hat ihr Vater denn kein …«

»… Lösegeld für sie bezahlt?«, unterbrach ihn seine Mutter und schüttelte zugleich den Kopf, um ihre eigene Frage zu beantworten. »Nein.«

»Aber sie ist seine Tochter! Und die Unggirat sind reich!«

»Und er ist ihr Khan«, erwiderte Üdschin. »Er kann kein Lösegeld für eine Tochter bezahlen, die von seinen Feinden geschändet worden ist. So wenig wie du sie zur Frau nehmen könntest. Die Männer würden dir nicht folgen.«

»Dann gehe ich eben allein!«, sagte Temucin. Seine Mutter wollte widersprechen, doch jetzt war er es, der sie nicht zu Wort kommen ließ. »Ich werde sie finden und ich werde sie befreien, und wenn ich es dafür mit der ganzen Welt aufnehmen muss! Ich liebe sie!«

»Liebe.« Seine Mutter machte ein seltsames Geräusch, das er nicht deuten konnte. »Ein großes Wort. Manche glauben, es wäre nur eine Verwirrung der Sinne, die Menschen Dinge tun lässt, die nicht gut für sie sind. Und andere wiederum glauben, sie wäre die Kraft, die die ganze Welt zusammenhält.«

»Und du?«, wollte Temucin wissen.

Statt zu antworten, sagte seine Mutter: »Du würdest alles aufgeben, Temucin. Keiner der Männer würde dich als seinen Anführer anerkennen.«

»Der Anführer wovon denn?«, fragte er bitter. »Der Kijat-Klan existiert nicht mehr.«

»Es sind schlimme Zeiten«, bestätigte Üdschin ernst. »Viele sind tot und die anderen in alle Winde verstreut. Doch einige Männer folgen mir noch, und manchmal ändern sich die Dinge zum Guten. Eines Tages mag der Moment kommen, an dem unser Klan wieder zusammenfindet, und dann wird er einen Anführer brauchen. Einen starken Khan, der Sicherheit und Wohlstand garantiert, keine alte Frau, der sie nur gehorchen, weil kein anderer da ist, der die Bürde der Macht tragen will.« Sie legte eine genau bemessene Kunstpause ein.

»Dieser Khan könntest du sein, mein Sohn. Möchtest du auf all das verzichten, nur für ein Mädchen, von dem du nicht einmal weißt, ob es dich überhaupt noch will?«

»Ja«, antwortete Temucin, ohne zu zögern. Und er meinte es auch so.

Verräter

Zu seiner eigenen Überraschung war Temucin nach diesem aufwühlenden Gespräch in einen tiefen Schlaf gefallen, aus dem er erst gegen Mittag mit der Erinnerung an einen wirren Traum erwachte; körperlich noch immer erschöpft und mit pochenden Schmerzen im Gesicht, die sich längst nicht mehr nur auf seine gebrochene Nase beschränkten. Dennoch hatte er das Gefühl, halbwegs ausgeruht zu sein.

Sein erster Weg führte ihn zu Chuzir. Man hatte ihn in den Windschatten eines Felsens gelegt, auf den nackten Boden, und die einzige Decke, die die Männer ihm zugestanden hatten, bestand aus dem Schnee, der sich im Lauf der Stunden auf ihn gesenkt hatte. Sein Gesicht war so bleich, dass Temucin erschrak und befürchtete, sein Schwurbruder wäre an den Folgen der Verletzungen gestorben, die ihm der Tajin zugefügt hatte.

Als er näherkam, schlug Chuzir jedoch nicht nur die Augen auf, sondern stemmte sich sogar umständlich in eine halb sitzende Position hoch, indem er sich mit dem Rücken an dem Fels hinaufschob, und er schaffte es, etwas auf sein Gesicht zu zwingen, das man mit einer Menge gutem Willen als Lächeln durchgehen lassen konnte.

»Mein Khan«, begrüßte er ihn.

Temucin ließ sich im Schneidersitz neben ihm im Schnee nieder und maß ihn mit einem ebenso langen wie kritischen Blick. Was er sah, gefiel ihm ganz und gar nicht. Seine erste Erleichterung, Chuzir lebendig und sogar bei Bewusstsein vorzufinden, wurde von Sorge abgelöst. Das Gesicht seines Schwurbruders hatte nahezu die Farbe des Schnees angenommen, in dem er lag. Graue Schatten lagen auf seinen Wangen und tiefe, fast schwarz aussehende Ringe unter seinen Augen. Unter dem viel zu dünnen Mantel zitterte er am ganzen Leib.

»Du siehst aus wie ein Gespenst«, sagte Temucin, »obwohl es dir besser zu gehen scheint. Immerhin bist du wieder zu Scherzen aufgelegt. Nicht besonders guten, wohlgemerkt.«

»Mein Khan?«

»Genau«, antwortete Temucin säuerlich. »Ich bin kein Khan. Du hast Ilhan gehört.«

»Ilhan ist vielleicht gewachsen, seit wir ihn das letzte Mal gesehen haben, aber das hat höchstens dazu geführt, dass er ein noch größerer Dummkopf ist«, stieß Chuzir hervor. »Für mich wirst du immer mein Khan bleiben.«

»Das ist beruhigend«, sagte Temucin. »Dann können wir ja immer noch einen eigenen Klan gründen, auch wenn er nicht besonders groß ist.«

Chuzir nickte, als nehme er diesen Vorschlag vollkommen ernst. »Wenn wir schon nicht der größte Klan aller Zeiten sein können, dann eben der kleinste.«

Trotz der Lage musste Temucin lächeln. Doch dann verdunkelte sich sein Antlitz vor Zorn. Chuzir hatte sich bewegt und dabei waren seine mit einem groben Strick zusammengebundenen Hände zum Vorschein gekommen. »Wieso bist du immer noch gefesselt?«

Chuzir antwortete mit einem Schulterzucken, was er augenblicklich zu bedauern schien, dem Ausdruck von Schmerz auf seinem Gesicht nach zu urteilen. Trotzdem sagte er: »Wahrscheinlich haben sie so große Angst vor mir. Immerhin habe ich noch einen gesunden Arm, mit dem ich ihnen gefährlich werden könnte.«

Temucin verzog keine Miene. »Was macht deine Schulter?«, fragte er.

»Sie ist noch da«, antwortete Chuzir. »Auch wenn ich nicht sagen könnte, dass ich froh darüber bin. In Zukunft werde ich mehr Respekt vor Kriegern haben, die von einem Schwert verwundet worden sind. Es tut verdammt weh.«

»Und das alles nur meinetwegen«, sagte Temucin.

Chuzir kniff das linke Auge zu und bedachte ihn aus dem anderen mit einem spöttischen Blick. »Bei allem Respekt, mein Khan, aber jetzt nehmt Ihr Euch zu wichtig.«

»Hast du mir etwa nicht das Leben gerettet?«

»Aber nur, weil der Kerl uns sonst beide umgebracht hätte«, behauptete Chuzir. »Ich bin kein Held. Ich hatte einfach nur Angst!«

»Ich auch«, antwortete Temucin.

»Unsinn!«, protestierte Chuzir. »Du bist Khan. Du hast keine Angst!«

Statt das unsinnige Gespräch weiter fortzuführen, tat Temucin endlich das, was er gleich hätte tun sollen: Er zog seinen Dolch und beugte sich vor, um Chuzirs Fesseln durchzuschneiden.

Er hatte es kaum getan, da näherten sich stampfende Schritte, und Ilhans Stimme polterte: »Was denkst du, was du da tust, du dummer Junge? Wer hat dir erlaubt, den Gefangenen loszubinden?«

Dummer Junge? Das war neu. Temucin hatte sich fest vorgenommen, erst zu einem späteren Zeitpunkt mit Ilhan zu reden, um das eine oder andere zu klären, aber das ging jetzt nicht mehr. Mit jeder Stunde, die er weiter verstreichen ließ, würde es nur schwerer werden, Ilhan in seine Schranken zu weisen.

Betont langsam stand Temucin auf und drehte sich um. Den Dolch steckte er nicht ein.

»Niemand«, sagte er ruhig. »Aber wer sollte es mir verbieten?«

Ilhan schob kampflustig die Unterlippe vor und stapfte durch den Schnee auf ihn zu wie ein wütender Ochse, und im ersten Moment kam er Temucin auch ganz wie ein solcher vor. Es war ein Jahr her, dass er Ilhan das letzte Mal gesehen hatte. Damals war er ein kräftiger Junge gewesen, eine gute Handspanne größer als Temucin und alles andere als sein Freund. Kurz darauf musste er aufgehört haben zu wachsen, denn nun war Temucin der Größere, doch Ilhan war mindestens doppelt so massig wie er, und seine untersetzte Gestalt strotzte nur so vor Kraft und Brutalität. Seine Augen loderten vor Zorn. Temucin wäre nicht erstaunt gewesen, wäre er einfach weitergestürmt, um ihn über den Haufen zu rennen.

Einen Schritt vor ihm blieb Ilhan stehen, was möglicherweise ein Fehler war, denn nun waren sie sich so nahe, dass er zu Temucin aufblicken musste. »Er bleibt gefesselt«, zischte er. »Ich traue dem Kerl nicht!«

»Hast du Angst, er könnte aufspringen und dich verprügeln?«, fragte Temucin höhnisch.

»Der Kerl ist ein Verräter! Wir dürfen ihm nicht vertrauen!«

»Er kann nicht einmal laufen«, erwiderte Temucin. »Mach dich nicht lächerlich!«

»Er bleibt gefesselt!«, beharrte Ilhan. »Du wirst ihn wieder binden oder ...«

»Oder?«, erkundigte sich Temucin lächelnd.

Ilhans Hand fiel mit einem hörbaren Klatschen auf den Schwertgriff an seiner Seite. Sein Blick streifte den Dolch in Temucins Hand, tastete kurz über sein Gesicht und kehrte dann zu der Waffe zurück, und Temucin konnte sehen, wie es hinter seiner Stirn arbeitete.

Bevor er jedoch etwas sagen konnte, näherten sich gleich mehrere Gestalten und Üdschins scharfe Stimme erscholl: »Genug jetzt! Was soll denn der Unsinn? Seid ihr verrückt geworden, alle beide?«

Ilhan nahm tatsächlich die Hand vom Schwert und auch Temucin ließ den Dolch sinken, steckte ihn aber nicht ein.

»Was geht hier vor?«, verlangte Üdschin zu wissen.

»Ich habe nur Chuzirs Fesseln durchgeschnitten«, antwortete Temucin. »Sie bereiten ihm Schmerzen. Ilhan war damit nicht einverstanden.«

»Ist das wahr?«, fragte Üdschin.

»Wir dürfen ihm nicht trauen«, antwortete Ilhan trotzig. »Er wird bei der ersten Gelegenheit fliehen und uns an die Tajin verraten!«

»Ja, ich nehme an, er wird sich ins Tal schleichen und ihnen erzählen, dass wir hier oben sind«, fügte Temucin spöttisch hinzu. Ilhan wollte auffahren, doch Üdschin brachte sie beide mit einer herrischen Geste zum Schweigen.

»Genug jetzt«, sagte sie scharf. »Wenn ihr überschüssige Kräfte habt, dann spart sie euch für die Tajin auf.« Sie überlegte einen Moment, in dem sie Chuzir durchdringend ansah, dann nickte sie, als hätte sie sich in Gedanken eine Frage gestellt und gleich beantwortet.

»Temucin hat recht«, sagte sie.« Es ist nicht nötig, ihn unnötig zu quälen. So etwas ist nicht unsere Art.«

»Aber er ...«, begann Ilhan und nun fuhr ihn Üdschin in so scharfem Ton an, dass er wie unter einem Peitschenhieb zusammenzuckte: »Hast du verstanden, Ilhan?«

Jeglicher Ausdruck wich aus dem Gesicht des jungen Kriegers. Er nickte abgehackt, murmelte etwas, das wohl nur er selbst verstand, und entfernte sich dann mit raschen Schritten.

Üdschin sah ihm eher besorgt als wütend nach, doch der Zorn kehrte sofort in ihre Augen zurück, als sie sich zu Temucin umdrehte.

»Ich bin enttäuscht von dir«, sagte sie. »Glaubst du, das wäre der richtige Moment für einen kindischen Machtkampf?«

»Es ist meine Schuld, Khanin«, mischte sich Chuzir ein. »Ich habe ...«

»Komm mit!« Üdschin beachtete Chuzir nicht einmal, sondern fuhr auf dem Absatz herum und entfernte sich im Sturmschritt.

Temucin holte sie erst ein, als sie den Rand des kleinen Plateaus erreicht hatte und stehen bleiben musste, weil es nichts mehr gab, wohin sie gehen konnte. »Warum bist du so zornig?«, fragte er. »Ich habe nichts getan!«

Üdschin antwortete nicht gleich, sondern sah eine geraume Weile auf das Land jenseits des Burchan Chaldun hinab, das deutlich im hellen Sonnenlicht dalag, scheinbar zum Greifen nahe und dabei unerreichbar fern, gab es doch keinen Weg, der in diese verlockende Welt hinunterführte. Schließlich seufzte sie tief und drehte sich mit einer müde wirkenden Bewegung zu ihm um. »Ich dachte, du hättest verstanden, was ich dir heute Morgen zu sagen versucht habe.«

»Aber ...«

»Du hast recht, Temucin«, fuhr sie fort. »Mit jedem Wort, das du gesagt hast. Doch es geht nicht darum, was mein Sohn seinem Freund gegenüber empfindet. Es ist wahr: Ohne ihn wären wir jetzt tot. Trotzdem darf das die Entscheidung des Khans nicht beeinflussen.«

Temucin verstand sehr wohl, was sie meinte, aber er schwieg. Wenn das der Unterschied zwischen seinem bisherigen Leben und dem eines Khans war, dann war er gar nicht sicher, ob er überhaupt Khan werden wollte.

»Ich weiß, dass Ilhan und du nie Freunde werden könnt, und das müsst ihr auch nicht«, fuhr Üdschin fort. »Doch du solltest dir seinen Respekt erwerben.«

»Soll ich mich mit ihm schlagen?«, fragte Temucin trotzig.

»Das würdest du verlieren«, erwiderte seine Mutter ruhig. »Und selbst wenn nicht, dann würde er dich vielleicht fürchten, aber nicht auch zwangsläufig respektieren. Das ist ein Unterschied, weißt du? Die Zeiten, in denen der stärkste Krieger zum Anführer seines Klans wurde, sind lange vorbei, und das ist gut so.«

»Und was soll ich tun, um seinen *Respekt* zu erringen?«, fragte Temucin, der nicht ganz sicher war, worauf seine Mutter hinauswollte.

Üdschin setzte zu einer Antwort an, hob aber nur die Schultern und rettete sich in ein verlegenes Lächeln. »Ich gebe zu, Ilhan ist ein schlechtes Beispiel«, räumte sie ein. Dann drehte sie sich etwas weiter um und deutete auf eine Anzahl Männer, die am anderen Ende des Plateaus um ein Feuer saßen und möglichst viel von seiner Wärme einzufangen versuchten. Temucin kannte keinen von ihnen, aber wenn man es genau nahm, dann kannte er von dem knappen Dutzend Männern in Üdschins Begleitung ohnehin nur drei, Ilhan mitgerechnet.

»Diese Männer, Temucin, sind mir nichts schuldig«, sagte sie. »Weder Respekt, noch Gehorsam oder Treue. Und doch sind zwei von ihnen nun tot und keiner der anderen weiß, ob er diesen Ort lebend verlassen wird. Jeder von ihnen war sich des Risikos bewusst, als ich sie gebeten habe, mich zu begleiten, und doch hat nicht einer von ihnen auch nur einen Moment gezögert, und weißt du warum?«

Temucin schüttelte den Kopf und seine Mutter deutete abermals auf die Männer am Feuer, dann auf die übrigen und schließlich auf die beiden reglosen Gestalten, die in ihre

Mäntel eingewickelt am anderen Ende des Plateaus lagen. Temucin begriff, dass sie auch die beiden Toten mit auf den Berg gebracht hatten, und irgendwie beruhigte ihn dieser Gedanke.

»Weil ihr Khan mir vertraut«, fuhr Üdschin fort. »Sie wissen, dass sie auf sein Urteil vertrauen können, weil er nie etwas täte, was seiner Sippe schadet. Und weil er mir vertraut, vertrauen auch sie mir.«

»Wer sind sie?«, fragte Temucin.

»Männer vom Stamm der Merkiten«, antwortete Üdschin. »Der Klan meiner Eltern, in dem ich geboren wurde.«

»Aber Vater hat dich doch ...«

»Aus ihrem Lager geraubt, vor vielen Jahren«, fiel ihm seine Mutter – wieder einmal – ins Wort. Sie lächelte knapp. »Es war ein Räuberstück, über das in den Jurten der Merkiten heute noch gesprochen wird.«

Temucin war einigermaßen verwirrt. »Hast du denn nicht erzählt, dass es damals um ein Haar zum Krieg zwischen den Merkiten und den Kijat gekommen wäre?«

»Und das ist auch die Wahrheit«, antwortete Üdschin. »Dennoch haben sie deinen Vater respektiert, und nachdem er ermordet, unser Klan zerschlagen worden und ich von dir getrennt worden war, haben sie mich in ihren Jurten willkommen geheißen. Den wenigen Überlebenden unserer Sippe, die sich nicht Axeu angeschlossen haben, haben sie die gleiche Gastfreundschaft erwiesen. Ihr Khan hat sogar nach dir suchen lassen und mir schließlich zehn seiner Männer mitgegeben, um dich aus der Gefangenschaft zu befreien. Auch ...«, wieder huschte ein ebenso flüchtiges wie trauriges Lächeln über ihre Züge, »... wenn das offenbar nicht nötig gewesen wäre.«

»Warum erzählst du mir das?«, fragte Temucin. Nur damit er sich noch schlechter fühlte?

»Damit du verstehst, was es heißt, ein Khan zu sein«, antwortete Üdschin. »All diese Männer haben mir ihr Leben anvertraut und das nur auf das Wort ihres Khans hin. Männer mit Familien, mit Frauen und Kindern, die auf sie warten. Glaubst du, das hätten sie getan, wenn sie ihren Khan *fürchten* würden?«

Temucin war immer noch nicht sicher, ob er verstand.

»Nein«, sagte er.

»Ganz bestimmt sogar nicht«, bestätigte Üdschin. »Ich bin eine alte Frau, Temucin. Mir bleiben nur noch wenige Sommer, bis die Götter mich zu sich rufen, und ich wünsche mir nichts mehr, als dass du dann an die Stelle deines Vaters trittst und die Geschicke unseres Volkes lenkst.«

»In den Jurten der Merkiten? Nein, danke!«

Üdschin lächelte, als hätte er etwas besonders Komisches gesagt. »Du bist wirklich der Sohn deines Vaters. Er war genauso, weißt du?«

»Wie?«

»Immerzu hat er zuerst gehandelt und dann nachgedacht.« Sie schüttelte sacht den Kopf, um einer weiteren Frage zuvorzukommen, und fuhr fort: »Der Khan der Merkiten ist ein sehr großherziger Mann, aber ich kann nicht von ihm verlangen, dass er meinetwegen einen Krieg mit den Tajin riskiert. Und es ist auch nicht nötig. Nach Axeus Tod – und dem der beiden Männer, die ihn am meisten unterstützt haben – hat sich das Blatt gewendet. Wir sind in unser altes Dorf zurückgekehrt und sind dort mit offenen Armen aufgenommen worden. Wir wollen alle in Frieden leben und uns nicht mehr in einem Streit zerfleischen, der nur mit der endgültigen Auflösung des Klans enden kann. Vielleicht ist das der Grund, warum die Alten so schnell damit einverstanden waren, dass ich meinem Mann als Khanin nachfolge.«

»Dann gilt es jetzt also erst einmal, wieder in ein normales Leben zurückzufinden?«

Üdschin nickte müde. »Ja. Wir sind nicht mehr viele, Temucin. Eine Handvoll Krieger und ihre Familien. Aber auch sie brauchen einen Khan.«

»Warum fragst du nicht Ilhan?«

Temucin bedauerte die Worte schon, bevor er sie ganz ausgesprochen hatte, doch Üdschin nahm sie ihm nicht übel. »Ich rede mit Ilhan. Er ist noch jung, Temucin. Kaum zwei Jahre älter als du, vergiss das nicht. Du solltest ihm dasselbe Ungestüm zubilligen, das du für dich in Anspruch nimmst.«

»Er ist ein Dummkopf«, sagte Temucin.

»Das ist wahr«, antwortete Üdschin. »Aber hast du schon einmal daran gedacht, dass er recht haben könnte?«

»Womit?«, fragte Temucin misstrauisch.

»Ich habe Jahre gebraucht, um dich zu finden«, sagte Üdschin. »Wir sind in aller Heimlichkeit aufgebrochen, aber kein Geheimnis ist so sicher, dass es nicht gelüftet werden kann. Vielleicht ist es kein Zufall, dass Chuzir nur wenige Tage vor uns bei dir erschienen ist, um dich zu befreien.«

Ganz so einfach war es nicht gewesen, aber Üdschins Worte waren auch nicht so weit von der Wahrheit entfernt, dass er sie leicht abtun konnte. Trotzdem schüttelte Temucin den Kopf. »Er war nicht allein. Als ich ihn getroffen habe, da war seine Familie bei ihm.«

»Ich weiß«, sagte Üdschin und jetzt lächelte sie. »Wir haben Chuzirs Vater und seine Geschwister getroffen, die auf der Flucht vor den Tajin auf dem Weg in unser altes Dorf waren. Sie haben uns erzählt, dass ihr in Richtung des Heiligen Bergs unterwegs seid. Nur so konnten wir euch überhaupt finden.«

Temucin spürte ein Gefühl großer Erleichterung. »Es ist schön zu hören, dass sie noch leben – und es ihnen gut geht.«
»Ja, das ist es«, bestätigte Üdschin. »Aber es wirft Fragen auf.«
»Ich verstehe nicht ...«
»Ich frage mich, warum dein Schwurbruder nicht zu mir gekommen ist«, unterbrach ihn Üdschin. »Wohin ich von hier aus geflohen bin, war für niemanden ein Geheimnis.«
»Er hat einen Namen«, sagte Temucin kühl. »Und vielleicht ist er nicht zu dir gekommen, weil er wusste, dass du ihn für einen Verräter hältst?«
»Ist er das denn nicht?«, gab seine Mutter ungerührt zurück.
»Nein«, antwortete Temucin. »Er hat einen Fehler gemacht, das ist wahr. Einen schrecklichen Fehler, der mich beinahe das Leben gekostet hätte. Ich habe ihn dafür gehasst, in jeder einzelnen Minute, in der ich der Gefangene der Tajin war, auch das ist wahr ... aber es ist vorbei. Ich weiß, dass er seinen Fehler bedauert und dass er es gewiss nicht noch einmal tun wird. Ich vertraue ihm.«
Üdschin sah ihn an, lange und sehr ernst. »Ich hoffe, du hast damit recht, mein Sohn. Denn wenn nicht, dann ...«
Aufgeregte Stimmen vom anderen Ende des Plateaus aus unterbrachen sie. Temucin und seine Mutter fuhren gleichzeitig herum, darauf gefasst, eine Horde waffenschwingender Tajin durch den Hohlweg stürmen zu sehen. Der Aufruhr fand jedoch ein ganzes Stück vom einzigen Zugang des Plateaus entfernt statt. Männer waren zusammengelaufen, gestikulierten und schrien wild durcheinander, und inmitten des Chaos gewahrte Temucin auch Ilhan, der sein Schwert gezogen hatte und großspurig damit in der Luft herumfuchtelte, als müsse er sich gegen einen unsichtbaren Feind verteidigen.

Üdschin und er eilten hin, und im ersten Augenblick schien das Chaos nur noch größer zu werden, denn auch alle anderen Männer kamen herbei. Schließlich musste Üdschin ihre Stimme deutlich erheben, um für Ruhe zu sorgen.

»Was ist los?«, schrie sie. »Ilhan! Was geht hier vor?«

Der junge Krieger fuhr mit einer so zornigen Bewegung zu ihr herum, dass Temucin nicht als Einziger erschrocken zusammenzuckte. Seine Augen waren schwarz vor Zorn und seine Stimme bebte. »Er ist weg!«, zischte er.

»Wer?«, fragte Temucin. Als ob er das nicht wüsste!

»Dein Freund«, antwortete Ilhan. »Dein *Schwurbruder*, dem wir alle blind vertrauen können, nicht wahr! Deshalb ist er bei der ersten Gelegenheit auf und davon, um sich zu seinen Freunden unten im Tal zu gesellen!«

»Chuzir ist geflohen?«

Das ergab doch überhaupt keinen Sinn! Noch in der Nacht hatte er nicht einmal gewusst, ob sein Freund den nächsten Sonnenaufgang erleben würde, und nun sollte er die Flucht gewagt haben?

»Vielleicht hatte er Angst, dass ihm irgendein Unglück zustößt und er nicht mehr aufwacht?«, fragte Temucin böse.

»Ein Unglück«, wiederholte Ilhan lauernd. »Ja, das klingt verlockend, wie ich zugeben muss.«

»Hört auf!«, sagte Üdschin im Tonfall einer Mutter, die ihre beiden streitenden Kinder auseinanderzubringen versucht. Sie bedachte Temucin mit einem mahnenden Blick und fuhr scharf an Ilhan gewandt fort: »Wie konnte das passieren? Hast du niemanden abgestellt, um ihn zu bewachen?«

»Warum denn«, fragte der junge Krieger patzig, »wo er doch so harmlos ist?«

»Darüber reden wir noch«, versprach Üdschin. »Geht und sucht ihn! In seinem Zustand kann er nicht weit kommen!«

Der böse Schatten

Sarantuya kam in dieser Nacht wieder zu ihm. Etwas war anders als sonst. Nur ein einziges Mal hatte Temucin den Drachen in Begleitung eines anderen Wesens gesehen – Tselmegs, des uralten weisen Drachen, der Arbesas unsichtbarer Begleiter war –, sonst aber stets nur allein, weshalb er längst zu dem Schluss gelangt war, dass Sarantuya trotz ihrer unvorstellbaren Macht ein sehr einsames Geschöpf sein musste.

In diesem Traum jedoch war eine Gestalt bei ihr, blass und verschwommen wie ein Gespenst, das der Nebel hervorgebracht hatte, dennoch eindeutig ein Mensch. Temucins Herz begann heftig zu klopfen, und obwohl er weiter fest schlief, spürte er, dass er sich zugleich unruhig hin- und herzuwerfen begann. Da war die Ahnung einer bevorstehenden Gefahr wie der Schatten von etwas Uraltem und Bösem, das ebenso langsam wie unaufhaltsam näher kam.

Sarantuya?, fragte er.

Er bekam keine Antwort. Der Drache ließ nur ein Grollen hören, ein Geräusch so voller Zorn, dass Temucin sich vor Furcht krümmte. Sarantuya kam nicht näher, sondern zog sich tiefer in die grauen Schleier zurück, die die Traumwelt beherrschten, bis sie zu einem nassen goldenen Schimmern wurde mit Krallen wie Schwertklingen und Zähnen wie Dolchen, und fast mit dem Nebel verschmolz.

Temucin rief noch einmal ihren Namen und bekam auch jetzt keine Antwort. Dafür lichtete sich der Nebel an einer anderen Stelle und die Gestalt, die zusammen mit Sarantuya gekommen war, wurde sichtbar. Temucin war erleichtert und erschrocken zugleich; erleichtert, weil es nicht Arbesa war, deren Trugbild ihm Sarantuya schickte, um ihm für immer Lebewohl zu sagen; erschrocken, denn er erkannte den Mann. Es war der Tajin-Krieger, den er unten im Tal erschlagen hatte. Seine Haut war grau und so rissig wie altes Pergament, und alles Leben war aus seinen Augen geflohen. Schwarz geronnenes Blut bedeckte das Hemd, wo ihn Temucins Schwertklinge durchbohrt hatte, und hinter ihm bewegten sich weitere Schemen, als versuche der Nebel, andere schreckliche Leben hervorzubringen, ohne dass es ihm gelang. Temucin meinte menschliche Umrisse zu erkennen, verzerrte Gesichter und wie flehend ausgestreckte Hände, die nach dem Krieger zu greifen versuchten, ohne ihn jemals erreichen zu können.

Temucin wollte vor der unheimlichen Erscheinung zurückweichen, doch er konnte es nicht, denn der Nebel hielt ihn wie mit eisernen Ketten fest. Der tote Krieger kam langsam auf ihn zu, ein Schwert in der Hand und gefolgt von den Schemen derer, die ihn verloren hatten und im Reich der Toten und Verdammten nach ihm suchten.

Du hast ihn getötet, flüsterte die Stimme des Nebels. *Du hast uns den Vater und Bruder und Ehemann und Sohn genommen.* Jetzt griffen die unsichtbaren Hände nach ihm, deuteten mit anklagend ausgestreckten Fingern auf den Mörder ihres geliebten Anverwandten oder schienen sie zu Fäusten zu ballen, die nach ihm schlagen wollten, ohne ihn indes zu berühren.

Du hast ihn ermordet, wisperten die unhörbaren Stimmen. *Du hast unseren Vater und Bruder und Ehemann umgebracht.*

Der tote Krieger kam näher und das Schwert in seiner Hand hob sich zum tödlichen Schlag. Es drang in den Nebel ein wie eine Klinge aus Eis, die im Sonnenlicht schmilzt, und verschwand. Dennoch konnte Temucin einen entsetzten

Schrei nicht unterdrücken und die schiere Todesangst gab ihm die Kraft, die unsichtbaren Ketten des Nebels zu sprengen und zurückzuweichen.

Der tote Krieger folgte ihm; eine schwerfällige, tapsende Gestalt wie ein Bär, der mit ausgestreckten Armen auf ihn zutorkelte. Temucin war es, als beobachte er einen Fremden, als er nun sein eigenes Schwert zog, um sich die furchtbare Erscheinung vom Leib zu halten. Schatten und anklagend wispernde Stimmen näherten sich ihm, und aus Furcht wurde reine Panik. Ohne es zu wollen, ohne auch nur zu begreifen, was er tat, stieß er das Schwert nach vorne.

Die Klinge, die schon einmal getötet hatte, glitt ebenso mühelos durch die grauen Schwaden, wie sie das Fleisch des Kriegers geteilt hatte, und wieder hörte er den Schrei zahlloser Stimmen; das Klagen der Töchter und Frauen, denen er Vater und Ehemann genommen hatte. Der Krieger jedoch war verschwunden, und Temucin stolperte nach vorne und in den Nebel hinein.

Das graue Wogen lichtete sich, und nun sah er Sarantuya wieder. Größer, beeindruckender und Furcht einflößender als je zuvor, ragte sie gigantisch und drohend über ihm auf. Ihre Augen blickten mit einer Mischung aus Gnadenlosigkeit und sachter Trauer auf ihn herab, und ihre Schuppen schimmerten in reinstem Gold, waren zugleich aber schwarz geworden, was in der Logik dieses grässlichen Traumes kein Widerspruch war. Der tote Krieger saß auf ihrem Rücken, doch nun hatte er Temucins Gesicht, und in seinen Augen war dieselbe Gnadenlosigkeit und unbezwingbare Kraft zu lesen wie in denen des Drachen, doch nicht einmal eine Spur von Trauer oder Mitleid.

Sarantuya, was ... tust du?, stammelte Temucin. Vielleicht dachte er es auch nur, was in dieser unheimlichen Traumwelt aber kein Unterschied war.

Statt zu antworten, drehte sich der Drache langsam um, stieß sich von der Felskante ab und breitete die gewaltigen Schwingen aus, um sich einem riesigen Vogel gleich in die Höhe zu schwingen.

Das Land jenseits des Burchan Chaldun veränderte sich. Wie vom Schatten des riesigen Drachen verbrannt, färbten sich Wälder und saftige Wiesen braun. Rauch und ätzender Nebel verwandelten die Luft in den Hauch des Todes. Wo kristallklares Wasser geflossen war und bunte Sommerblumen geblüht hatten, da erbebte die Erde nun unter dem Stampfen gewaltiger Heere, die sich schwarz über das Land wälzten und alles zerstörten, was in ihren Weg geriet. Feuer und Krieg verheerten das Land, und der Zorn des Drachen war noch lange nicht gestillt. Wo sein Schatten den Boden berührte, da verdorrte das Leben, und Krieg, Hungersnot und Pestilenz folgten ihm auf dem Fuß, und Temucin …

… erwachte.

Sein Herz klopfte so heftig, dass er kaum atmen konnte. Obgleich er unter gleich zwei Decken lag und zusätzlich in seinen warmen Mantel gewickelt war, zitterte er am ganzen Leib vor Kälte. Im ersten Moment war er kaum fähig, die Fesseln des Albtraums abzustreifen und in die Wirklichkeit zurückzufinden.

Seine Mutter kniete neben ihm und sagte etwas. Etliche Männer hatten sich aufgerichtet und sahen neugierig oder besorgt in seine Richtung.

»Ist alles in Ordnung?«

Diesmal verstand er Üdschins Frage, auch wenn er nicht imstande war, darauf zu reagieren. Erst als sie die Hand sacht auf seine Schulter legte, fand er endgültig ins Wachsein zurück, als hätte es erst der liebkosenden Berührung bedurft, um das Spinnennetz des Traumes endgültig abzustreifen.

Temucin setzte sich mit einem Ruck auf, brachte eine fast perfekte Mischung zwischen einem Nicken und einem Kopfschütteln zustande und schickte noch ein knappes Lächeln hinterher. Zumindest eines davon schien seine Mutter zu beruhigen, denn sie zog nicht nur die Hand zurück, auch der Ausdruck von Sorge wich aus ihrem Blick und die meisten anderen Männer ließen sich wieder zurücksinken und versuchten, ihren unterbrochenen Schlaf fortzusetzen.

»Habe ich … geschrien?«, fragte er mit einer Stimme, die so rau und krächzend war, dass sie die Antwort auf seine Frage im Grunde schon enthielt.

»Du hattest einen Albtraum«, stellte seine Mutter fest. Das *wieder einmal* hinzuzufügen sparte sie sich, aber es war auch nicht nötig. Temucin konnte es so deutlich in ihren Augen lesen, als hätte sie es laut ausgesprochen. Der Traum suchte ihn in jeder Nacht heim, seit sie hier oben waren, und er wurde schlimmer.

So furchtbar wie heute war er noch nie gewesen. Es war nicht nur der tote Mann, der ihn so erschreckte. Da war etwas in Sarantuyas sonst so sanften Augen gelegen, das ihn bis ins Mark erschütterte.

Da er Angst hatte, dass man ihm seine wahren Gefühle ansah, schauspielerte er ein übertriebenes Frösteln, zog eine Grimasse und rutschte näher an das fast heruntergebrannte Feuer heran. Nicht dass es etwas nutzte. Die Flammen waren so klein, dass sie diesen Namen kaum verdienten, und die erbärmliche Handvoll Glut verströmte keine Wärme, sondern schien die grausame Kälte eher noch zu unterstreichen, die sich über den Berggipfel gesenkt hatte.

Schon am dritten Tag hier oben waren ihnen die Lebensmittel ausgegangen und nun wurde auch das Holz knapp, sodass sie nur noch während der Nacht Feuer anzündeten; und selbst die nur gerade groß genug, um sie vor dem Erfrieren zu bewahren.

Während Temucin vorsichtig die Hände unter den Decken herausschob und über die jämmerliche Flamme hielt, fragte er sich, ob ihr Rückzugsort wirklich eine kluge Entscheidung gewesen war. Jeder Einzelne von ihnen – Üdschin und ihn selbst eingeschlossen – klagte bereits über mehr oder weniger schlimme Erfrierungen, hässliche schwarze Verfärbungen an Fingern und Zehen. Temucin bezweifelte, dass die Männer noch in der Lage waren, sich wirklich zu verteidigen, sollten die Tajin ihre Taktik wechseln und das kleine Plateau erneut zu stürmen versuchen, statt sie weiter zu belagern. Vielleicht bewahrten sie diese winzigen Feuerchen nicht vor dem Tod, sondern dehnten ihr Erfrieren nur von wenigen Stunden auf die Dauer einer Woche aus. Oder waren es schon zwei? Temucin hatte längst aufgehört, die Tage zu zählen, die sie hier oben gefangen waren.

»Versuch ein wenig zu schlafen«, riet ihm seine Mutter. »Es sind noch ein paar Stunden bis Sonnenaufgang.«

Tatsächlich war Temucin so müde, dass es ihm schwerfiel, die Augen offen zu halten. Zugleich erschreckte ihn die bloße Vorstellung, wieder einzuschlafen und erneut dem toten Mann zu begegnen – oder gar jener auf so schreckliche Weise veränderten Sarantuya – so sehr, dass er nur heftig den Kopf schüttelte.

»Ich bin nicht müde«, behauptete er. »Und ich brauche nicht so viel Schlaf.«

»Andere schon«, nörgelte einer der Männer und zog demonstrativ die Decke über den Kopf, in die er sich gewickelt hatte.

Temucin machte ein angemessen schuldbewusstes Gesicht, während sich seine Mutter ein schmales Lächeln nicht ganz verkneifen konnte. Sie sagte jedoch nichts mehr, sondern stand leise auf und ging zu der windgeschützten Stelle ein wenig abseits der anderen, an der sie ihr eigenes Nachtlager aufgeschlagen hatte.

Temucin erhob sich, wie um ihr zu folgen, bog dann jedoch im rechten Winkel ab und ging zum anderen Ende des lang gestreckten Plateaus, das den Gipfel des Heiligen Berges bildete. In der Dunkelheit der Nacht war kaum zu erkennen, wo das Plateau endete und die Schwärze des meilenweiten Abgrundes begann, sodass das letzte Stück des Weges nicht ungefährlich war. Temucin war dieses Stück in den zurückliegenden Tagen jedoch so oft gegangen, dass er sich selbst mit verbundenen Augen zurechtgefunden hätte. Und es machte auch nichts, dass die Nacht so dunkel war, dass man kaum die Hand vor Augen sehen konnte. Er sah das Land jenseits des Endes der Welt dennoch so klar unter sich liegen, als betrachte er es im hellen Sonnenlicht.

Nur dass es sich verändert hatte.

Aus dem gelobten Land war ein schwarzer Morast geworden, zertrampelt von zahllosen Hufen und verheert von Krieg und Hungersnöten, und aus dem Versprechen einer friedvollen Zukunft für sein Volk und ein Leben in Wohlstand für seine Kinder und deren Kindeskinder das Wehklagen einer Welt, die in einem Meer von Blut ertrank.

»Warum zeigst du mir das?«, flüsterte er, und mit dem Wispern des Windes antwortete die Stimme des Drachen: *Weil es der Weg ist, den du eingeschlagen hast, kleiner Khan. Der Weg, auf den ich dich führen kann – wenn du es willst.*

»Das habe ich nie gewollt!« War er am Ende gar nicht aufgewacht und der schreckliche Albtraum dauerte noch immer an?

Es ist der Weg des Drachen. Der Weg, für den du dich tief in dir schon lange entschieden hast.

»Das ist nicht wahr!«, protestierte Temucin. »Ich habe nie ...«

Der Weg des Khans. Eines Tages wird man dich Dschingis nennen, den Khan der Khane. Die Welt wird vor dem Klang deines Namens erzittern und die Menschen werden ihn noch in tausend Jahren voller Furcht flüstern.

Das hatte er nie gewollt! Der Drache hatte ihm schon einmal angeboten (und ihn zugleich davor gewarnt), seine Kraft zu nutzen, und er hatte es nicht getan. Warum also sollte er es jetzt tun?

Weil ihr es alle verlangt, am Ende, antwortete Sarantuya. *Die Macht des Drachen ist grenzenlos. Welcher Mensch könnte der Verlockung unbegrenzter Macht widerstehen?*

»Ich!«, behauptete Temucin überzeugt. »Ich will das nicht!«

»Was willst du nicht?«, fragte eine Stimme hinter ihm.

Es war nicht Sarantuya, aber er erkannte sie trotzdem. Das war wohl auch der Grund, warum er sich nicht sofort umwandte, sondern in Gedanken langsam bis fünf zählte, ehe er sich auf dem Absatz umdrehte. Eine Anzahl kleiner Steinchen löste sich unter seinen Stiefelsohlen und rollte klickend über die Felskante, bevor sie ihren lautlosen Sturz in die Tiefe begannen. Temucin konnte sich eines Gefühls vager Schadenfreude nicht ganz erwehren, als er sah, wie Ilhan bei diesem Geräusch nicht nur nervös zusammenzuckte, sondern auch einen unsicheren halben Schritt nach hinten wich.

»Warum schläfst du nicht?«, fragte er, statt Ilhans Frage zu beantworten.

»Das habe ich versucht«, sagte Ilhan, »aber jemand hat laut geschrien und gelärmt, und nachdem er endlich damit aufgehört hat, hat ein anderer angefangen, laute Selbstgespräche zu führen ... oder hast du da draußen vielleicht einen unsichtbaren Freund, der uns zu Hilfe kommen wird?«

Es lag Temucin auf der Zunge, ihm einfach die Wahrheit zu sagen. Aber natürlich tat er es nicht; und nicht nur, weil Ilhan ihm sowieso nicht geglaubt hätte oder ihn für verrückt halten würde.

»Außerdem ist es zu kalt, um wieder einzuschlafen«, fuhr Ilhan fort, als er einsah, dass er keine Antwort bekommen würde.

»Warum gehen wir dann nicht und sammeln ein wenig Feuerholz?«, schlug Temucin vor.

Ilhans Antwort bestand nur aus einem bösen Blick. Sämtliches Buschwerk und Gehölz auf der Bergkuppe war schon am ersten Tag dem unstillbaren Appetit der Feuer zum Opfer gefallen, mit denen die Männer der beißenden Kälte Paroli zu bieten versuchten. Alles Holz in erreichbarer Nähe war ihm binnen weniger weiterer Tage gefolgt, sodass ihnen schließlich keine andere Wahl geblieben war, als Männer den Hohlweg hinunterzuschicken, um auf dem dicht bewaldeten Berghang nach Feuerholz zu suchen. Selbstverständlich waren weder diese Ausflüge noch der Grund dafür den Tajin verborgen geblieben, wie sie auf schmerzvolle Weise hatten erfahren müssen. Sie hatten einen Mann verloren, und noch drei waren den lauernden Tajin nur durch Glück entkommen; schwer genug verwundet, dass man mit Fug und Recht sagen konnte, jedes Stück Holz, das in ihren winzigen Feuerstellen brannte, wäre mit Blut erkauft.

»Ja, das hättest du gerne, wie?«, höhnte Ilhan. »Lass mich raten: Ich gehe vor und du hältst die Augen offen, um mich rechtzeitig vor einem Hinterhalt zu warnen?«

Das war so absurd, dass Temucin ihn keiner Antwort würdigte, sondern einfach an ihm vorbeiging. Oder es jedenfalls wollte.

Ilhan streckte blitzschnell die Hand aus und hielt ihn fest, und das mit solcher Kraft, dass Temucin nur mit Mühe einen Schmerzenslaut unterdrücken konnte.

»Nicht so eilig, Schweinekhan«, sagte er.

Temucin starrte ihn an und vergaß sogar, sich loszureißen. »Du wagst …?«

Ilhan lachte glucksend. »Hast du was dagegen? Du wolltest doch schon immer Khan werden, oder?«

Temucin riss sich los und wollte weitergehen, doch Ilhan vertrat ihm schon wieder den Weg. Er feixte, aber in seinen Augen war noch etwas anderes und Böses. Temucin fiel auf, dass Ilhan unter dem Mantel sein Schwert trug und die rechte Hand wie durch Zufall auf dessen Griff lag.

»Geh mir aus dem Weg«, sagte er ruhig.

»Oder?«, fragte Ilhan.

Temucin war klug genug, nichts dazu zu sagen, doch Ilhan runzelte mit einem Mal die Stirn und sah zu einem Punkt irgendwo hinter ihm. Als Temucin den Kopf drehte und seinem Blick folgte, verstand er auch warum.

Seine Mutter hatte sich zwar an ihren Schlafplatz zurückgezogen, aber sie saß hoch aufgerichtet da und blickte demonstrativ in ihre Richtung.

»Ich verstehe«, sagte Ilhan abfällig. Er machte einen halben Schritt zur Seite. »Freu dich nicht zu früh, Schweinekhan. Deine Mutter wird nicht immer da sein, damit du dich hinter ihren Rockschößen verkriechen kannst.«

Heiße Wut schoss wie eine sengende Lohe in Temucin hoch. Ilhans Gestalt schien vor seinen Augen zu verschwimmen, und seine Hand kroch unter den Mantel, fand aber nur den groben Strick, den er anstelle eines Gürtels trug.

»Habt Ihr Euer Schwert vergessen, Schweinekhan?«, höhnte Ilhan. »Soll ich Euch meines geben? Ich brauche es nicht.«

Wenn du es willst, kleiner Khan …

Warum eigentlich nicht? Wozu gebot er denn über die Macht des Drachen, wenn er sie nicht nutzen sollte?

Ilhan feixte noch unverschämter, schlug seinen Mantel zurück und zog sein Schwert, um es ihm mit dem Griff voran hinzuhalten. »Ich brauche es wirklich nicht, mein Khan. Nicht, um mit dir ...«

Drache!

Lautlos und unsichtbar entfaltete das Ungeheuer seine Schwingen, und Temucin spürte, wie die Macht des Drachen in ihn floss. Er wusste nicht, was er erwartet hatte. Weder wuchsen ihm Krallen oder Flügel, noch verwandelte sich seine Haut in einen undurchdringlichen Panzer oder hatte er gar mit einem Mal das Gefühl, Feuer speien zu können.

Es war Ilhan, mit dem eine fast unheimliche Veränderung vonstattenging. Der junge Krieger stand noch immer in herausfordernder Haltung da und hielt ihm das Schwert hin. Sein Blick flackerte, und sein höhnisches Grinsen geriet mehr und mehr zur Grimasse und erlosch schließlich ganz.

»Aber was ...?«, murmelte er.

»Steck das Schwert ein«, sagte Temucin. »Sieh lieber zu, dass du irgendwo eine Axt findest. Wir gehen Holz holen.«

Zornige Worte

In der Dunkelheit wirkte der Hohlweg wie eine Schlucht, die ein wütender Gott mit feurigen Blitzen in den Stein geschlagen hatte. Ilhan hatte keine Axt geholt, Temucin aber wohlweislich sein Schwert. Zwei weitere Männer hatten sich ihnen auf Üdschins Geheiß hin angeschlossen und folgten ihnen in einem halben Dutzend Schritten Abstand und mit gezückten Waffen.

Auf dem ersten Stück trafen sie keinen Tajin. Ilhan, der es sich natürlich nicht nehmen ließ, mit gezogenem Schwert vorauszugehen, blieb immer wieder stehen, um zu lauschen, doch alles, was zu hören war, war das Klopfen ihrer eigenen Herzen und das leise Knirschen ihrer Schritte auf Eis und verharschtem Schnee. Sogar der Wind war zum Erliegen gekommen, als hielte die Natur selbst den Atem an in Erwartung dessen, was kommen mochte.

Alles, was kam, war jedoch ein trockener Ast, auf den Ilhan aus Unachtsamkeit trat und der mit einem peitschenden Knall zerbrach. Sie erstarrten mitten in der Bewegung. Temucin war nicht der Einzige, der voller Angst den Atem anhielt und darauf wartete, im nächsten Moment ein Dutzend Tajin-Krieger zu erblicken, die aus der Nacht auf sie zustürzten.

Nichts geschah. Die Nacht blieb still und dunkel und nach einer Weile atmete Ilhan hörbar aus und ließ das Schwert sinken. Obwohl er unmittelbar hinter ihm ging, erahnte Temucin die Bewegung mehr, als dass er sie sah.

»Weiter«, flüsterte Ilhan und fügte noch höchst überflüssig hinzu: »Seid vorsichtig!«

Einer der Männer hinter ihnen murmelte etwas, das Ilhan nicht zu verstehen vorzog, sich aber abfällig anhörte, und sie setzten ihren Marsch fort. Unbehelligt erreichten sie den Ausgang des felsigen Hohlwegs und Ilhan blieb abermals stehen. Auch Temucin hielt an, schloss die Augen und lauschte einen Moment lang mit den scharfen Sinnen, die ihm die Kraft des Drachen verlieh. Es blieb dabei: Sie waren allein. Wenn die Tajin Wachen an diesem Ort zurückgelassen hatten, der sie so viel Blut und Schmerz gekostet hatte, dann atmeten sie nicht einmal.

»Hier stimmt doch etwas nicht«, murmelte Ilhan.

Temucin verzichtete darauf, ihn zu dieser scharfsinnigen Schlussfolgerung zu beglückwünschen, trat neben ihn und machte eine vage Geste in die Dunkelheit hinein. »Sammelt Holz, so viel ihr finden könnt, aber macht keinen Lärm. Ilhan und ich gehen weiter und sehen nach, was das zu bedeuten hat.«

Wenn Ilhan mit diesem Befehl Probleme hatte, dann verbarg die Dunkelheit seine Reaktion. Er schob nur das Schwert unter den Gürtel und befestigte auch den runden Schild auf dem Rücken. Dann wartete er darauf, dass Temucin an ihm vorbeitrat und die Führung übernahm.

Die unheimliche Stille hielt an, sah man von den Geräuschen ab, die sie selbst bei ihrem Marsch durch den nächtlichen Wald verursachten. Sie begegneten nicht nur keinem Tajin. Der Wald war vollkommen ausgestorben. Endlich erreichten sie den Fuß des Heiligen Berges und damit den Platz, an dem die Tajin-Krieger ihr Lager aufgeschlagen hatten.

Es war verlassen. Hier und da glomm noch ein Rest erlöschender Glut in den Feuerstellen, und in der Luft hing der schwache Geruch von gebratenem Fleisch, Schweiß und Pferdemist. Von den Verursachern all dessen war keine Spur zu sehen. Eine Anzahl dunkler Kreise im Schnee verriet noch die Stellen, an denen die Jurten der Tajin gestanden hatten, und ein kleines Stück abseits des Lagerplatzes fanden sie eine Abfallgrube, die Ilhan unverzüglich nach etwas Essbarem zu durchwühlen begann. Temucin konnte ihn verstehen – auch sein Magen knurrte mittlerweile so laut, dass dieses Geräusch sie wohl verraten hätte, wären die Tajin noch da gewesen –, aber *so* hungrig war er nun doch nicht.

Er verzichtete auf jeden Kommentar und folgte nur der breiten Spur, die die Tajin bei ihrem Abzug hinterlassen hatten. Es war nicht besonders schwer. Die Zahl ihrer Verfolger musste größer gewesen sein, als sie befürchtet hatten, und die Krieger hatten sich keine besondere Mühe gegeben, ihre Spur zu verbergen. Sie führte in westlicher Richtung aus dem Tal hinaus, ein breiter Pfad, wo sich zertrampelter Schnee und steinhart gefrorenes aufgerissenes Erdreich mischten, durchsetzt von allerlei Dingen, die die Tajin verloren oder auch einfach weggeworfen hatten. Temucin folgte ihr bis zum Ausgang des lang gestreckten Tales, wo sie in spitzem Winkel nach Westen abbog und zugleich breiter wurde, dann ging er zu Ilhan zurück.

Der junge Krieger hatte aufgehört, die Abfälle ihrer Verfolger zu durchwühlen.

»Hast du sie gefunden?«, empfing er Temucin.

»Sie sind fort«, antwortete Temucin. »Und wie es aussieht, hatten sie es ziemlich eilig.«

»Du meinst, sie sind geflohen?«

»Auf jeden Fall sind sie nicht mehr da«, erwiderte Temucin.

Ilhan machte ein so gewichtiges Gesicht, als hätte er ihm etwas vollkommen Neues erzählt. »Dann sollten wir die Gelegenheit nutzen und ebenfalls von hier verschwinden. Wer weiß, ob sie nicht zurückkommen.«

Darüber machte sich Temucin im Moment eigentlich die geringsten Sorgen. Es mussten gute drei Dutzend Krieger gewesen sein, wenn nicht mehr; schon fast eine kleine Armee. Er fragte sich mit wachsendem Unbehagen, welche Gefahr eine solche Streitmacht dermaßen erschrecken konnte, dass sie mitten in der Nacht und in offensichtlicher Hast aufbrach.

»Vielleicht sollten wir erst einmal …«, begann er, doch Ilhan drehte sich halb um und klatschte in die Hände. Im blassen Licht des beinahe vollen Mondes glänzten seine Lippen und sein stoppelbärtiges Kinn fettig, was ein Gefühl leiser Übelkeit in Temucins Magen erwachen ließ. Auf Ilhans Zeichen hin traten zwei Gestalten hinter ihnen aus der Nacht hervor; die beiden Krieger hatten Temucins Befehl ganz offensichtlich nicht gehorcht, sondern waren ihnen gefolgt.

»Geht zurück und holt die anderen«, befahl Ilhan. »Rasch! Sie sollen nur das Wichtigste mitbringen und sich beeilen! Wer weiß, ob die Tajin nicht zurückkommen, und wann!«

Die beiden Merkiten verschwanden so hastig, dass Temucin nicht sicher war, ob sie Ilhans Worte ganz verstanden hatten. Er bedachte Ilhan mit einem langen Blick und schüttelte fast traurig den Kopf.

»Missfällt Euch meine Entscheidung, oh mein Khan?«, fragte Ilhan spöttisch. »Wolltet Ihr lieber hierbleiben und darauf warten, dass sie zurückkommen? Dann tut es mir leid, Eurem Wunsch nicht entsprochen zu haben.«

»Bitte hör damit auf«, seufzte Temucin. »Wir sind allein. Niemand sieht oder hört uns. Wenn du mir irgendetwas sagen willst, dann tu es einfach.«

»Ich wüsste nicht was, großer Khan«, antwortete Ilhan spröde.

Temucin musste an sich halten, um ihn nicht so laut anzufahren, dass man es noch oben auf dem Berggipfel hören konnte. »Genau das meine ich«, sagte er mühsam beherrscht.

»Was, mein Khan?«, erwiderte Ilhan.

Temucin glaubte ihm ansehen zu können, dass er lieber etwas gänzlich anderes gesagt hätte, es aber dann doch nicht wagte.

»Du hast Angst, dass meine Mutter mich zum Khan machen wird, habe ich recht?«, fragte er geradeheraus. »Du glaubst, dass es eigentlich dir zusteht, unseren Klan zu führen oder das, was noch davon übrig ist.«

»Und wenn es so wäre?« Ilhans Stimme klang trotzig und er sah Temucin nicht in die Augen. Womöglich erinnerte er sich daran, was er oben auf dem Berggipfel darin gelesen hatte.

»Dann würdest du dir umsonst Sorgen machen«, antwortete Temucin. »Ich will nicht Khan werden.«

Ilhan zog es vor, gar nichts darauf zu antworten, aber sein Gesichtsausdruck sprach Bände.

»Jedenfalls nicht so«, fügte Temucin hinzu.

Ilhan starrte ihn nur weiter an und Temucin war schon fast davon überzeugt, gar keine Antwort zu bekommen, da fragte er misstrauisch: »Was genau meinst du mit *so*?«

»Ich will nicht Khan werden, nur weil man Vater Khan war und ich zufällig sein ältester Sohn bin«, antwortete Temucin.

»Aber so ist es Sitte, solange die Welt besteht«, erwiderte Ilhan.

»Dann ist es vielleicht an der Zeit, dass wir diese Sitte ändern«, sagte Temucin. »Ich will nicht, dass du mir gehorchst, nur weil es *so Sitte* ist … oder irgendjemand anderes. Du hast recht, Ilhan: Eines Tages will ich Khan sein. Wenn ich ehrlich bin, dann gibt es nichts auf der Welt, was ich mehr wünsche, als die, die von unserem Klan noch am Leben sind, eines Tages in das Land jenseits der Berge zu führen, wo eine neue Zukunft und ein besseres Leben auf sie wartet. Aber ich möchte nicht, dass sie mir folgen, nur weil ich der Sohn meines Vaters bin oder weil es so Sitte ist. Sie sollen mir folgen, weil sie es wollen und weil sie mir vertrauen.«

»Und warum sollten sie das tun?«, fragte Ilhan abfällig.

»Vielleicht weil er der Beste für diese Aufgabe ist?«

Es war nicht Temucin, der das sagte, sondern seine Mutter. Nur in eine viel zu dünne Decke gewickelt trat sie hinter ihnen aus dem Wald, und ein Blick in ihre Augen machte Temucin klar, dass sie lange genug dort gestanden haben musste, um jedes Wort zu verstehen.

Ilhan deutete eine Verbeugung an, in der sehr wenig echter Respekt zu erkennen war. »Khanin! Wie …?«

»… kommst du denn hierher?« Temucin fiel ihm nicht nur ins Wort, sondern führte den Satz auch deutlich anders zu Ende, als Ilhan es beabsichtigt hatte, und in einem Tonfall, der ihn selbst ein bisschen überraschte.

»Du hast doch nicht wirklich geglaubt, dass ich die Hände in den Schoß lege und darauf warte, dass mein Sohn Kopf und Kragen riskiert, ohne dass ich ihm beistehe? Was wäre ich für eine Mutter, wenn ich das täte?«

Das war nicht unbedingt das, was Temucin hatte hören wollen, und in Ilhans Augen blitzte es auch prompt und unverhohlen schadenfroh auf. Doch dieser Ausdruck hielt nur genauso lange an, bis sich Üdschin mit einem Ruck zu ihm umdrehte und ihn anfunkelte.

»Wie viele von unseren Familien würden dir folgen? Was meinst du, Ilhan?«

»Ich verstehe nicht, was …«, begann Ilhan, und selbstverständlich unterbrach ihn Üdschin auch jetzt wieder: »Ja, das denke ich mir. Geh und sorge dafür, dass unsere Männer heil von diesem Berg herunterkommen. Und schaut euch um, ob die Tajin vielleicht das eine oder andere zurückgelassen haben, das uns von Nutzen sein kann.«

Ilhan wagte es nicht, laut zu widersprechen, doch sein Nicken zeugte von unterdrückter Wut und seine zu einem blutleeren Strich zusammengepressten Lippen verrieten Trotz.

»Und schick einen der Männer los, um der Spur der Tajin zu folgen«, fügte Üdschin hinzu. »Wir müssen wissen, wohin sie gegangen sind.«

»Das übernehme ich selbst, Khanin«, sagte Ilhan.

Ohne eine Antwort abzuwarten, fuhr er auf dem Absatz herum und verschwand in der weichenden Dunkelheit. Üdschin sah ihm eine ganze Weile stumm mit nachdenklich gerunzelter Stirn nach und ihr Gesichtsausdruck war betrübt, als sie sich wieder zu Temucin umdrehte.

»Er wird dir noch große Schwierigkeiten machen, mein Sohn.« Sie seufzte. »Ich habe gehört, was du zu ihm gesagt hast.«

»Das habe ich auch so gemeint«, sagte Temucin.

»Es waren weise Worte«, sagte Üdschin. »Aber bist du sicher, dass sie klug waren?«

Nein, das war er ganz und gar nicht. Er kannte Ilhan gut genug, um zu wissen, dass der junge Krieger ihm diese Worte nur als Schwäche auslegen würde. Temucin schwieg.

»Auch wenn ich es vollkommen anders meine, als es sich vielleicht anhört«, fuhr Üdschin fort, »aber in einem hat Ilhan recht: Ich werde nicht immer da sein, um dich zu beschützen.«

Aus dem Mund jedes anderem hätten ihn diese Worte zornig gemacht, aber Temucin wusste, was sie wirklich damit meinte ... und auch, dass sie sich irrte und ihre Sorge unbegründet war. Mit der Kraft des Drachen, die in ihm war, musste er keinen Herausforderer fürchten, schon gar nicht einen jungen Krieger wie Ilhan, der gerade erst zum Mann geworden war. Es gab *niemanden*, den er fürchten musste. Sarantuya hatte ihm seine Zukunft gezeigt, und sie war strahlend und voller Ruhm, die Zukunft eines Kriegers, dessen Namen die Menschen noch in tausend Jahren voller Angst flüstern würden.

Er wusste nur nicht, ob er das auch wirklich wollte.

Der Weg des Kriegers

Für eine Weile hatte es so ausgesehen, als würde ihnen die Flucht mühelos gelingen. Mensch und Tier hatten den Berg nicht nur unbeschadet verlassen, die Tajin waren auch so überhastet aufgebrochen, dass sie allerlei nützliche Dinge zurückgelassen hatten – darunter sogar einen Vorrat an Lebensmitteln, der den ärgsten Hunger der Männer stillen und darüber hinaus für mehrere Tage reichen würde.

Ilhan, der nach einer halben Stunde vom Spähen zurückkam, brachte gute Nachrichten: Die Tajin waren in großer Eile weitergezogen, und machten keine Anstalten, langsamer zu werden oder gar umzukehren. Beim ersten Licht des neuen Tages saßen Temucins Leute auf und machten sich unbehelligt auf den Weg. Zum ersten Mal seit über einer Woche hatten sie dabei nicht das Gefühl, der nächste Schritt könnte zugleich ihr letzter sein.

Natürlich blieb es nicht so.

Erschöpft, wie Mensch und Tier nun einmal waren, kamen sie nur langsam voran, und es war noch nicht einmal Mittag, als sich Ilhan mit einem Mal halb im Sattel umdrehte und in die Richtung wies, aus der sie gekommen waren.

Müde wandte Temucin den Kopf und sah in dieselbe Richtung. Er musste ein paarmal blinzeln, bis seine Augen mehr als ineinanderfließende Schemen wahrnahmen, dann aber erkannte er umso deutlicher, was Ilhan entdeckt hatte. Hinter ihnen, noch ein gutes Stück entfernt, aber trotzdem beunruhigend nahe, kreiste eine Anzahl dunkler Punkte in der Luft: Vögel, die irgendetwas aufgescheucht hatte und die nun ver-

ärgert umherflatterten. Einmal darauf aufmerksam geworden, nahm Temucin auch die sachte Trübung der Luft darunter wahr. Im Sommer wäre es Staub gewesen, den zahlreiche Pferdehufe aufgewirbelt hatten, jetzt war es Schnee, doch zweifellos dieselbe Ursache.
»Jemand verfolgt uns.« Ilhan flüsterte, damit außer Üdschin und ihm niemand die Worte hörte – was Temucin einigermaßen lächerlich fand, so auffällig, wie er sich gerade benommen hatte.
»Vielleicht die Tajin«, sagte er.
Ilhan nickte, machte aber ein zweifelndes Gesicht. »Es könnten auch die sein, vor denen die Tajin geflohen sind.«
Temucin wollte widersprechen, doch seine Mutter brachte sie mit einem energischen Kopfschütteln zum Schweigen. »Es spielt keine Rolle. Wir müssen so oder so auf der Hut sein. Nur weil sie die Feinde unserer Feinde sind, macht sie das nicht zu unseren Freunden.«
Sie sah sich suchend um und deutete dann nach vorne in die Schatten. »Verbergen wir uns zwischen diesen Felsen. Im Ernstfall können wir uns dort besser verteidigen.«
Das war wenig mehr als ein frommer Wunsch, wie Temucin sehr wohl wusste. Wer immer hinter ihnen herankam, *konnte* ihre Spuren gar nicht übersehen, und sie waren nicht in einem Zustand, sich zu verteidigen, ganz gleich gegen wen.
Aber sie durften nichts unversucht lassen und so trieben sie die erschöpften Tiere zu schnellerem Tempo an.
Es blieb bei dem Versuch. Eines der übermüdeten Pferde stürzte und brach sich ein Bein, und sein Reiter kam nur durch schieres Glück mit ein paar harmlosen Schrammen davon. Danach wurden sie noch langsamer und als sie den von dürrem Buschwerk bestandenen Hügel erreichten, den Üdschin entdeckt hatte, war aus dem verschwommenen Flirren

am Horizont bereits eine dunkle Linie zitternder (und sehr schneller) Bewegung geworden, die in mehr und mehr einzelne dunkle Punkte zerfiel, je näher sie kam. Es war unmöglich, ihre Zahl zu schätzen, aber Temucin war klar, dass die Verfolger ihnen hoffnungslos überlegen waren. Schon der bloße Gedanke an Widerstand war lächerlich.

Dennoch reagierten die Männer so schnell und präzise, wie Temucin es von den Kriegern der Steppe erwartete, und das schloss sogar Ilhan mit ein; eine Tatsache, die Temucin mit einer sonderbaren Mischung aus Erleichterung und absurdem Ärger erfüllte. Zwei der Männer waren so schwer verletzt, dass Üdschin sie dazu abstellte, sich um die Pferde zu kümmern, damit sie wenigstens das Gefühl hatten, noch für etwas von Nutzen zu sein, während die anderen sich zwischen vereisten Felsen postierten oder Deckung hinter dem kümmerlichen Buschwerk suchten.

Temucins Mut sank, als er seinen Platz in der dünnen Linie der Verteidiger einnahm und Bogen und Köcher vom Rücken nahm. Seine Finger waren so steif gefroren, dass es schon wehtat, auch nur einen Pfeil auf die Sehne zu legen. Der Gedanke, sie zu spannen oder gar einen Schuss abzugeben, kam ihm geradezu grotesk vor. Und selbst wenn es nicht so gewesen wäre ... Sie waren nur noch eine Handvoll, und nicht einer der Männer war in wesentlich besserer Verfassung als er. Der Hügel war so flach, dass er das Tempo der Verfolger nicht nennenswert mindern konnte, und als wäre das nicht genug, korrigierte Temucin nach einem flüchtigen Blick die geschätzte Anzahl der heranpreschenden Reiter noch einmal um gut das Doppelte nach oben. Wenn es wirklich Tajin waren und wenn sie sie wirklich angriffen, dann würde es keinen Kampf geben, sondern nur ein kurzes und vermutlich äußerst brutales Sterben.

Das ist der Weg des Kriegers, mein Khan. Der Weg, für den du dich entschieden hast.
Sarantuyas Stimme hatte sich verändert. Sie klang kälter, machtvoller und zugleich unendlich traurig.
Hatte er es wirklich *so* gewollt?
»Macht euch bereit!«, befahl Üdschin. »Zielt tief, damit sie ihre Schilde nicht benutzen können.«
Ein knappes Dutzend Pfeile wurden auf Sehnen und schwarz erfrorene Finger gelegt, und Temucin löste den Blick von der herangaloppierenden Mauer aus Pferden und ihren schwer bewaffneten Kriegern, um die Gesichter der Männer zu seinen Seiten aufmerksam zu mustern.
Er erblickte überall dasselbe. Es waren graue Gesichter, schmal und mit eingefallenen Wangen, die von Erschöpfung und Schmerz gezeichnet waren, doch nirgendwo entdeckte er Furcht. Viele der Männer wirkten zu Tode erschöpft und in mehr als einem Augenpaar las er eine vage Trauer, dass es hier und so zu Ende gehen sollte. Aber da war keine Angst oder auch nur ein Hadern mit dem Schicksal oder gar Zorn auf ihn. Die meisten dieser Männer waren Merkiten, nicht einmal von seinem Klan, und doch nahmen sie es hin, an diesem fremden und kalten Ort zu sterben, nur weil ihr Khan es von ihnen erwartete.
Auch das ist der Weg des Kriegers, mein Khan.
Dieses Mal meinte er nicht nur Sarantuyas Stimme zu hören, sondern den Drachen zu sehen, wenn auch nur vor seinem inneren Auge und nicht so, wie er sich sonst an ihn erinnerte. Statt des sanftmütigen Riesen mit den goldenen Schuppen und behütenden Flügeln erinnerte er ihn an den schwarzen Verheerer aus seinen Albträumen, unter dessen Schatten die Welt verdorrte, und der Leid und Krieg und unendliche Not über die Menschen brachte.

»Nein«, sagte Temucin.

Ilhan blinzelte und sah ihn verständnislos an, und auch seine Mutter maß ihn mit einem langen, stirnrunzelnden Blick.

»Was soll das heißen: *Nein?*«

Temucin stand auf, ließ den Bogen sinken und zog einen Moment später sein Schwert, um es auf den vereisten Felsen zu legen, hinter dem er Deckung gesucht hatte.

Die Verfolger waren schon so nahe, dass er das Donnern der Pferdehufe auf dem gefrorenen Boden hören konnte und die Stimme heben musste, um es zu übertönen. »Ich will das nicht. Sie sind meinetwegen hier. Ich werde zu ihnen gehen.«

»Du redest Unsinn, mein Sohn«, sagte Üdschin verärgert. »Nimm deinen Bogen wieder auf!«

»Oder geh zu den Pferden und beschütze sie«, fügte Ilhan hinzu.

Temucin ignorierte ihn. »Sie wollen nur mich«, fuhr er entschlossen fort. »Drei Männer sind bereits tot und ich will nicht, dass noch mehr sinnlos sterben.«

»Temucin!«, sagte seine Mutter zornig. »Du wirst jetzt ...«

Temucin trat mit einem entschlossenen Schritt um den Felsen herum und begann den flachen Hügel hinunterzugehen. Seine Mutter rief ihm etwas nach und ein paar der Männer begannen zu murren, doch das Dröhnen zahlloser Hufe, das Klirren von Waffen und Knarren schwerer lederner Rüstungen verschlang jeden anderen Laut. Vielleicht war es auch nur das Klopfen seines Herzens.

Die Mauer aus Pferdeleibern und grimmigen Gesichtern raste weiter heran. Temucin brauchte all seine Willensstärke, um nicht die Augen zu schließen, während er darauf wartete, von den Pferden nieder- und schlichtweg zu Tode getrampelt zu werden.

Stattdessen teilte sich das herangaloppierende Heer im letzten Moment vor ihm. Ein Teil der Reiter schwenkte nach rechts und links, andere brachten ihre Tier vor oder auch hinter ihm zum Stehen, bis er sich im Zentrum eines vielleicht fünfzehn Schritte messenden Kreises befand, der nur aus Zorn, dampfendem Fleisch und gezückten Waffen zu bestehen schien.

Sarantuya, dachte er verzweifelt. *Hilf mir! Gib mir die Kraft, sie zu besiegen!*

So funktioniert das nicht, mein kleiner Khan, wisperte die Stimme des Drachen tief in seinen Gedanken. *Ich kann deine Haut nicht in Eisen verwandeln und deinen Atem nicht in Feuer. Du weißt das.*

Natürlich wusste er es. Diese Art von Macht hatte Sarantuya nie gemeint. Aber Temucin hatte so entsetzliche Angst wie noch niemals zuvor im Leben. Der Tod war dem Volk der Steppe nicht fremd und er hatte immer geglaubt, ihn nicht zu fürchten. Doch mit einem Male begriff er, dass er schreckliche Angst vor dem *Sterben* hatte.

Einer der Reiter ließ sein Pferd einen Schritt auf ihn zutraben. Das Tier schnaubte nervös und scharrte mit den Vorderhufen im Schnee, und Temucin konnte seinen Schweiß riechen. Er versuchte das Gesicht des Reiters zu erkennen, um herauszufinden, ob er den Mann aus dem Sommerlager der Tajin kannte; und wenn, was er von ihm zu erwarten hatte. Doch die Züge des Mannes verbargen sich hinter einem dichten grauen Vorhang, der aus seinem Atem gebildet wurde. Temucin erkannte nur die vage Andeutung eines dunklen Vollbartes und ebenso dunkler, gnadenloser Augen. Die Gesichter der anderen waren ihm definitiv fremd. Die Tajin waren eine große und weit verzweigte Sippe. Sie mussten Verstärkung aus einem anderen Lager bekommen haben, was auch ihre große Anzahl erklärte. Es mussten fünfzig sein, wenn nicht sogar mehr.

»Ist das der Junge?«, fragte ein raue Stimme.

»Jedenfalls gehört er nicht zu uns«, antwortete der Bärtige. Die dunklen Augen maßen Temucin auf eine Art, die ihm einen eisigen Schauer über den Rücken laufen ließ. Er spürte instinktiv, dass er es mit dem Anführer der Tajin zu tun hatte, vielleicht sogar mit ihrem Großkhan selbst, und so raffte er all seinen Mut zusammen und wandte sich direkt an den Mann mit den gnadenlosen Augen.

»Ich bin der, den ihr sucht«, sagte er mit einer Stimme, die nicht einmal annähernd so fest klang, wie er es gerne gehabt hätte. Immerhin zitterte sie nicht vor Angst. Wenigstens nicht allzu sehr.

»Ich weiß, dass ihr hinter mir her seid«, fuhr er fort, als er keine Antwort bekam und der Bärtige nur den Kopf abwechselnd auf die eine und die andere Seite legte und ihn dabei ansah, als betrachte er ein sonderbares Insekt, von dem er noch nicht entschieden hatte, ob es gefährlich war oder nicht. »Ich gebe auf.«

»So, du gibst auf«, wiederholte der Bärtige amüsiert.

»Nehmt mich mit und macht mit mir, was ihr wollt«, fuhr Temucin fort. »Aber bitte tut den anderen nichts. Was passiert ist, war nicht ihre Schuld. Sie wollten mir nur helfen. Ich weiß, dass Männer eures Volkes gestorben sind, und ihr Blut verlangt nach Blut, um ihren Tod zu sühnen. Aber auch wir haben drei gute Männer verloren. Wir sind quitt. Lasst die anderen gehen und nehmt mich.«

»Das muss der Junge sein, wenigstens dem Unsinn nach zu schließen, den er redet.«

»Wahrscheinlich haben ihm Kälte und Hunger die Sinne verwirrt«, bestätigte der Bärtige.

»Das hier ist eine Sache zwischen uns«, sagte Temucin. »Ihr seid zehnmal so viele wie sie. Welche Ehre brächte es den Tajin, eine Handvoll zu Tode erschöpfter Männer und eine alte Frau niederzumetzeln?«

»Die Tajin sind ein Volk, das das Wort Ehre nicht kennt, mein Sohn, und dem so etwas Freude bereitet«, sagte die Stimme seiner Mutter hinter ihm.

Der Bärtige wandte ruckartig den Kopf, und auch Temucin drehte sich um und sah Üdschin näher kommen, raschen Schrittes und so stolz erhobenen Hauptes, dass die Tajin-Krieger ihr schweigend Platz machten.

»Das waren tapfere Worte, mein Sohn. Worte, die eines Khans würdig sind. Ich fürchte nur, sie hätten dir wenig genutzt, wenn das hier wirklich Tajin wären.«

Temucin versuchte nicht einmal zu verstehen, was diese Worte bedeuteten, denn der Bärtige schwang sich mit einer kraftvollen Bewegung aus dem Sattel und eilte seiner Mutter entgegen, um sie zu seiner maßlosen Überraschung in die Arme zu schließen.

»Üdschin! Den Göttern sei Dank, du lebst! Ich hatte Angst, dass wir zu spät kommen!«

Üdschin ließ die stürmische Begrüßung des vermeintlichen Tajin über sich ergehen, dann machte sie sich mit sanfter Gewalt los und trat einen Schritt zurück, hielt seine Hand aber weiter fest. »Es bedarf schon mehr als einer Handvoll dahergelaufener Tajin, um mich zu fangen«, sagte sie augenzwinkernd. »Ich muss dennoch zugeben, dass ich mich freue, dich zu sehen, Üdügur.«

Sie ließ die Hand des Bärtigen los, winkte Temucin zu sich und deutete auf den Bärtigen. »Temucin, das ist Üdügur. Der Kriegsherr der Merkiten und der Bruder meines Vaters.«

Die Entscheidung

»Mer...kiten?«, wiederholte Temucin verwirrt.

»Und das ist dein Glück, mein Junge«, sagte Üdügur mit einem bestätigenden Nicken. »Wären wir die Tajin, für die du uns zu halten schienst, dann wärst du jetzt tot.«

»Merkiten?«, fragte Temucin noch einmal. »Ihr seid ... Merkiten? Keine Tajin?«

»Du hast mir nicht gesagt, dass dein Sohn schlecht hört«, sagte Üdügur mit sachtem Spott.

»Aber wieso ...?«, stammelte Temucin. »Ich meine ... wo kommt ihr so plötzlich her, und ... und warum?«

»Eine berechtigte Frage«, sprang ihm seine Mutter bei.

»Wir hatten Hilfe«, antwortete Üdügur. Zu einem seiner Männer sagte er: »Bringt ihn her«, bevor er an Temucin gewandt fortfuhr: »Die Tajin missachten seit vielen Jahren unsere Grenzen und wildern auf unserem Gebiet. Nichts davon schien uns einen Krieg wert. Doch nun ist uns zu Ohren gekommen, dass sie mit Waffen zum Heiligen Berg gezogen sind und auf seinen Hängen Blut vergießen. Das Maß ist voll!«

Um nicht zu sagen, ihr hattet endlich den Vorwand, in den Krieg zu ziehen, nach dem ihr so lange gesucht habt, fügte Temucin hinzu, vorsichtshalber nur in Gedanken.

Dennoch sah ihn Üdschin so erschrocken an, als hätte er die Worte laut ausgesprochen, und auch der Kriegsherr der Merkiten wirkte irritiert; vielleicht hatte man ihm seine Gedanken ein bisschen zu deutlich angesehen.

Und das, obwohl es nichts als die Wahrheit ist, spöttelte eine andere, unhörbare Stimme in seinem Kopf. *In einem hat deine Mutter recht, weißt du? Du musst noch eine Menge lernen, mein kleiner Khan.*

»Nenn mich nicht so«, sagte Temucin ärgerlich und erst, als ihn sowohl seine Mutter als auch der Merkitenfürst ebenso erstaunt wie verständnislos ansah, begriff er, dass ihm die Worte laut entschlüpft waren.

»Wie sollen wir dich nicht nennen?«, fragte Üdügur prompt.

Ilhans Erscheinen bewahrte Temucin davor, diese Frage beantworten zu müssen. Der junge Krieger kam nicht allein, sondern brachte die meisten Männer mit, die sich oben auf dem Hügel verschanzt hatten, selbst einen der Verwundeten, der so schwach war, dass er sich auf einen seiner Kameraden stützen musste. Es gab ein großes Hallo und allgemeines Umarmen und Schulterklopfen. Üdügur schloss Ilhan kurz und mit einem Ausdruck ehrlicher Freude in die Arme – was Temucin einen dünnen Stich der Eifersucht versetzte –, dann trat Ilhan auf ihn zu und reichte ihm das Schwert, das er oben auf dem Felsen zurückgelassen hatte.

Er warf ihm die Waffe nicht wirklich vor die Füße, aber irgendwie gelang es ihm, den Eindruck zu erwecken, als hatte er es getan. »Das habt Ihr vergessen, mein Khan«, sagte er höhnisch.

Temucin nahm die Waffe wortlos entgegen, schob sie unter den Gürtel und wandte sich wieder an den Merkiten. »Woher habt ihr gewusst, was geschehen ist?«

Üdügur tauschte einen sonderbaren Blick mit Temucins Mutter, drehte sich dann wortlos auf dem Absatz um und machte eine ungeduldige Geste. Es vergingen noch einige Augenblicke, dann traten zwei Merkiten auf ihn zu und Temucin hätte um ein Haar laut aufgeschrien, als er die dritte Gestalt erkannte, die die beiden Männer zwischen sich führten. Im ersten Moment hätte man meinen können, sie hielten einen Gefangenen, doch in Wahrheit stützten sie ihn wohl, weil er kaum die Kraft hatte, sich auf den Beinen zu halten.

»Chuzir!« Temucin war mit einem Satz bei ihm und schloss den Freund so stürmisch in die Arme, dass er ihn um ein Haar von den Füßen gerissen hätte. Erst als sich in Chuzirs Keuchen ein unüberhörbarer Unterton von Schmerz mischte, ließ er ihn los und trat einen Schritt zurück.

»Der Verräter!«, sagte Ilhan. »Wo habt ihr ihn aufgegriffen?«

Üdügur sah ihn irritiert an, schüttelte dann den Kopf und wies auf Chuzir, der sich wieder in den stützenden Griff der beiden Merkiten gerettet hatte, um nicht zu fallen. Er war so bleich, dass Temucin im Nachhinein erschrak. Er hatte Chuzir krank in Erinnerung, aber jetzt sah er noch schlimmer aus. Er hatte Fieber, was man sogar riechen konnte.

»Verräter?« Üdügur machte ein nachdenkliches Gesicht. Er sprach an Temucin gewandt weiter. »Der Junge hatte zwei Pfeile im Rücken, als er uns erreichte. Er hat zwei Nächte auf Leben und Tod dagelegen. Aber kaum war er wieder in der Lage zu reden, da hat er nicht eher Ruhe gegeben, bis wir losgezogen sind, um dich zu retten, Temucin.«

»In seinem Zustand?«, wunderte sich Üdschin. Direkt an Chuzir gewandt fügte sie hinzu: »Das hätte dein Tod sein können, mein Junge.«

»Ich habe euch gesagt, dass ich meine Schulden bezahle«, brachte Chuzir mühsam hervor.

»Und wenn es dich das Leben kostet, du Dummkopf?«, fragte Temucin.

Chuzir war sichtlich zu schwach, um zu antworten, doch Üdügur nickte bekräftigend und fügte mit seltsamer Betonung hinzu: »Dein Freund hat noch sehr viel mehr getan, Temucin.« Er deutete eine entsprechende Handbewegung an.

»Bringt sie her.«

»*Was* hat er getan?«, fragte Temucin. Sein Herz begann zu klopfen.

»Es gibt einen Grund, warum wir so spät kommen«, antwortete Üdügur. »Dein Freund hat darauf bestanden, dass wir einen kleinen Umweg über das Winterlager der Tajin machen.«

Temucin verstand gar nichts mehr, blickte verwirrt zuerst in Üdschins, dann in Chuzirs Gesicht und setzte gerade dazu an, eine entsprechende Frage an den Merkitenfürsten zu richten, als sich die Reihe der Männer abermals teilte und eine einzelne, schlanke Gestalt passieren ließ. Eine sehr kleine Gestalt, die trotz der bitteren Kälte ihre Kapuze zurückgeschlagen hatte, sodass er das schmale Gesicht und ihr nackenlanges, zu zwei glänzend schwarzen dicken Zöpfen geflochtenes Haar erkennen konnten und ihre wunderschönen nachtfarbenen Augen.

Temucins Atem stockte ebenso wie sein Herz. »Arbesa?«, flüsterte er.

»Dein Freund hat darauf bestanden, zuerst sie zu befreien«, sagte Üdügur. »Wir hätten ihn schon in Ketten legen müssen, um ihn davon abzubringen, und ich glaube, nicht einmal das hätte etwas genutzt.«

Temucin hörte nicht richtig hin. Sein Herz klopfte wie zum Ausgleich für die vermissten Schläge nun so schnell und hart, dass es ihm schier den Atem abschnürte.

»Arbesa?«, krächzte er noch einmal. »Du bist … du bist es wirklich?«

Da war etwas in Arbesas Augen, das ihn fast lähmte, die Erfüllung einer Sehnsucht, die sein Leben in jeder einzelnen

Minute der zurückliegenden Jahre bestimmt hatte. Aber da war noch etwas, das er nicht wirklich deuten konnte oder vielleicht gar nicht wollte. War das ... Angst? Aber warum?

»Du weißt, wie es ihr als Sklavin des Tajin-Khans ergangen ist?«

Welche Rolle spielte das? Arbesa war am Leben und wieder bei ihm, und das war alles, was zählte. Er wollte auf sie zutreten und sie in die Arme schließen, doch Üdügur hielt ihn mit einer raschen Geste zurück.

»Ist das das Mädchen, nach dem du gesucht hast?«, fragte er.

»Das ist Arbesa, ja«, bestätigte Temucin. »Meine Braut.«

Beim Klang des letzten Wortes huschte ein Schatten über Üdügurs Gesicht und er fuhr in leicht verändertem Tonfall fort: »Sie war das Mädchen, das dir versprochen war, ich weiß. Aber da gibt es etwas, was du wissen musst.«

Temucins Herz begann schneller zu schlagen. Er sah Arbesa an, dann seine Mutter und den Merkiten und schließlich wieder Arbesa, und erst dann begriff er, was Üdügur meinte, und vielleicht auch den Grund für die Angst, die er überdeutlich in Arbesas Augen las.

Sie war nicht allein gekommen. Sie trug etwas unter dem Mantel. Etwas Kleines, das sich bewegte und ein leises Wimmern ausstieß. Temucin sagte nichts, sondern ging zu ihr, schlug den Mantel mit zitternden Fingern auseinander und starrte dann mit klopfendem Herzen auf das in warme Decken eingewickelte Bündel, das sie schützend an sich presste. Es war ein Kind von wenigen Monaten.

»Was ...?«, brachte er verwirrt hervor. »Wer ... ist das?«

»Das ist der Bastard eines Tajin, nehme ich an.« Ilhan spie die Worte regelrecht hervor.

»Ist das ... ist das wahr?«, stammelte Temucin.

Er starrte den Säugling an und wartete darauf, irgendetwas

zu empfinden, aber da war nichts. Arbesas Augen waren schwarz vor Angst, riesengroß und es schien ihr nicht möglich, auch nur ein einziges Wort hervorzubringen. Sie presste den hilflosen Säugling fester an sich, woraufhin sein Wimmern noch kläglicher wurde.

»Ist das wahr?«, fragte er erneut.

Arbesa nickte. Mit einem Mal wurde Temucin klar, woher diese immer größer werdende Angst in ihren Augen kam. Der Gedanke traf ihn wie ein Messerstich mitten ins Herz.

»Du weißt, was du zu tun hast«, sagte Ilhan.

Nein, das wusste Temucin nicht. Und wenn er es gewusst hätte, dann hätte er es nicht wissen *wollen*.

Es ist der Weg des Kriegers, junger Khan, flüsterte die Stimme des Drachen in seinen Gedanken. *Du musst ihn gehen, und am Ende wirst du ihn gehen.*

Aber woher wollte sie das wissen?

Weil das die wahre Macht der Drachen ist, kleiner Khan, antwortete Sarantuya. *Dass wir nicht nur sehen, was war und was ist, sondern auch was sein wird. Du wirst zum Khan deiner Sippe werden und später zum Dschingis, dem Khan aller Khane und Herrn über die ganze Welt.*

Aber ...

So war es immer und so wird es immer sein, fuhr die lautlose Stimme des Drachen fort, kalt und schneidend wie geschliffener Stahl, aber voller Trauer. *Es ist nicht deine Schuld, mein kleiner Khan. Die Götter, die euch erschaffen haben, haben euch nicht nur ihre Weisheit und Schläue mitgegeben, sondern auch ihre Schwäche.*

»Temucin ...«, flüsterte Arbesa.

Ihre Stimme war nicht mehr als ein Hauch, so leise, dass wohl nur er es hörte, und da lag so viel mehr in diesem einen Wort als der bloße Klang seines Namens. Wäre es nicht schon längst geschehen, es hätte ihm endgültig das Herz gebrochen.

»Temucin«, sagte nun auch seine Mutter, und tief in ihm fügte die Stimme des Drachen hinzu: *Trefft Eure Wahl, mein Khan.*

Temucins Hand kroch unter den Mantel und schloss sich um den Schwertgriff, und da war sie wieder, die Kraft des Drachen, bereit, ihm zu dienen und ihm alles, buchstäblich *alles* zu ermöglichen, gab es doch auf der ganzen Welt nichts, was einen Mann aufhalten konnte, der über sie gebot. Wenn er bereit war, den Preis zu zahlen.

Arbesas Blick folgte seiner Bewegung, und vielleicht war das, was er nun in ihren Augen las, das Allerschlimmste überhaupt. Sie wusste, was kam – was er tun musste! – und sie hatte große Angst davor. Und doch waren da nur Furcht und Trauer in ihren Augen. Sie hasste ihn nicht dafür. Sie war ihm nicht einmal gram. Er hätte es ertragen, hätte sie ihn gehasst, aber nicht diese stumme Erwartung des Unausweichlichen.

Er zog die Hand wieder zurück und nicht nur Ilhan sog überrascht die Luft zwischen den Zähnen ein.

»Was tust du da, mein Junge?«, fragte Üdügur.

»Sie ist meine Braut«, sagte Temucin.

»Das war sie!«, sagte Ilhan heftig. »Jetzt nicht mehr! Sieh sie dir doch an! Sie war das Spielzeug der Tajin! Sie trägt das Kind ihres Khans an der Brust! Was erwartest du von uns, Schweinekhan? Dass wir dir folgen und deinen Befehlen gehorchen, damit du den Bastard eines *Tajin* großziehen kannst, bis er alt genug ist, um über uns zu herrschen?«

Temucin sah ihm so fest in die Augen, wie er nur konnte. Der junge Krieger hielt seinem Blick trotzig stand und funkelte ihn herausfordernd an.

»Er hat recht, Temucin«, sagte Üdügur. »Keiner würde dir

folgen, wenn du dich für sie entscheidest. Du würdest niemals Khan werden.«

»Du weißt, was du zu tun hast«, sagte Ilhan noch einmal. »Wenn du es nicht selbst tun willst, dann gib mir nur den Befehl dazu, mein Khan. Ich übernehme diese kleine Pflicht gerne für Euch.« Seine Stimme troff vor Hohn wie ein Pfeil von zähflüssigem Gift und seine Hand fiel mit einem lautstarken Klatschen auf den Schwertgriff, der aus seinem Gürtel ragte.

»Nein«, antwortete Temucin. »Das wird nicht nötig sein.« Er zog sein Schwert. Arbesa drückte das Kind fester an sich und schloss zugleich ergeben die Augen. Es wurde sehr still.

Langsam hob Temucin die Waffe, trat einen halben Schritt auf Arbesa zu und drehte sich dann so um, dass er schützend zwischen ihr und Ilhan und all den anderen stand.

»Niemand wird sie anrühren«, sagte er, ruhig und mit einer Stimme, die mit jedem Wort an Stärke gewann, »und das Kind auch nicht, habt ihr verstanden? Arbesa ist meine Braut. Noch bevor das nächste Frühjahr kommt, wird sie meine Frau sein, die Khanin meines Klans.«

»Von welchem Klan sprichst du, Schweinekhan?«, gab Ilhan böse zurück. »Keiner von uns wird dir folgen, wenn du sie wählst.«

»Ilhan!«, sagte Üdschin scharf, doch diesmal versagte ihre Autorität.

Ilhans Blick flackerte kurz, aber er schürzte nur trotzig die Lippen. »Es tut mir leid, Khanin. Aber wenn Euer Sohn die Waffe gegen sein eigenes Volk erhebt, um den Bastard eines Tajin zu verteidigen, dann ist er nicht mehr von unserem Blut!«

Zustimmendes Gemurmel wurde laut und Ilhan fügte ermutigt hinzu: »Wenn Ihr Euch auf seine Seite stellt, dann seid Ihr auch nicht mehr unsere Khanin.«

Erneut wurden Murren und Geraune laut, und die wenigsten Stimmen klangen so, als wären sie mit Ilhans Worten uneins. Temucin begriff, dass Ilhan schon lange geduldig auf diesen Augenblick gewartet haben musste und sehr genau wusste, was alle Männer dachten.

Üdschin sah den jungen Krieger an und schwieg. Temucin war nicht der Einzige, der den Ausdruck mühsam unterdrückten Entsetzens auf ihrem Gesicht las. Schließlich wandte sie sich fast flehend an Üdügur.

Der Merkitenfürst deutete nur ein Kopfschütteln an. »Die Tajin sind unsere Todfeinde«, sagte er traurig.

Sarantuya!, dachte Temucin verzweifelt.

Der Drache schwieg. Seine unbezwingbare Stärke war nicht mehr da. Temucin fühlte sich sehr allein.

»Niemand rührt sie an«, sagte er noch einmal. »So wenig wie das Kind!«

Ilhans Hand schloss sich fester um den Schwertgriff und Temucin konnte sehen, wie sich seine Muskeln unter dem schweren Mantel spannten. Er wusste, dass er keine Chance gegen Ilhan hatte, der viel stärker und kampferprobter war als er. Trotzig straffte er die Schultern.

»Hört auf«, sagte Üdügur scharf. »Es ist schon genug Blut geflossen. Ich dulde nicht, dass ihr das Schwert gegeneinander erhebt.«

Ilhan funkelte ihn nichts anderes als herausfordernd an, nahm aber die Hand vom Schwertgriff und wandte sich wieder an Temucin. »Dafür brauche ich keine Waffe«, sagte er abfällig.

Temucin wollte antworten, doch Arbesa kam ihm zuvor, indem sie ihn sacht an der Schulter berührte und sagte: »Er hat recht, Temucin. Es *ist* das Kind eines Tajin.«

Doch es war auch ihr Kind und damit ein Teil von ihr, und

solange in seinem Leben Platz für Arbesa war, war auch ein Platz für den Knaben. Er hatte sie einmal verraten, indem er als Khan entschieden hatte und nicht als der Mann, der sie liebte. Diesen Fehler würde er nie wieder begehen!

Aber das ist der Weg des Khan, mein kleiner Freund, flüsterte der Drache in seinen Gedanken. *Die Macht des Drachen, um die du mich gebeten hast. Sie ist dein. Du musst nur danach greifen und die Welt gehört dir, Dschingis.*

Lange – schier endlos, wie es ihm vorkam – stand Temucin einfach da und starrte Ilhan an, aber in Wahrheit sah er nicht ihn. Er meinte noch einmal in die Augen des toten Mannes zu sehen, den er erschlagen hatte, in die Gesichter seiner Frau und der Kinder, denen er den Vater und den Mann genommen hatte. Er sah das blühende Land jenseits des Burchan Chaldun, die ganze Welt, die ihm der Drache versprochen hatte und die unter seinem Schatten schwarz wurde und verdorrte.

Schließlich schob er das Schwert in die Scheide an seinem Gürtel, drehte sich zu Arbesa um und nahm ihr das Kind aus den Armen, um es so behutsam an sich zu drücken, wie er nur konnte. Unbeholfen in solcherlei Dingen, wie er war, stellte er sich nicht gerade geschickt an und der Säugling begann leise zu weinen; ein Laut, der ihn hilflos machte, aber eine Saite in ihm zum Klingen brachte, von deren Existenz er bisher gar nichts gewusst hatte. Die freie Hand streckte er nach Arbesa aus.

»Gehen wir?«

Arbesa starrte ihn aus großen Augen an. Sie griff nach seiner Hand, aber es war nicht mehr als ein Reflex oder – schlimmer noch – Gehorsam.

»Niemand wird euch aufhalten, mein Junge«, sagte Üdügur, was Versprechen und Befehl zugleich war. »Aber du solltest dir das gut überlegen. Kein Klan wird dich aufnehmen. In den Jurten der Kijat, der Merkiten und ihrer Freunde gibt es keinen Platz für dieses Kind und in denen der anderen werden du und deine Frau nicht willkommen sein.«

»Dann gründen wir unseren eigenen Klan«, antwortete Temucin mit fast denselben Worten, die er vor einer Woche zu Chuzir gesagt hatte. Er meinte es vollkommen ernst.

»Den Schweineklan, nehme ich an«, sagte Ilhan böse.

Üdschin ohrfeigte ihn. Ilhan stolperte einen halben Schritt zurück und in seinen Augen blitzte es so hasserfüllt auf, dass Temucin sehr sicher war, dass ihn einzig die Anwesenheit Üdügurs und seiner Krieger davon abhielt, sich auf sie zu stürzen. Seine Lippen wurden zu einem dünnen Strich.

»Es wird ein sehr kleiner Klan«, wiederholte Üdügur dieselben Worte, die Temucin schon kannte. »Ein Klan aus drei Personen, wenn man das Kind mitzählt.«

»Vier«, fügte Chuzir mit benommen klingender Stimme hinzu.

Üdschin schüttelte den Kopf und verbesserte ihn lächelnd: »Fünf.«

Üdügur widersprach nicht, doch er wirkte sehr traurig, als er beiseitetrat, um dem neuen Khan und seinen vier Untertanen Platz zu machen.

Der Kriegsherr der Merkiten hat recht, dachte Temucin. Sie waren kein Klan, sondern ein Häufchen Verlorener, ohne Zuhause, ohne Freunde und ohne eine Zukunft.

Und dabei hättest du die Welt haben können.

Die Welt? Er hatte seine Familie. Er hatte seine Mutter, seine Frau und einen Freund – wer brauchte da die Welt?

Sollte doch ein anderer Dschingis werden.

Sie gingen und tief in sich konnte er das Lächeln des Drachen spüren.

Die Fantasy-Klassiker der ersten Stunde

Wolfgang und Heike Hohlbein
Märchenmond
416 Seiten · Hardcover
ISBN 978-3-7641-7039-4

Seit Tagen liegt Kims Schwester bewusstlos im Krankenhaus. Die Ärzte sind ratlos. Da erscheint der alte Magier Themistokles, der ihm offenbart, dass nur er seiner Schwester helfen kann. Dazu muss er ins Land Märchenmond reisen, wo Boraas, der Herr des Schattenreiches, die Seele Rebekkas gefangen hält. Auf seinem gefährlichen Weg gewinnt Kim viele Freunde, die ihm beistehen. Dennoch scheint der Sieg von Boraas' Schwarzen Rittern unabwendbar.

Wolfgang und Heike Hohlbein
Märchenmonds Kinder
528 Seiten · Hardcover
ISBN 978-3-7641-7002-8

Als Kim Märchenmond betritt, fühlt er schon die tiefgreifende Veränderung, von der diese Welt hinter den Träumen erfasst ist. Auch seine Freunde sind davon betroffen. In jedem von ihnen scheinen die dunklen Seiten der Seele die Oberhand zu gewinnen. Gemeinsam mit Rangarig, dem Golddrachen, und Priwinn, dem Prinzen der Steppenreiter, begibt sich Kim auf ein gefährliches Abenteuer, um Märchenmond zu retten.

www.ueberreuter.de
www.facebook.com/UeberreuterBerlin

Die spannende Fantasyreihe aus Schweden

Anders Björkelid
Dohlenwinter
Band 1
320 Seiten · Hardcover
ISBN 978-3-7641-7018-9

 Auch als E-Book erhältlich!

Anders Björkelid
Feuerträger
Band 2
420 Seiten · Hardcover
ISBN 978-3-7641-7030-1

 Auch als E-Book erhältlich!

Die Zwillinge Wulf und Sunia machen sich nach dem Tod ihres Vaters auf, das Rätsel ihrer Existenz zu ergründen. Wieso sehen die Mörder ihres Vaters genauso aus wie sie? Wer ist der Fremde, der mit ihrem Vater in einer ihnen völlig fremden Sprache sprach? Nur langsam und mit Hilfe der einflussreichen Bergherrin finden die beiden 13-Jährigen heraus, dass die kommende Kälte mehr als nur ein harter Winter sein wird – die Herrschaft des Unwinters steht bevor, die mit scheinbar unbezwingbaren Mitteln ihr verlorenes Imperium wieder aufzubauen und alle ihre Gegner zu unterwerfen versucht. Werden die Zwillinge in die Fußstapfen ihres Vaters treten und den Winterkönig erneut stürzen können?

www.ueberreuter.de
www.facebook.com/UeberreuterBerlin